「ご馳走さまでした！
おじさんおばさん、私このお店の
お手伝いします！」
「は？」
天空の異世界ビストロ店
Otherworldly Bistro in the Sky
～看板娘ソラノが
美味しい幸せ
届けます～

異世界人
ソラノ
騎士
デルイ
事務職員
アーニャ
「美味しい……！
お肉が柔らかくて、
スゴい……！」

「これは美味いな」
王子
ロベール
商業部門長
エアノーラ
騎士
ルドルフ

「期限は、一〇日後。
それまでに私を納得させる計画を
練り上げられたら
退店を撤回してもいいわ」
「言いましたね。
絶対、守ってもらいますよ」

天空の異世界ビストロ店

Otherworldly Bistro in the Sky

～看板娘ソラノが美味しい幸せ届けます～

Ryo Sakura

著 佐倉涼

Suzaku

ill すざく

口絵・本文イラスト
すざく

装丁
AFTERGLOW

Contents

Otherworldly Bistro
in the Sky

本書は、二〇二一年にカクヨムで実施された
「第7回カクヨムWeb小説コンテスト　キャラクター文芸部門」で特別賞
を受賞した「異世界空港のビストロ店　～JKソラノの料理店再生記～」
を改題、加筆修正したものです。

【序章】ビストロ　ヴェスティビュール

「間も無く飛行船が王立グランドゥール国際空港を出港いたします。お乗りのお客様はお急ぎくださいませ」

空港内に流れるアナウンスを聞きながら、ソラノは店での接客に勤《いそ》しんでいた。

どこまでも広がる晴れた空の上を巨大な帆船が行き交っている。飛行船技術の発達したこの世界において、群を抜く就航数と面積を誇る空港、王立グランドゥール国際空港。通称エア・グランドゥール。上空一万メートルに浮かぶ雲の上の空港だ。

人間に始まり獣人族《じゅうじんぞく》、ドワーフ族、エルフ族までここで見られない種族はいないというほどのハブ空港。

日々様々な人が行き交い、物資が積み下ろされ、また別の国へと向かって行く。国と国とを繋《つな》ぐ中継地点としても重要な役割を担っているエア・グランドゥールは世界最大の交通の要衝として、大国グランドゥールの玄関口として、その名を広く国内外に轟《とどろ》かせている。

そんな空港の一角で今日もひとつのお店が開店した。

店の前面は、ガラス張り。格子状のダークブラウンの木枠の中に大きめのガラスが嵌《は》め込まれている作りで、店内の様子がよく見える。どのような種族のお客様が来店しても対応できるよう、店の天井は高い。吊《つ》り下《さ》がっている照明からは柔らかいオレンジ色の灯《あか》りが投げかけられている。濃緑の庇《ひさし》に金文字で書かれた店名はビストロ　ヴェスティビュール。

「玄関」を意味する名を持つこの店は空港の第一ターミナルに存在している。

第一ターミナルは王都に降りる人と王都から向かう人の両方が必ず通るターミナルで、つまりグランドゥール王国の玄関口とも言える場所だ。

木枠同様、全体的にダークブラウンを基調としたこの店でソラノは二ヶ月前から働いていた。

「いらっしゃいませ」

ソラノは今しがた、常時開け放たれている扉から入ってきた客の姿を目に留めて出入り口へと近づく。俯《うつむ》き加減《かげん》で入ってきた客を出迎えるべく、モスグリーンのワンピースを翻して歩くと一つに束ねた三つ編みが揺れた。愛想のいい笑顔を浮かべながらソラノは客に問いかけた。

「お一人様でしょうか」

「ああ」

「カウンター席でよろしいですか」

「構わないよ」

言って大きな革張りの旅行鞄《りょこうかばん》を手にした客が帽子を取ると、出てきたのは茶色い毛に覆われたふさふさの耳、ピンと横に張り出した針金のような髭《ひげ》。ソラノを見つめるビー玉のように大きな瞳《ひとみ》の色は緑色で、瞳孔《どうこう》は縦に細く三日月のように伸びている。人間とは異なる姿は、猫人族《びょうじんぞく》——つまり獣人族の一種だ。

猫人族の客は空いているカウンター席に腰掛ける。ソラノは果実水とおしぼり、メニュー表を持って客へと近づいた。

「本日のおすすめメニューは、特製ビーフシチューです」

「ニャア」

猫人族の客は満足そうな声を出した。

「ビーフシチュー、噂《うわさ》には聞いていた。それと赤ワインもお願いするよ」

「かしこまりました」

ソラノは恭しく頭を下げると厨房《ちゅうぼう》にオーダーを通すべくカウンター内へと入り、キッチンで調理作業中のシェフに声をかけた。

「カウマンさん、ビーフシチュー一つお願いします」

「はいよ」

言われて振り向いたのは、白と黒のまだら模様の皮膚が特徴的な牛人族《ぎゅうじんぞく》のシェフ、カウマンである。身長二メートルを有し、牛の顔でニカっと笑っていい表情を浮かべたカウマンはビーフシチューの用意に取り掛かった。彼は二足歩行する牛そのものの見た目であるが、手は五本指に分かれているので調理する手つきは繊細で澱《よど》みがない。

おおよそ地球では見られない姿形をした人々にもすっかり慣れ、ソラノはこの世界での生活を気に入って楽しんでいる。何よりも様々な人が訪れるこの空港という場所で働けるのは、楽しい。色んな人と出会い、色んな話を聞くことができる。

「できたぞ、ビーフシチューだ」

カウマンがそう言ってキッチン台にビーフシチューをことりと置いた。カリカリに焼き上がったスライスバゲット付きのその一品は湯気を立て、お客様の口に入るのを今か今かと待ち構えている。

ソラノは赤ワインの準備をすばやく済ませると、ビーフシチューと共にトレーに載せてカウンター内を移動し、料理が冷めないうちに猫人族の客の元へと運んだ。

「お待たせいたしました、ビーフシチューと赤ワインです」

「ニャア」

再び鳴き声を発した客が髭をピクピク動かして、ビーフシチューのふくよかな香りを胸いっぱいに吸い込む。それからスプーンを持ち上げ、一口。

「ほう」

ビー玉のような目が、驚きに見開かれる。その様子をソラノは満足して見つめた。

「美味《おい》しいビーフシチューだニャア。野菜の旨味《うまみ》が溶け込んでいる」

「ありがとうございます」

「それにこの肉。舌の上でとろける。筋が気にならないし、歯が必要無いくらいに……柔らかい。最高級の竜肉を使ってもこうはならないだろうニャア。一体、どんなブランド牛を使っているので？」

「このビーフシチューに使われている肉が暴走牛《ぼうそうぎゅう》のものだと聞いたら、信じるかな？」

ソラノが口を開くより早く、突如第三者の声が割り込んできた。声の持ち主は猫人族の客の隣に座っている男だった。

二人が揃《そろ》ってそちらを向くと、男はふっと笑みを漏らす。仕立てのいいグレーの服と同色の帽子の隙間《すきま》からは濃い紫色の瞳が見え、なぜか自慢げな色を宿している。はらりと顔にかかる前髪は銀

色で、それを見た猫人族の客がハッと驚き姿勢を正した。

「もしや、あなた様は……!?」

「シー」

スプーンを置いて頭を下げようとする猫人族を押しとどめ、男は人差し指を唇に当てる。

「店に迷惑をかけたくないのでな、普通にしてもらえると助かる。それよりどうだ？ ここのビーフシチューは最高だろう。安い、硬い、パサパサするでお馴染《なじ》みの暴走牛がこうも美味《うま》い料理に変身するとなれば、市場での暴走牛の価値が上がるに違いない。シェフ、この料理のレシピをぜひ教えてもらえないだろうか」

「だそうですよ、カウマンさん」

キッチンからぬっと姿を現したカウマンが頭から生えた耳をパタパタ動かしながら、非常に申し訳なさそうな顔をした。

「申し訳ありませんが、いくら殿下の頼みでも店の秘伝のレシピを教えるわけにはいきません」

「残念だ。この味に出会いたければ、この店に来るしかないというわけか」

言われた男は肩をすくめ、やはりビーフシチューをすくって口にする。ゆっくりと味わうその食事所作は非常に洗練されていて、男が只者《ただもの》ではないということをよく表していた。

店にやって来てはビーフシチューを注文するこの常連客の正体をソラノは知っている。

ロベール・ド・グランドゥール。

この国の王子である。国の中でも最上位に位置するお偉いさんは、店にしばしばやって来ては王都近郊に出没する低ランク魔物、暴走牛を使ったビーフシチューに舌鼓を打ち、そして隙あらばこの料理の良さを周囲に広めようと隣に座った人に話しかけるという行動を繰り返していた。

いくら帽子で隠していようとも、間近で見れば王族特有の銀の髪と紫の瞳が見えてしまう。話しかけられた方が萎縮《いしゅく》し、それをたしなめる、というのももはや見慣れた光景だ。

猫人族の客は横目でチラチラとロベールを見ながら、どうしたものかと途方に暮れているようだった。そんな様子にロベールは非常に温かな眼差《まなざ》しを向けると、「どうぞ、私に構わず食事を続けてくれ」と言った。

王族にそう言われてしまっては、逆らうわけにもいかない。猫人族の客は頷《うなず》くと、スプーンを手に食事を再開する。ソラノはそんな様子を見ながらロベールへと話しかけた。

「ロベールさん、赤ワインのおかわりはいかがでしょうか」

「いただくよ。龍樹《りゅうじゅ》の都のワインはこのビーフシチューによく合って美味しい」

「かしこまりました」

ソラノが赤ワインのおかわりを注ぐと、ロベールは香りを確かめてから口に含み、舌の上で転がした。殿下、ではなくロベールさんと呼んだのは、本人がそうして欲しいと言い含めているからだった。

店では王族ではなく、一人のお客様として。

この扉をくぐった瞬間から、身分や職業に分け隔てなく全《すべ》ての人は「お客様」として等しくもてなされる。

そうした店の姿勢に共感したロベールが、「では店内では私のことも名前で呼んでもらおう」と言い出したのだった。カウマンなどは恐れ多いと恐縮していたが、地球から来てこちらの身分制度にいまいち疎《うと》いソラノは「わかりました、ロベールさん」とすぐに頷き、周囲の人間に絶句された。ロベール自身はその呼び方に非常に満足し「対応が早いのは美点だ」とソラノを褒めていた。ちなみにソラノ以外の人間は未《いま》だ「殿下」呼びが抜けず、ロベールにたまに渋い顔をされている。

ロベールはご機嫌にビーフシチューを食べすすめながら口を開く。

「しかし美味しい。今度、私の妹も連れて来ようと思うんだが、どうだろう？」

「ロベールさんの妹さんですか？」

「ああ。今度一三歳になるんだが、最近は悩みがあるのか浮かない顔でな。城の料理もあまり喉《のど》を通らないようだから、いつもとは違う場所ならば食も進むのではないかと思って」

ロベールの妹。すなわち、この国の王女だ。ここは王都郊外の雲の上に浮かぶ空港で、広大な都の中心部に存在している王城からは距離がある。そんなに気軽に来られるような場所ではないのだが、ソラノは首を縦に振り快諾した。

「勿論《もちろん》、どうぞ」

店の料理で元気が出るならば、それ以上に嬉《うれ》しいことはない。ソラノの役目はこの店の看板娘として、お客様に美味しい料理を提供し、笑顔で帰ってもらうことである。相手が王子でも王女でも冒険者でも商人でもそれは変わらない。

ソラノの返事に気を良くしたロベールはワイングラスに手を伸ばす。

「それにしても、店を潰《つぶ》さないで良かった。ここは仕事終わりの一杯にピッタリだ。気兼ねなく食事を楽しめるし、格式ばった他の店よりくつろげる。職員との友好を深めるのに使うにも良し、空港利用客の動向を探るのに使うにも良し。いいこと尽《ず》くめだ。君がいて店を守ってくれて、助かった」

機嫌のいいロベールとは対照的に、ソラノは忙《せわ》しなく動かしていた手をピタリと止めると、どことなく非難するような目つきでロベールを見つめた。

「……あの時はロベールさん、退店に賛成していましたよね？」

「あの時店は目も当てられないような惨状だったからな。この場所に全くもってふさわしくなかった。古い、狭い、汚い。肝心の料理も一体何をどう売りたいのかが見えてこない。『時代遅れ』の一言に集約される。エアノーラが言わずとも、私の命令で取り壊そうと考えていた」

愛想のいい笑顔の中で深紫の瞳が鋭さを増した。

ロベールは王族としてこの空港の経営に参画している。その手腕は並はずれており、三五歳という若さながら誰《だれ》もが彼に一目置いていた。

おまけにロベールは空港の商業部門、つまり店のオーナーにあたる部署の部門長とも非常に親しい。「辣腕《らつわん》」「数字の鬼」として知られるエアノーラという女性だ。この空港内でもトップに君臨する二人に「撤退しろ」と言われたのならば、大人しく撤退する他ない。

しかしソラノは諦《あきら》めなかった。

二人に対して啖呵《たんか》を切り、並々ならぬ根性と持てる全てのアイデアを出し切って格上二人に食らいつき、結果撤退を取り消させ、店がリニューアルオープンするまでに至った。

ソラノがこの世界に来てから、二ヶ月。五年間客が来ず燻《くすぶ》り続けていた店を、ソラノはたったの二ヶ月で客足の絶えない繁忙店へと変えてみせた。

あの時の苦労と周囲を巻き込みまくった大変な騒ぎを思い出し、ソラノは思わず苦笑する。

すると、二人の会話を聞いていたのか、隣でビーフシチューを食べていた猫人族の客が興味深そうに緑の瞳《ひとみ》を細めてソラノとロベールを見てきた。

「……ちなみにどんな経緯があったので？」

「おぉ、聞きたいか。話してやりたまえ、ソラノ。ついでにカウマンシェフもどうだい？」

忙しい時間帯に入る前に、とロベールは言い悠々と足を組む。もはや完全に話を聞く体勢に入っている。隣にやって来たカウマンはソラノと目を合わせ、同時に頷いた。

「では、僭越《せんえつ》ながら」

カウマンは顎《あご》に手を当て、懐かしむように黒いつぶらな瞳を虚空に向ける。

「そもそもソラノが店に来たあの日、俺はカミさんのサンドラにこんな話をしていたんです」

＊＊＊

——それは、二ヶ月前に遡《さかのぼ》る。

ここはエア・グランドゥールの隅の隅にある狭小料理店。四〇年も前から存在する店で、最初のうちは繁盛したものの、もはや朽ちかけボロボロで古代の遺産かというような構えの店だった。

「やばい、うちの店潰れそう」

巨大な牛顔に渋面を作りながらそう言ったのは、料理店の店主であるカウマンだ。

「そんな弱気なこと言ってんじゃないよ」

慰めるのは妻である同じく牛の獣人《じゅうじん》のサンドラ。カウマンが料理をし、サンドラが接客を務める。

飛行船技術の発達で年々乗り入れる飛行船の数が多くなり、利用客数はずっと右肩上がり。同時に空港は拡大と増築の一途《いっと》をたどっている。次々と流行《はや》りの店や一流店が開店していて、客も飛行船に乗るような人々だから金持ちだ。奮発して高いコース料理を出す店に行くか、さもなければ飛行船内で出来立ての船内食を優雅にいただくか。

カウマンとサンドラの店に足を止める人なんていないのだ。

「空港からはもうとっくに見放されているしな……」

この五年ほど、テナントオーナーの空港側からは何の音沙汰《おとさた》もない。きっと忘れ去られているのだろう。それをいいことに長々と居座っているのだが、だからといって現状を打破する解決策は何も思いつかなかった。

客が来ないので売り上げは無いに等しく、貯金も尽きかけ、改装するだけの蓄えも根性もない。店を畳んだ方がいいのではないかと思ったのは、一度や二度ではない。

けれどカウマンとサンドラにとって、ここは思い出の詰まったかけがえのない場所だった。結婚して二人で立ち上げた料理店。初めは空港に乗り入れる飛行船の数も少なく、飲食店の数もそれほど多く無かったのでカウマンの店は繁盛した。大繁盛の大繁忙で寝る間も惜しんで働いた。

だがいつしか飛行船の中でも贅沢《ぜいたく》な食事が取れるようになり、待合所で食事を取る人が少なくなった。ターミナル内ではなく中央のエリアに高級料理店や冒険者向けの店が立ち並び、人の流れががらりと変わった。この店は時代についていけず、取り残されてしまったのだ。

「もうダメかもなあ。大人しく立ち退《の》いて街で一からやり直すか」

ため息をついたカウマンにサンドラは言い返す。

「そんなこと言うもんじゃないよ。息子のバッシだってここで働くのを楽しみにしてんだからさぁ」

「あいつはあいつで、王都のレストランでひとかどの地位を築いているじゃねえか。今更こんな店になんか来ねえだろ」

「そんなのわかんないよ。呼べば来るかもしれないじゃないかねぇ。アンタ、バッシが来た時に店がこの有様じゃあ、あの子がかわいそうだよ」

「だが、どうすりゃいいんだ」

もう何百回と交わした押し問答を再び繰り返そうとするカウマン夫妻の元に、耳慣れない声が聞こえた。その声は控えめで、戸惑いの色が混じっていた。

「あのー、すみません」

「はい、いらっしゃいませ！」

久々のお客だ、とサンドラが元気な声で挨拶《あいさつ》をすると、そこには変わった服装をした一人の少女が立っていた。

「あのー、ここはどこですか？」

これがビストロ　ヴェスティビュールの前身となるカウマン料理店とソラノの出会いだった。

【一品目】特製ビーフシチュー

やばい、迷子《まいご》になった？

木下空乃《きのしたその》は軽くパニックになっていた。右を見ればウサギの耳が頭から生えた人間が歩いていて、左を見れば映画で見たことのあるエルフそのものの人間が歩いている。

なにこれ、コスプレ会場かな。

空乃はスーツケースにもたれかかりながら頬《ほお》を掻《か》いて考えた。

状況を整理しよう。空乃は冷静になろうと努め、編み上げブーツのつま先で板張りの床をトントンと叩《たた》いてみる。ついでに黄色いパーカーワンピースのポケットに両手を突っ込んだ。

空乃は先ほどまでフランスのパリ・シャルル・ド・ゴール空港にいたはずだ。高校の卒業旅行のため、コツコツバイトで貯《た》めた貯金を全額はたいての個人旅行だ。成田から日本を飛び出して、初の海外であるフランスの地に降り立ち、さあこれから観光だ！　パリの美食を楽しみ尽くそう！と息巻いていた。

そして気づいたらコスプレ会場にきていた。

「うーん、我ながら意味がわからない」

空乃はセルフ突っ込みをいれた。しかし、周りの人々？　をよく見てみるとその手にはほとんど大きな旅行鞄《りよこうかばん》が握られている。そして手には乗船券みたいなものを持っている人もいるし、時折流れるアナウンスは「○○発、○○行き飛行船間もなく出港いたします。ご乗船のお客様は○○ターミナルまでお越しください」と放送している。

ということはやはりここは、空港なのかもしれない。

「しかし、みんなこんな格好で飛行機乗るの？　勇者だなー」

空乃は迷子だというのに呑気《のんき》な感想を漏らしながら、道ゆく人を観察する。

よくよく見ると箒《ほうき》で空を飛んでる人とか、明らかに小さすぎる人とかいるけどあれは一体どういう仕組みなんだろう。

ぼーっと立っている空乃に声をかけてくる人はいない。けど、いつまでもこうして立ち尽くしていても何も進展しないのは明らかだ。

とにかくここがどこでどんな場所なのか、誰かに聞かなくては。

さて誰にしようか。でも皆、忙しそうにしているしなぁ。と考えていると、うらぶれた一軒の料理店が目に留まった。閉じられた扉にかかったボロボロの看板にカウマン料理店と書いてある。あまりにも寂れすぎていて人々はその存在を無意識に避けているかのようだった。

一つある窓から店内を覗《のぞ》こうにも、窓は曇りガラスで中が見えない。閉鎖的すぎるその店構えは来る者を拒んでいるようにしか見えなかった。

だが場所を聞くにはうってつけのところだ。見たところ客の一人もいなそうだし、迷惑ということもないだろう。

年季の入った扉を開けるとギィギィ軋《きし》む音がした。今にも壊れそうだし、ドアノブは実際外れかかっている。

「あのー、すみません」

空乃が控えめに声をかけると、

「はい、いらっしゃいませ！」

と、やたらと威勢のいい声が飛んできて、空乃はうおっとのけぞった。しかし残念ながら空乃は客ではない。

「あのー、ここはどこですか？」

聞いてから気づいた。ふたつの牛の頭がこちらを期待するように見ている。

「ええっと、すみません。間違えたみたいです」

空乃は瞬時に踵《きびす》を返して扉から出て行こうとした。やばい、牛のかぶり物をした人間がいる料理店なんて、絶対まともじゃない。今日イチやばい場所に来てしまった。

「ちょい待ちっ‼」

だが空乃が逃げるより早く、その狭い店内からカウンター越しに牛頭の人間が手を伸ばして空乃の腕を掴《つか》んできた。その手は成人男性のものよりかなり大きく、分厚い。白と黒のまだら模様の皮膚が見え、いよいよ空乃は己の身の危険を感じる。

かぶり物だけでなく、皮膚までも牛を模しているのだろうか？　だとすれば完全におかしな人物だ。

空乃は焦り、叫ぶ。

「ちょっ、放してください！」

「アンタ、異世界人だねっ⁉」

「イセカイジンッ⁉　私は日本人です、ジャパニーズ‼」

会話をしていてふと気づく。日本語、通じてる？　空乃は相手が牛まがいの変人であることを一瞬忘れ、疑問を返した。

「あれっ、おばさんもしかしたら日本人？」

「あたしゃこのエア・グランドゥールのお膝元《ひざもと》、グランドゥール王国の王国人さね」

「グ、グランドゥール？　それってどこ？　ヨーロッパ？」

「グランドゥールつうのは、この大陸一の大国だよ。知らないってことはやっぱり異世界人だね。このまま騎士様を呼ぶから、ちょっと待っとくれよ！」

「⁇　……⁉」

おばさんは下手人を捕獲する警察官よろしく空乃の腕を掴んで放さない。こんな人気《ひとけ》のない店に飛び込んだのが間違いだった。このままでは騎士なる人物を呼ばれてしまう。どこかへ連れて行かれて、逮捕でもされたらどうしよう。私はただのしがないツーリストです、日本大使館に連絡をしてくださいっ。

と、空乃が混乱の極みにいたその時、濃厚なデミグラスソースの香りが狭い店内いっぱいに広がり、空乃の鼻腔《びこう》を満たした。

カウンターにことりと出された、深皿に盛られた料理から湯気といい香りが立ち上っている。

「まあまあ、二人とも落ち着いて。お嬢ちゃん、よかったら食べていかないか？　特製のビーフシチューだよ」

牛の顔のおじさんはそう穏やかに話しかけてきた。

よく見ると二人とも、明らかに人を逸脱した身長を有している。二メートルは超えているだろう。しかし迫力ある背丈と牛のコスプレ（？）をしている二人からは、おかしな雰囲気を感じなかった。格好は極めて異常であるのに不思議なことで、言い表すのは大変難しいが、まるで牧草地にいる本物の牛のような人畜無害さを感じる。

空乃はそっと視線を移して皿の中身を見る。ごろっとはいった肉の塊に、大きめに切られた野菜。素朴な見た目だが、空乃を惹《ひ》きつける香り。

おもわず空乃はゴクリと喉《のど》を鳴らしてしまう。ちらっとおじさんの顔を仰ぎ見た。

「遠慮はいらんよ。どうせ客なんざたいして入らないから、最後には捨てちまう運命の料理だ。食べてもらえれば料理だって浮かばれるってもんさ」

「あ、ありがとうございます。一応お値段、聞いてもいいですか」

実はお腹《なか》が空《す》いていた空乃は、美味《おい》しそうな匂《にお》いにお腹の虫がぐるぐると鳴きだす。善意の塊のような雰囲気を醸し出すおじさんにしかし、騙《だま》されていいものなのか。海外ではこうして親切な顔をして花束を観光客に握らせ、ぶっとんだ金額を要求する人間がいると聞いていた。空乃はそういった詐欺には騙されないと強く心に決めている。

「はっはっはっ！　なかなかしっかりしたお嬢ちゃんだね。いいさ、ビーフシチューは一皿銀貨一枚だ」

全然知らない通貨の単位に、やっぱ入るお店間違えたかなーと空乃は内心途方に暮れた。

「で、食べないのかい？」

「食べたらお金ぼったくったりしませんか？　私、ギンカ？　持っていないんですけど……」

「そんながめついことしないさ。見ての通りのボロ料理店だが、プライドくらいはある。お嬢ちゃんみたいな若い子にタカろうなんて考えは持ち合わせていない」

おじさんのつぶらな黒い目には誠意が宿っているように見える。

「それにさっきうちのカミさんが言ったように、異世界人は騎士様を呼んで保護する決まりになっている。ぼったくったらウチが責められるさ」

ともかくぼったくられる可能性は無さそうだ。空乃はさび付いた脚の高い椅子に腰かけ、カウンターに置かれたスプーンを手に取る。スプーンはぴかぴかに磨かれていて銀色の光沢が美しかった。

「いただきまーす」

スプーンにすくって一口。空乃の目が見開かれた。とろりとした舌触り、お野菜が溶け込んだ複雑な味わいと甘み。二口目でお肉を口に含む。大き目の肉は柔らかく煮込まれており、舌で潰《つぶ》しただけで簡単にほぐれてゆく。脂身部分の旨味《うまみ》もしっかりのこっている。空乃がこれまで食べたことのある、ルーを溶かして入れるだけのビーフシチューとは一線を画す、まさに別世界の味わいだった。

「美味しい……！」

「そう言ってもらえると料理人冥利《みょうり》に尽きるね」

牛顔のおじさんは笑いながら言った。その顔がふと、空乃の見知った顔と交錯する。料理を差し出し、笑う顔。記憶の彼方《かなた》にある顔がおじさんの顔を見て鮮明に思い出された。

頭を振って過去の出来事を頭から追いやると、スプーンを動かす。後からお供に出されたカリカリのバゲットがまたビーフシチューにマッチした。美味しいと美味しいのコラボだ。旨味がインフレしてゆく。

空腹も相まって、出されたビーフシチューはあっという間に食べ終えてしまった。

「美味しかった、ご馳走《ちそう》さまでした！」

満足げな空乃の顔を見て、これまた満足げに頷《うなず》く牛顔のおじさんとおばさん。

しかし解せないことが一つある。

「あの、おじさん、ビーフシチュー……ビーフって、その……共食いでは……」

なぜ、牛顔のおじさんがビーフシチューを提供したのか。

恐る恐る、しかしストレートな言葉で空乃は質問をぶつけてみた。

するとおじさんはのけぞって喉を震わせ、大声で笑い飛ばす。

「はっはっは！　その手の質問は久しぶりだな。安心してくれ、うちの店は暴走牛《ぼうそうぎゅう》って魔物の肉を使ってるんだ。俺達牛人族《ぎゅうじんぞく》とは進化の過程で遠い昔に分かれてるから、調理する時に罪悪感は感じない。見た目からして全然違うんだぜ。暴走牛は……野蛮で暴力的だ」

「そ、そうなんですか……」

よくわからないが、そういうことらしい。空乃は自分を納得させる。

「そいでお嬢ちゃん、何しにここに来たんだ？」

「ここがどこだか聞こうと思って入って来ました」

差し出されたグラスの水を飲みながら空乃はそう答えた。

「なるほどな。さっきうちのカミさんが言った通り、ここは大陸一の大国グランドゥールにある空港だ。主要な国への就航数は世界一を誇るハブ空港。人も物資も常に最先端のものが集まり、そして世界へ散って行く。ここで見かけない人種はいないと言われるくらいだ。そんで時々、お前さん達みたいな異世界からのお客さんもやって来る」

「やっぱりここは違う世界なんですか？　ってことは、その顔もかぶり物とかじゃなく？」

「おれとカミさんは牛の獣人《じゅうじん》だ。俺はカウマン、カミさんはサンドラ」

牛の獣人のカウマン、そして奥さんはサンドラ。

「はーっ、海外に来たはずが異世界に行っちゃうなんて、ビックリ」

「わりと危機感無さそうだな」

「まあ、元々旅行の予定だったので……行き先が変わっちゃったなあって。私は木下空乃です。一八歳」

「年の割に度胸があるな」

「よく言われます」

何せフランス語はおろか英語もろくに喋《しゃべ》れない癖に単身フランスへ行こうとした身の上だ。

カウンターに座って他愛もない話をする。それにしても、客の一人も入って来ない。まあこの店構えだと無理もないか、と空乃は結論づけた。

「カミさんが連絡入れたから、じきに騎士様が来て詰所に連れて行ってもらえるさ。詳しい話はそこで聞けばいい」

「ご親切にありがとうございます」

とても親切な夫妻だ。料理も美味しいし、怪しい人だと疑ってしまって大変申し訳ない気持ちになった。

しばらく待っていると、扉が開き人が二人入って来る。

「君が連絡のあった異世界人か、なるほど、特徴を見るとそうみたいだ」

入ってきたのは普通の人間だったので、空乃は少し安心した。二〇代くらいの青年と五〇代くらいのおじさんで、青年の方は髪の色が薄緑とやや奇抜だったが、こちらの世界では普通なのかもしれない。二人とも体躯《たいく》が引き締まっていて、白い制服がよく似合っている。制服にはさりげなく青色が入っており、白と青が空港のイメージにピッタリだ。ちらりと見ると腰に剣をさげていた。騎士とは聞いていたものの、実際武器を所持しているのを目の当たりにすると少しギョッとする。

「ちょっと詰所まで来てもらえるかな」

「はい。カウマンさん、サンドラさん、いろいろとありがとうございました」

空乃は立ち上がって夫妻にぺこりとお辞儀をする。

「おう、達者でな」

「ここは住みやすい世界だから安心しなね」

夫妻も笑顔で見送ってくれた。

空港内の職員専用通路に案内され、そこから通路を進む。地球の空港のように近未来的なつるんとした印象の建物ではなく、石と木造りを上手《うま》く融合させた建物のようだった。職員用の通路には窓がないので残念ながら外の景色《けしき》がどうなっているのかわからない。

空乃は板張りの床にスーツケースをゴロゴロ転がしながらついて行く。

「面白い鞄《かばん》ですね」

二〇代の青年のほうが声をかけてきた。

「これですか？　スーツケースっていうんです。こっちの世界の人は手で荷物運ぶんですか？」

「そうですね。魔法で重力を調整して、軽くしている人が多いですよ」

「へー、便利そうですね。私の世界に魔法はないから、羨《うらや》ましい」

「代わりにとても技術が発達した世界だと聞いております。この世界に持ち込まれている技術も多いんですよ。例えば……先程のカウマン料理店で使用されていたオーブンなんかもそうです」

言われて空乃は料理店の内部を思い出す。カウンターの後ろに扉のついた黒い、鉄製の大きな四角い何かがあったなと思い出した。おそらくあれがオーブンだ。

「確かにそれっぽいのがありました。でもこの世界、電気通ってるんですか？」

「オーブンの動力に関しては火魔法で動くよう作られているので、その点は異なると思いますけどね」

少々の雑談を交えて道を進む。詰所は下の方にあるらしく、どんどんと階段を下って行った。二人とも空乃が緊張しないよう気さくに話しかけてくれ、おかげで武器を持っているという恐れも薄れた。すれ違う人もなんとなく温かい眼差《まなざ》しを向けてくれたり、頭を下げて挨拶《あいさつ》してくれる人さえいた。

しばらくすると目的地に着いたらしく、木扉の一つを開けると中へと促される。天井の高い広々とした部屋だった。カウンターがあって係の人がまたしてもにこやかに挨拶をしてくれる。

カウンターにおかれた札にはこう書いてあった。

〈王立グランドゥール騎士団支部空港護衛部隊〉

「こちらの奥までどうぞ」

カウンターを過ぎ去り、事務仕事をしている人々の前を横切って部屋の一角にある小さな応接室へと通される。促されるままにソファに座るとお茶を出され、部屋の扉がぱたりと閉められた。

「さて、急な事態でずいぶん驚かれたかと思いますが……そうでもなさそうですね」

先導してくれていた二〇代の青年が話を切り出すが、あんまり危機感のなさそうな空乃の様子を見て若干苦笑交じりだった。

「まだ何がなんだかわからないといったところでしょうか。僕はルドルフ・モンテルニ、隣の者は部門長のミルドと申します。王立グランドゥール騎士団の空港護衛部に勤めていまして、種族は貴方《あなた》と同じ人間です」

「木下空乃です」

空乃は律義に自己紹介を返す。出されたお茶を口にしてみると、かすかに花の香りがする紅茶だった。

「貴方は本日この王立グランドゥール国際空港へとお越しになりました。どうやって来られたのか覚えていますか？」

「いえ……元々地球のとある空港にいて、そこを歩いていたはずなんですけど。気がついたらここにいました」

自分でもおかしな説明だと思うが、そうとしか言いようがない。だがルドルフもミルドも、納得したように一つ頷いた。

「ここは世界一の空港でたくさんの人が日々行き交い、利用されています。そして数年に一度の割合で貴方のように異世界から『迷い込んで』来る方がいるのです。その方々は皆、同じようなことを言われる。珍しくはありますが、あり得ないというほどでもないのですよ」

「そうなんですか」

空乃にはそうとしか言いようがなかった。

「で、これからのことですが。異世界からいらした方は様々な役立つ知識をお持ちのため、大体どこの国へ行っても保護され、生活が保障されます。これがこの世界の地図です」

ルドルフは大きな地図を机いっぱいに広げ、インク壺《つぼ》に浸したペンで丸を付けながら説明をしてくれる。

「ここが当空港を保有するグランドゥール王国。国土の大きさも人口も世界一で異世界の方々も多く住んでおります。治安もいいので滞在するのにおすすめですよ。近隣諸国との戦争の心配もありません。治安の面で言えば、この大森林に囲まれた龍樹《りゅうじゅ》の都もおすすめですね。精霊が光となって飛んでいてとても綺麗《きれい》です。

ああ、西の諸国は少々治安が悪いのであまり行かないほうがいいです。魔物の活動が活発なので、仮に冒険者をやるなら経験を積んでから行くほうが無難でしょう」

ルドルフは次々に丸をつけながら矢継ぎ早に国の名前と特徴を説明していくが、空乃にとってはチンプンカンプンだった。地理は苦手だし、よくわからない単語がポンポン飛び出してくる。とりあえず、大事な点を聞くことにしようと思う。

「あのー、元の世界に戻るっていう選択肢はないんですか?」

するとルドルフもミルドも少し同情する表情でこちらを見て、穏やかに言った。

「元に戻る確実な手段は、今のところ見つかっておりません。ただ時々、忽然《こつぜん》と姿を消す者もおりますので……もしかしたら戻ることも可能なのでは、という程度です」

「なるほど」

「あっさりしてますね」

「ええ、まあ」

空乃は思う。ここで例えば、「おうちに帰りたいよぅ」と泣き出してもどうにもならないし、何より空乃は旅行途中なのだ。初めての旅先はフランス、と決めていた空乃だったが、考えようによっては周りの誰《だれ》も行ったことのない場所に行けてラッキー！　と思えなくもない。そのうち帰れるかもしれないし、ここは楽しんだもの勝ちだ。

幸い、異世界人だというだけでこちらの世界で優遇される存在らしい。これはとてもラッキーだろう。

空乃は考えてから質問を続ける。

「グランドゥール王国に滞在するとなると、具体的にどんな保護がいただけるんですか？」

「王国の役所へ行っていただき、手続きを踏めば戸籍登録は勿論《もちろん》住居の確保のお手伝い、半年間の金銭的保護を得られますよ。事業を起こすためにまとまった金が必要なら無利子無期限返済で借り入れが可能ですし、冒険者になりたいならば冒険者ギルドへの登録が可能ですし、商人になりたいならば商人ギルドへの加入が出来ます」

「至れり尽くせりですね」

半年の金銭受給に住居確保、戸籍登録まで可能とはちょっと破格の待遇すぎやしないだろうか。

そんな空乃の心の声が聞こえたのか、ルドルフの補足説明が入る。

「異世界の方はこの世界に様々な恩恵をもたらしてくれますから、これは当然の措置といえます」

なるほど、厚遇されるのには訳があるということか。こうも期待されていると、ただの一八歳の小娘である空乃にはなかなかのプレッシャーというものだ。

「ところでどうして私が異世界から来たってわかるんですか？　さっきのお店の方も、見ただけで異世界人だとわかったみたいなんですけど」

「ああ、それは、貴方に魔素《まそ》を感じられなかったので」

魔素？　と首を傾《かし》げる空乃にルドルフは続けて説明してくれる。

「この世界に飛んでいる元素の一種で、魔素を糧に我々は魔法を行使するのですが、通常我々は生まれた時から魔素を体内に保有しています。これは気配みたいなもので人体から感じ取れるものなのですが、貴方からはそれを全く感じませんので。達人になれば魔素を隠して気配を消すことも可能ですが、そうではないだろうなと」

どうやら髪の色や目の色などで判断されているわけではないらしい。ルドルフは空乃の質問に懇切丁寧に答えてくれ、隣のミルドは二人の会話を聞いてメモを取っていた。

「まあ、今すぐにどこの国に所属するか決めるのも難しいでしょうし、ひとまず仮の滞在手続きをしていただいて、王国に逗留《とうりゅう》するという方法も取っていただけますよ」

「じゃあそれでお願いできますか」

「はい」

ルドルフはにっこり微笑《ほほえ》み、事務手続きに入ってくれた。

いくつか書類を書いた後、ルドルフは「では、王都へ行きましょうか」と言い、立ち上がった。

ちなみに文字は自然に読めるし、字は日本語を書く感覚で書けば勝手にこちらの文字になった。便利だ。

ミルドとは詰所で別れ、ルドルフと二人で進む。

元来た道を戻り、再び空乃が迷い込んだあの場所へと足を踏み入れる。前を歩くルドルフが、こんな言葉を付け加えた。

「王都へ降りる必要があるので、このターミナルから飛行船に乗ります」

「降りる？」

「ええ、伝え忘れていましたが」

ルドルフはカーテンのかかった窓の一つに空乃を誘導する。来た時は奇抜な見た目の人々に気を取られすぎて気がつかなかったが、ここには高い天井に開放的な大きな窓がいくつもあった。ルドルフがカーテンを開けると、外を見るよう促す。

「まぶし……」

逆光に一瞬目を細めた空乃は、徐々に光に慣れると瞼《まぶた》を開ける。

窓の外は晴れた青空の下、予想外に——雲海が広がっていた。

「ここは上空にある空港です。空に浮かぶ王立グランドゥール国際空港、通称エア・グランドゥール。窓の外に見える建物が空港の中心部、中央エリアです。我々が先ほどいた騎士団の詰所も、中央エリアの下にあるんですよ」

空乃はガラス越しに見える景色《けしき》を呆気《あつけ》に取られて見つめた。

視線の先には、雲の上に浮かぶ巨大な建造物が見える。先ほどから通路を行ったり来たりしたのは、あの建物に行くためだったのかと納得する。細長い窓をいくつも抱え、精緻《せいち》な装飾を施したドームを有するその周りに飛行船というものも見えた。

帆船の形をしており、空乃の視線の先で建物の周囲を旋回し、ゆっくりと船首の向きを変え空の上を滑るように飛んでいる。

「では、行きましょうか」

「あ、はい」

あまりに現実離れした光景に、思わず窓の外を食い入るように見つめていたが、ルドルフに声をかけられて空乃は我に返った。

床は職員用通路と同じく板張りで壁と天井は石造だ。近くの待合所には座り心地の良さそうなベンチがいくつも配置されている。

空乃は待合所の端っこにある、先ほど訪れた料理店を見た。そこだけ照明も少ないのかなんだか薄暗く、閉じた窓と扉が客を寄せ付けない雰囲気を醸し出している。

「カウマン料理店が気になりますか？」

様子に気づいたルドルフが声をかけてくる。

「あの外見と立地の悪さでお客はほぼ入ってません。近いうちに店を畳むんじゃないでしょうかね」

空乃は思わずルドルフの顔を見た。

「それはちょっと、残念です」

「まあ長年この空港に店を出していたなら、腕前はあるのでしょう。降りて王都で料理人をする道もあります」

それはそうかもしれないが。

「でもあの見た目、かなり長くこの空港でお店やってたんじゃないですか？　愛着とかあるだろうし……ちょっとかわいそう」

「そうはいっても、こちらも商売ですからね。これは商業部門の仕事の話になりますが、お客の入らない店をいつまでも抱えておくわけにはいきません。新しい店を入れるか、待合所を広げるか。空港の利益になるようにしませんと」

大人の世界はこっちに来ても世知辛いようだ。

空乃の脳裏にまたもや慣れ親しんだおじさんの顔がよぎり、記憶の中の空乃の兄が話しかけて来た……。

「特別サービスだって」

言って兄が差し出してくれるのは、透明な器に盛られたほんの小さなバニラアイス。ありがとう、と受け取って頬張《ほおば》るアイスは特別美味《おい》しく感じられた。兄の後ろには、カウンターで黒いエプロンをつけた喫茶店のマスターがニコニコと笑っている。

もう、八年も前のことだったか。

空乃が記憶と重ねるように未練がましく料理店を眺めていると、ルドルフが「ゲートが開きました」と告げる。

その時、開いたゲートから三人組が弾丸のように飛び出して来た。

「急げ急げっ！」

「あと五分しかないぞ！」

「やばいっ、乗り遅れちゃう～っ！」

三人は大荷物を抱えて、疾風の如《ごと》き速度で走り抜けていった。その速さたるや、目で追うのがやっとだ。

「……何ですか、今の人達？」

「大方、飛行船に乗り遅れそうになって走っているんでしょう。よく見かける光景ですよ」

呆気に取られる空乃に対し、ルドルフはさほど気に留めていない。本当に日常的な風景のようだった。確かに地球でも飛行機に乗り遅れたら大ごとだもんね、と空乃は考える。

客が全員降りたところで、今度は搭乗する空乃達の番だ。

ルドルフが二人分の乗船券をゲート接続口にいる職員に見せると、「いってらっしゃいませ」と微笑みながらトンネルへと手を示される。

ゲートが開いても雲海なので外に直接出るわけではなかった。

接続されたトンネルを通って飛行船へ乗り込む。

「甲板には出られるんですか？」

「特殊なドームが張られているので出られますよ。行ってみましょうか」

促され、甲板へと出てみる。完全に帆船の甲板そのもので、船員が立ち働き、空乃達と同じ客が眺めを楽しんでいる。

全《すべ》ての乗客が乗り込むと出入口が閉ざされる。発進の合図とともに排気孔からエネルギーが放たれて船がゆっくり後退し、回転して船首の向きを変えた。わずかな浮遊感を覚えた後、船は徐々に雲の海の中へと沈んで行く。

何もかもが初めての体験である空乃は目に入るもの全てが新鮮で、当たり前のように空の上を進む船を興味深く見つめた。するとそんな空乃の様子に気づいたルドルフが説明をしてくれる。

「この船は浮遊石という特殊な石の力で浮き、魔法で推進しています。魔法使い、技師どちらの力も欠かすことが出来ないまさに魔法技術の粋を集めた傑作ですよ。

ちなみに空港自体は浮遊土という特殊な土で構成された島の上に建設されておりまして、ちょうど王都の南東の上空一万メートルほどに位置しています。これだけ大規模な空港を地上に作ろうとすればかなりの森林伐採を行い周囲の生態系を破壊することになります。それは自然との共存を図る世界及び王国の思想とは反する行為です。住処《すみか》を追われた魔物が街を襲うかもしれませんし、そもそも開発中に大規模な魔物討伐部隊を組まねばならないでしょう。

当然空気も薄いし気温も低いため、空港内は全て遮蔽《しゃへい》されており外気に触れることはありません。といっても閉塞感《へいそくかん》が無いように工夫されており……」

感動する空乃に、ルドルフは嬉々《きき》として飛行船と空港の構造について喋《しゃべ》り出す。その勢いは止《とど》まるところを知らず、放っておけば延々と語っていそうなほどであった。

空乃はもしやと思い、ルドルフに問いかけた。

「ルドルフさん、もしかして飛行船好きなんですか」

「いや、好きと言いますか、職務上必要と言いますか……」

ルドルフはその整った顔に若干の照れ笑いのようなものを浮かべながら、言い訳めいた言葉を並べ始めた。

「まあ、嫌いではないですね。ここから王都へはほぼ垂直に下降するだけなので一時間もかからないで着きます。空からの景色をお楽しみください」

飛行船の旅は本当にあっという間だった。雲間を抜ければ足元に大地が広がり、中央に一際目立つ城がある大きな都が広がっている。

落ち着いた女性の声で船内アナウンスが流れる。

「まもなくエア・グランドゥール地上口に着港します」

アナウンスに従って、空乃とルドルフは飛行船から降りて行く。外に出た途端、風がぴうっと吹き抜けた。

「……寒いっ、ちょっと上着を出すので、待っててもらえませんか」

空乃は開口一番にそう言い、身震いする。というのも、北風が吹きつける石畳には所々雪が積もっており、上からも下からも冷気が押し寄せてきたのだ。スーツケースを広げて中からコートを取り出す。持ってきていて良かった、と思いながら着込むと、ルドルフをちらりと見た。

「ルドルフさんは寒くないんですか？」

「僕達の制服は少々特殊な素材でできているので、多少の寒暖差ならば気になりません」

いいなぁ、と思う。一体どんな素材でできているのだろう。もし普通の服屋で売っているなら欲しいなと空乃はこっそり考えた。

「さ、行きましょうか」

ルドルフの先導で歩いて行く。視界の先には既に店や宿が並ぶ繁華街が見えていた。さすが王都というだけありその賑《にぎ》わいは圧巻だった。ここは空港から出たところすぐの、中心部からは離れた場所だというのに店が軒を連ね人が行き交っている。日本の繁華街の雑多な賑わいとは違う。建物は薄いベージュの煉瓦《れんが》で統一されており、屋根は紺《こん》碧《ぺき》色だ。雪の積もった窓辺や石畳に置かれた植木鉢には薄紫色の花が咲いていた。建物にも緑のツタが繁茂している。道路脇の花壇には、真っ白い花がお辞儀をするように咲いている。

「植物が多いでしょう？」

言われて空乃は頷《うなず》く。

「王都は別名『花と緑の都』と呼ばれていまして。これから春になるともっと美しい景色《けしき》が見られますよ。中心部にある広場では花祭りと呼ばれる催しも行われますし、この都が最も輝く季節です」

「それは……ぜひ見てみたいです」

統一感のある煉瓦の建造物に咲き誇る花々と植物の青々とした様子を思い浮かべ、空乃は口元を綻《ほころ》ばせて言った。いつ帰れるかわからないけれど、その時まだ滞在しているのであれば見てみたい光景だ。

役所に行き、グランドゥール王国への滞在手続きを済ませた空乃は、借りたアパートの一室に一人でいた。すでにルドルフとは行動を別にしている。

空乃はバルコニーに出て椅子に腰掛け、景色を眺めた。周りは住宅だらけで、窓からこぼれる草花の緑が目に優しい。冬だというのに草花が咲き乱れる光景はなんだか不思議だった。

上を見れば、飛行船がゆっくりと空を進んで行くのが見える。向かう先はエア・グランドゥール
で、放射状に伸びた通路が特徴的なその空港は、地上から見ると空港というよりむしろ一つの巨大な島だった。あんなに大きなものが空に浮いているなんて、と異世界の技術の凄《すご》さに圧倒される。ルドルフは理屈を説明してくれたが、空乃には原理が理解できなかった。理解できないが、凄いなという感想だけは出てくる。

目まぐるしい一日で、フランス旅行の予定だったのがなぜか遠く異世界まで来てしまった。帰れる見込みはあまりない。

母と父、そして年の離れた兄がちらりと頭をよぎる。鞄《かばん》にしまってあったスマホを取り出してみると、圏外表示になっていた。当たり前といえば当たり前だが連絡は取れないらしい。ちょっとセンチメンタルになるのを抑え、空乃はうーんと伸びをした。

「ま、なんとかなるかな！」

声に出して言ってみるとしっくりくる。

うんうん、なんとかなる。それより何より、せっかくなのだからこの世界を楽しむべきである。

これは旅行、あくまで旅行だ。

「よし……レッツエンジョイ、異世界生活！　とりあえず市場《いちば》にでも行ってみよう！」

空乃はおー！　と右拳《こぶし》を突き出すと、椅子から立ち上がって出かける準備をした。

素早く家の戸締りをし、先ほど役所で支給されたばかりの現金を引っ提げて市場へと買い出しに行く。

もらったのは金貨一五枚で、空乃の場合住居にかかる費用が不要なのでこれで十分賄えるという話だった。とはいえ、相場がわからないと困るので、金貨一枚だけを財布に入れて買い出しだ。

市場の場所はアパートからすぐ近くで、迷うこともなかった。

オレンジ色の天幕を張った店が広場にたくさん並び、客を呼び込む。ちゃんとした建物の店ではなく市場という体だと店と客の距離感が近いような気がして、空乃はこの異国情緒漂う市場にすっかり心を奪われていた。

郊外でこの規模だというのなら、中心街とやらに行けば一体どれほど賑わっているのだろう。

ぶらぶら歩きながら物色する。肉や魚はガラス張りのショーケースの中に入って売られており、野菜は大きな籠《かご》にこんもりと山盛りに積まれていた。その他、香辛料を売っている店、雑貨を扱う店など様々だ。

狭い通路を縫うようにして歩きながら空乃は見物していく。

「……ん？」

物色しつつ歩いていると、ショーケースに様々な惣菜《そうざい》が並んでいる店が右手に見えて来た。空乃は近づき、早速眺める。グリーンリーフや野菜のマリネ、ハムやチーズ、肉を揚げたもの、それからグラタンのようなもの。色とりどりの惣菜は見ているだけで面白く、空乃をワクワクさせた。

「いらっしゃいませ。ご注文はお決まりで？」

声をかけられ見上げると、眼鏡《めがね》をかけた恰幅《かっぷく》のいい、二足歩行するタヌキそのものの店員が声をかけて来た。二つの耳の間、頭の上に生えている茶色いパンチパーマの髪の毛がシュールだった。

「えー……と、何か人気のメニューはありますか？」

「人気があるのはキャロットラペ、カマンベールチーズ、ホロホロ鳥のコンフィ、ガランティーヌあたりだよ」

キャロットラペは聞いたことがある。確か酢漬けした人参《にんじん》サラダのことだ。カマンベールチーズもわかる。しかし後者の二つがわからない。特にガランティーヌに関しては、名前から料理が全く想像できなかった。一体何をどう調理したものなのだろうか。

空乃の疑問を察したのか、タヌキ顔の店員はトングで一つの料理を指し示した。そこにはロール状になり、真ん中にしなっとした脱色しまくりの野菜が巻かれている肉料理の姿が。

「これがガランティーヌ。ウチでは鶏肉《とりにく》に人参を巻いて茹《ゆ》でて作っているんだよ。まあ、ハムの一種みたいなもんでね。ワインビネガーとトマト、後はハーブや香辛料を混ぜて作った秘伝のソースが一押しポイントだよ」

「じゃあ、ガランティーヌ下さい」

「はい、はい」

タヌキの店員が大人の手のひら二つ分ほどのバゲットを手に取り、横一直線に切り込みを入れる。トングでケース内のガランティーヌを二つ取ると、器用に片手でバゲットの切り込みを押し開けて挟んだ。そしてそこに豪快にソースをぶっかける。

秘伝のソースとやらが滴るほどにかけられたそれを紙で包んでからタヌキのおばさんは朗らかに言う。

「どうぞ、大銅貨二枚だよ」

「あ、はい」

金貨で支払いお釣りをもらうとバゲットサンドを手渡され、愛想よく「また待っているよ」と言われた。

市場を見て回り、必要なものを買い込むと、両手いっぱいに茶色い紙袋を抱えて用意してもらったばかりのアパートへと戻る。

荷物の整理もそこそこに、椅子に腰掛けると小腹が空《す》いていたので早速買ったバゲットサンドの包みを開いてかじりついた。

まず最初に来るのは食パンとは異なる噛《か》み応え抜群のバゲット。そして中に挟まっているガランティーヌは、しっとりとしていて肉の優しい旨味《うまみ》がたっぷり含まれていた。ワインビネガーのソースとの相性も抜群だ。程よい酸味が食欲をそそる。

もぐもぐと食べ進めながら、しかし空乃には少し引っかかる部分があった。

「んー」

ガランティーヌ。それ自体は美味《おい》しい。しかし見た目がちょっと……中に巻かれている人参の色が抜けているせいかもしれないし、豪快にかけられているソースのせいかもしれないけれど、どうにも美意識に欠ける彩りである。

日本では見た目にもこだわった食べ物がたくさん売られている。それに慣れてしまっているせいなのだろうか、このバゲットサンドははっきり言って微妙な見た目だ。

そういえばカウマン料理店も惜しい。あんなに美味しい料理を出すのに、店構えがあの状態では来る人も来ないだろう。

今日の食事代金の支払いも兼ねて、明日また行ってみようと空乃は心に決めた。

【二品目】クロケットと新商品開発

「お嬢ちゃんまた来たのかい」

「また来ました！」

翌日の昼過ぎ、ソラノは再びカウマン料理店を訪れていた。

昨日《きのう》同様客の一人もおらず、昼のかきいれ時を過ぎたところだというのに店は静かなままだ。カウマンが皿を二枚、洗っているだけだった。きっと自分達の昼食だろうとソラノはあたりをつける。皿を洗い終えたカウマンが、勝手にカウンター席に陣取って座ったソラノへと向き直る。

「今日は何しに来たんだい？」

「お昼を食べに。あと、昨日のビーフシチュー代を払いに来ました」

「それはいい心がけだが、昨日の代金は受け取らねえぞ。あれは俺が勝手にやったことだからな」

「でもそれじゃ悪いですよ」

「なんと言われようが、俺は絶対に受け取らんからな」

「ソラノちゃん諦《あきら》めなよ。うちの人こう言い出したら聞かないからね」

サンドラまでもこう言うようでは本当に受け取ってもらえなそうだ。ソラノとしては現在、支給されたお金とはいえ現金を持っているので渡したいところなのだが、ひとまず昨日の代金については何か別の方法で恩返しを考えよう。

「じゃあ、今日のお昼を食べますっ。それはちゃんと支払いますからね！」

「はいよ、メニューどうぞ」

サンドラがカウンター越しにメニューと水を渡してくる。メニューは厚紙に手書きで書かれており、シェフ特製ビーフシチューからはじまり、魚のムニエル、コートレット、クロケットなど。正直半分くらいは名前だけだとなんだかわからない。

しかしこの「わからない」感がソラノの好奇心を刺激した。昨日市場で買ったバゲットサンドのガランティーヌもそうだったが、いかにも異国っぽいではないか。たくましい根性の持ち主であるソラノは、もうここがフランスの代わりに来た旅行先であると割り切っている。割り切った以上、楽しまないと損だ。

値段はどれも銀貨一、二枚。役所でソラノに支給された一月分の生活費は金貨一五枚。昨日市場を見て回った感じの物価からすると、この店、結構お高い部類の店になる。少なくともバゲットサンドで大銅貨二枚だったので、それよりも値段が張っている。

贅沢《ぜいたく》に外食三昧《ざんまい》ばかりしているとあっという間に資金が底をついてしまうが、今日は昨日のお礼もかねてここで食事をしようと決めていたのだ。あと、ここのビーフシチューが美味しかったから、ほかのメニューも食べてみたいという気持ちもある。そんなふうに考えながらメニューを眺めてみるが、ダメだ。一体何が何やらわからない。

ソラノはメニューから顔を上げカウマンに問いかけてみた。

「おじさん、おすすめの料理ありますか？」

「よくぞ聞いてくれた」

カウマンがニヤリとして、メニューの一つに指を走らせた。

「今日はこの、クロケットがおすすめだ。と言うよりも……ほかの食材は調達していない」

「ええ……」

「だって見てみなよ、客が入んねえのにそんなに大量に仕入れても仕方ないだろ。そんなわけで、本日のおすすめはクロケット」

「じゃあ、クロケットお願いします」

「はいよ」

カウマンが調理をしている間、サンドラが話しかけてきてくれた。

「そいで昨日はあの後どうしたんだい？」

「騎士のルドルフさんがついてきてくれて、王都の役所で一時滞在の手続きをしました」

「ここに留《とど》まるんだね。王都はいいところだから、ゆっくりみて回るといいさね」

「はい！　珍しいものがいっぱいで、しばらくは全然飽きそうにありません」

会話をしていると、揚げ物のいい匂《にお》いがキッチンから漂ってくる。ジュワジュワ、ぱちぱちと油が爆《は》ぜる音がした。どうやらクロケットとは揚げ物料理のようだ。

それにしても、全然客が来ない店だなとソラノは店の中を見回した。

店内は現在ソラノが陣取っているカウンターに七席、それに二人がけの丸いテーブル席が五つある。テーブルも椅子も年季の入った木製で、ソラノが座っている背の高い椅子は脚のすり減り具合が違うらしく、ただ座っているだけでガタガタした。ぶっちゃけ座り心地が悪い。

壁紙は色あせて変色しているし、一部剥《は》げているところさえあった。

かといって不潔なわけではなく、掃除は行き届いて床はピカピカ、照明も埃《ほこり》ひとつないし、出てくる食器類も新品のような輝き具合だ。やる気がないわけじゃないらしい。

そんな様子を見ていると、ソラノの忘れていた記憶がどうしても刺激されてしまう。あの店も古いけど趣のあるお店だったなぁ、店のおじさん優しかったなぁ、あの店でバイトしたかったなぁ……などと考えていたら、サンドラが話しかけてきた。

「ボロっちい店だろ」

苦笑混じりの声だった。

「色々綺麗《きれい》にしたいところなんだけど、なんせ客が来ないから、修繕する費用もなくてねえ。昔はこれでも繁盛してたんだけどね」

「なんでお客さん、来なくなっちゃったんですか？」

「なんでかねえ。原因はいろいろあるさね。昔と違って空港内に店がたくさんできたし、降りてすぐの王都郊外も発展した。別にわざわざウチみたいな店に入らなくても、もっと魅力的な店が出来ちまったんさねぇ」

「大変なんですねえ……」

「おぉ、わかってくれるかい。大変なんだよ……はいよ、クロケットおまちどお」

カウマンの白と黒のまだら模様の手がにゅっと伸びてきてカウンターに料理を置いた。

それは、見た目コロッケそのものに見える。きつね色にこんがり揚がった円柱状のコロッケがお皿に二つ盛り付けられており、端にはトマトのマリネとバゲットが添えられていた。首を傾《かし》げ、思ったままの言葉を口に出してみた。

「コロッケですか？」

「いんや、これはクロケットだ」

何が違うのだろうか、とソラノは疑問に思う。単純に言い方の問題かなとも考えた。

ともかく食べてみようとソラノはカトラリーを手に「いただきます」と言う。

ナイフとフォークを手にして真ん中から二つに割ってみると、中から湯気がほかほかと立ち上り真っ白いソースがとろりと溢《あふ》れてくる。一口大に切ってから口に運ぶと、濃厚なホワイトソースの味わいと魚介の旨味が広がった。

なるほど、クリームコロッケだ。

中のホワイトソースにしっかりとした味がついていて美味しい。濃厚だけど重すぎない、絶妙な味付けである。

サクサクと食べ進めるソラノを、温かい目で見守るカウマンとサンドラ。

「店が潰《つぶ》れる前に、お嬢ちゃんみたいな若いお客さんが来てくれて嬉《うれ》しいよ」

「やっぱお店潰れちゃうんですか」

「そりゃあねえ、なんとかしたいが、この有様じゃなぁ。どうすればいいのかもわからんし」

カウマンは完全に諦めた顔でしみじみと言っている。サンドラは渋い顔でそんな夫の背中をばしんとたたいた。

「辛気臭いこと言ってるんじゃないよ！　ンなことを言ってる暇があったら、新しいメニューの一つや二つ考えろってんだよ」

「いてえな！　ならお前だって、何かいいアイデア出してみろよ！」

クロケットを食べ進めるソラノの前で夫婦喧嘩《ふうふげんか》を始める二人。ワアワア言い合うさまからは、やはりここを諦めたくないんだなという気持ちが伝わってくる。

サクサクサク。

クロケットは噛み締《し》めるたびに濃厚なホワイトソースの旨味が出てきてやめられない。しかも二つ目を食べたら、中身が違っていた。こっちはじゃがいもが入っている。ホクホクとした食感がやみつきになる、味わい豊かなものだった。

カリカリのバゲットもクロケットにマッチしているし、付け合わせのマリネはトマトとビネガーの絶妙な酸味により油でいっぱいだった口の中がさっぱりする。

「そういったって、何やっても上手《うま》くいかなかったじゃないの」

「だったらやっぱり下に降りてやり直したほうがいいじゃねえか」

二人はソラノの前で口喧嘩《くちげんか》を続けている。もはやソラノの存在は見えていないらしい。

客の目の前で言い合っている様子も、店のオンボロ具合も、時代に乗り遅れまくっている様子も、完全に客商売として終わっているといっても過言ではない。だがソラノは、ここを見捨てたくなかった。

それは異世界に迷い込んだソラノにこの夫婦が最初に優しくしてくれたせいかもしれないし、素朴だが美味しい料理の味のせいかもしれない。それとも急に見知らぬところに放り出されて、人恋しいせいかもしれない。

けれど何よりも引っかかるのは、カウマン夫妻の人柄が昔を思い起こさせるせいだろう。

あの時は諦めた。まだ幼すぎるソラノには仕方のないことだったから。でも今なら、なんとかなるんじゃないだろうか？　仕方のないことで悩むのはソラノの性分に合わないけれど、どうにかなることならばやってみようという気持ちになるのもまたソラノの性格だ。

気づけばソラノはクロケットを完食していて、フォークをカウンターに置き、こう叫んでいた。

「ご馳走《ちそう》さまでした！　おじさんおばさん、私このお店のお手伝いします！」

カウマンとサンドラは言い争いを止《や》めてソラノを見つめる。

「は？」

「急にどうしたんだい、ソラノちゃん」

訝《いぶか》しむ二人を尻目《しりめ》にソラノは腕を組んでうんうんと納得顔で頷《うなず》いた。

「我ながらナイスアイデアだと思いますよ？　だってビーフシチューのお礼もできるし、私、まだ何したいのかも何すればいいのかも決まってないですし」

「そうは言っても、未来溢れる若者がこんなうらぶれた料理店で時間を潰すことはねえだろ」

「いいのいいの、もう決めたんです」

「給料だって払えねえぞ」

「半年はお金もらえるんでいいです。かわりにこの世界について、教えてくださいね。魔法とか、使えたら便利そうだし。よし、じゃあ、そうと決まれば敵情視察ですね。サンドラさんどうせ暇でしょう、空港の中案内してください」

ソラノは勝手にまくしたて、サンドラの手を取り店の外へと飛び出した。体格で言えばサンドラはソラノの二倍ほどあるのだが、勢いに押されたサンドラはソラノに腕を取られたままついてくる。

ソラノは意気揚々と言った。

「早速なんですけど、空港でお店がある場所まで行きましょうよ」

「いやいやアンタ、その格好で行くつもりかい？」

「え？　なんかダメですか」

ソラノは歩きながら自分の服装を見下ろす。フード付きのパーカーワンピースに愛用の編み上げブーツだ。この空港は一定の気温でよかったなぁと思う。何せ外は、本日は木枯らしが吹いていた。寒い。春はもっと都が美しくなるとルドルフは言っていたが、まだまだ心地よい季節になるまでには先は長そうだ。

「あ、もしかしてこの服装、この世界だと浮いてます？」

「浮いてるねえ。ほらあそこ、見てみな。お貴族様だ」

サンドラが指をさす先には、裾《すそ》が踝《くるぶし》まである淡いピンクのふわふわなドレスを着た女の子と、帽子もワンピースも高級そうな素材の服を着た婦人、そして腰に剣を下げた中年男性と護衛らしき一団がいた。

「あっちも」

その数メートル離れたところにいたのは、鎧《よろい》を着た冒険者数名。皆武器を携えていて引き締まった体つきをしている。女性も交じっており、輝く宝石が嵌《は》まった杖《つえ》を握っている。こちらは豪華な装飾品の付いた服を着ているわけではないが、その衣服の素材は明らかに安物ではない。

「ありゃ高ランクの冒険者集団だよ。貴重な素材で造られた防具や武器を身に着けてる。その隣も、ちょっと離れた場所にいる人も、よく見てみな」

確かに右を見ても左を見ても、皆気合の入った服装をしている。貴族は貴族らしく、冒険者は冒険者らしく、そうでない者も皆自分の用意しうる最高の衣服を身にまとい、背筋を伸ばして優雅に歩いていた。

「そんで、あたしらの格好見てみなよ」

再度自分の服を見てみれば、洗濯シワの付いたちょっとヨレかけのワンピースに、履きすぎてかかとがすり減ったブーツだ。サンドラは少し太った体に年季の入ったエプロンをつけている。

「なるほど場違いですね」

「だろ」

ソラノはサンドラの言わんとすることに気が付き、納得した。だがしかし。

「着替えて出直すのも面倒なのでこのまま行きましょうよ。別に普段着で歩いちゃいけないわけじゃないんでしょう?」

二人に対して少なからず好奇の目を向ける者がいたが、ソラノは構わず再び歩き出した。

「アンタ勇者だね……」

呆《あき》れたようにサンドラがついてくる。

「あ、案内板がありますね」

ソラノが立ち止まった先には、空港の案内図を描いた大きな看板があった。空港はターミナルが一〇あり、第一ターミナルには王都とエア・グランドゥールを結ぶ船が飛んでいるらしい。ということは、カウマン料理店は第一ターミナルに存在しているのだなとソラノは理解する。第二から第一〇は世界各地へと飛ぶ船が就航している。

案内図を見ると空港は真ん中の土産物や飲食店が林立する丸いフロアを起点に、放射状に各ターミナルが延びている。

隣には断面図もあり、それを見るとどうやら上の階には宿泊施設もあるようだ。まるで小さな街のようだった。

サンドラが案内図を指し示して説明する。

「見てみな、客はこの真ん中のフロア、中央エリアで全《すべ》ての用事を済ませられるように出来てるさね。かつては各ターミナルにたくさん店があったんだけどねえ、効率化を図るため真ん中に集約されたんだ」

「よし、じゃあそこまで行きましょう」

「行くんだねえ……」

「行くんですっ」

まずはどんな店があるか調べないと、店を立て直すにしたって方向性がぶれてしまう。

ソラノは行き渋るサンドラの腕を放さずに中央エリアまで進んだ。

中央エリアは人の数も流れも、店があるターミナルとは比べ物にならない場所だった。

ソラノが見たところ貴族は護衛を連れているので集団の規模が一〇から一五人と多くなりがちで、冒険者は逆に少人数だ。多くても四、五人程度。

圧倒されたソラノは歩きながらも思わず感心した。

「すっごい人の数……！　みんな豪華だし凄《すご》いですね！」

「ここは王都の中心部、王城周りと比べても遜色《そんしょく》ない煌《きら》びやかな人が集まるところだよ。あたしも来るのは久しぶりだ」

「あっ、この店美味《おい》しそうな匂《にお》いがする」

「聞いてんのかね⁉」

ソラノは目の前にあった店へと寄ってみる。装飾の施された白い柱と金張りの壁紙はそれだけで高級店だと主張していた。店の前には燕尾服《えんびふく》を着た人が立っており、ソラノとサンドラへ絶対零度の視線を向けている。だがソラノはそんなことは気にしない。店の前のメニューを眺める。

「ランチコース金貨五枚……？」

高《た》っか。月の生活費の三分の一が吹き飛んでしまう。

隣の店はどうだろうか。ソラノは次の店へ足を進めた。赤塗りの柱とブラウンの壁紙の店はもはや、メニューすら外に掲示されていない。その雰囲気はあからさまにソラノのような庶民を寄せ付けていなかった。一見《いちげん》さんお断りだ。

隣の隣も、その隣も、似たような店ばかりだった。ランチは金貨五枚を下らないし、ディナーは最低でも金貨八枚から。メニューも金額も載せていない店だって数多くある。そんな店に、着飾った人達が吸い込まれるように入って行った。あからさまに場違いなソラノに侮蔑《ぶべつ》の目を向ける人すらいた。

そんな人々を横目に眺めつつ、疑問が浮かんだソラノはサンドラに問いかけた。

「冒険者の人達がいませんけどどうしてるんですか？」

「あっちに冒険者用のエリアがあるよ。行ってみるかね。行きたくないけど」

「行ってみましょう」

冒険者用エリアに足を踏み入れると様子ががらりと変わった。先ほどまでの上品な身なりの人はいなくなり、代わりに武器を携えた大柄な男性や魔法使いと思《おぼ》しきローブを羽織った女性。二人組から多くても五人ぐらいのグループがそこかしこを歩いている。

店を見ると酒場が多く、店構えもフランクでソラノでも受け入れてくれそうな雰囲気がある。

「見せかけだけだから、入ろうなんて思っちゃダメだよ。あくまで冒険者向けの店なんだから、一般人のあたし達が入ったら笑われて叩《たた》きだされるよ」

ソラノの思考を読んだサンドラがこそっと耳打ちをした。

「ねっ、店が区画で分けられて、上手《うま》く商売ができるようになってるだろ？　飲食だけじゃないよ、富裕層向けの珍しい土産物や冒険者向けのポーションなんか売ってる店もちゃんとあるんだ。富裕層は富裕層向けのエリアで、冒険者は冒険者向けエリアで全て済むようになってるさね」

確かにそう見える。ふとソラノは気になることをサンドラに尋ねた。

「サンドラさん、普通の人は旅行はしないんですか？」

「庶民がってことかい？　うーん、難しいねぇ」

サンドラは首を振り振り、小難しい顔を作る。

「飛行船の乗船券は、一番安いモンでも金貨が何十枚も必要になる。どこ行くにしたって片道で五日、一〇日、一番遠い所だと二〇日以上と時間もかかるし、庶民が旅に出るのはちょっとねぇ。行けなくもないけど、それなりの準備が必要になるさね。メインはやっぱりお貴族様か、商人か、冒険者か。はたまた研究員や国の調査団って面々さ」

そっか、とソラノは腑《ふ》に落ちた。

この世界では海外旅行が気軽にできるような環境ではないのだ。地球とはまず、前提が違う。だから飲食店も二種類の系統にはっきりと分かれている。庶民でも行けるけど、下準備が大変で、おそらく地球で言うところの豪華客船でのクルージングのようなものなのだろう。

「さて、わかったろう？　じゃ、店に戻ろう」

「イヤイヤイヤ、待ってください！」

早々に店に帰ろうとするサンドラをソラノは呼び止めた。エプロンの裾をがっしりと掴《つか》み足を踏ん張る。

「まだ来たばっかりじゃないですかっ！　店をやるうえで人の流れを見るのは凄く大事ですよ、何か気づくことだってあるでしょうし！　しばらくここで観察です！」

ソラノは手近な椅子に腰かけ、人間ウォッチングを開始した。道行く冒険者がチラチラこちらを見ているが、飛行船に乗る前に揉《も》め事《ごと》を起こしたくないのだろう、誰《だれ》も話しかけてこない。サンドラはいたたまれない様子でそわそわと頭の上のほうから生えている耳を動かしている。

座って観察をして一時間ほど経《た》った頃《ころ》だろうか、ソラノは少し気になる点を発見した。しかしいきなり話しかけるのも失礼だろうし、何より不審がられる。場にそぐわぬ格好でエリアに居座り、道ゆく人を眺め続けるソラノは今でも十分不審者なのだが、そこを言い出したら視察できなくなってしまうので気にしたら負けだ。

そんな時、ソラノに声をかけてくる人がいた。

「怪しげな二人組がいると聞いて来てみたら、ソラノさんでしたか」

「あ、ルドルフさん、こんにちは。昨日《きのう》はありがとうございました」

昨日お世話になったルドルフだ。ソラノは座ったままで頭を下げ、お礼を言った。

緑髪のルドルフはもう一人誰かを伴っている。誰だろうと思っていると、ルドルフの後ろからその人物がひょっこりと顔を覗《のぞ》かせてきた。その顔は驚くほど整っていて、滅多にお目にかかれないような美形だ。

しかしソラノが青年の顔立ちに驚いたのも束《つか》の間《ま》、ルドルフがさっと体を動かして青年を隠してしまった。

「おい、ルド」

ルドルフの後ろから抗議の声が上がり、またも人の頭が動いて目を覗かせる。チラチラと鮮やかなピンク色の髪が見え隠れしているが、ルドルフが絶対に前に出させるかという勢いで青年をソラノの視界から隠してしまう。

一体何をやっているのか、しばらくそうしていると、とうとう後ろの青年は体を横へ移動させて大回りしてからソラノの前へとやって来た。

「前に出てくるな！」

ソラノに接している時の丁寧な態度は何処《どこ》へやら、ルドルフは焦ったように美貌《びぼう》の青年を怒鳴りつけ、その顔がソラノに見えないように再び前に立ちはだかる。

「すみませんソラノさん。こいつの顔を見ると、大体の人がおかしくなるので」

「ルド、人をなんだと思ってるんだよ」

「俺は事実を言ったまでだ」

顔を見ただけでおかしくなる、というのは一体何事なんだろう。魔法の類かな？　とソラノは思った。何せ牛そのもののサンドラが普通に歩いて会話する世界だ、そういう魔法があっても不思議ではない。ソラノがそんな疑問を浮かべているとは露知らず、大の男二人が目の前で押し問答を繰り広げる。

「いいからいいから」

「やめろ！」

ルドルフの制止を振り切り、ついに青年はずいっと前に出てきた。座っているソラノに顔を近づけ、真正面からじーっと見つめてくる。目を逸《そ》らすとこう、負けた感じがするのでソラノは負けじと見つめ返した。

どうせ見るならとソラノは青年を観察する。

ルドルフも整った顔立ちであったが、この青年はそれを軽く凌駕《りようが》している。蜂蜜《はちみつ》のような色合いの瞳《ひとみ》は切長で、縁取るまつげはソラノより長そうだ。鼻筋はスッと通り、薄い唇は楽しそうに弧を描いている。非の打ち所がないとはこういう顔を言うのだろう。

襟足まで伸びた髪は鮮やかなピンク色で、地毛だとしたらかなり派手だ。

両耳にはピアスがやたらに嵌まっていた。せっかくなのでその数を数えてみると、なんと両耳合わせて一一個も付いている。流石《さすが》に開けすぎではないだろうか、何か意味があるんだろうかと心の中で突っ込みを入れた。

ソラノがそんなことを考えている間も蜂蜜色の瞳は瞬きもせずにソラノを見つめ続けている。そろそろ視線を外してくれないと目が乾いてしまう、とソラノが考え始めた時、青年はにこりと笑ってから腰を上げルドルフに向き直った。

「この子が昨日言ってた異世界人のソラノちゃん？　可愛《かわい》い子じゃん」

「………」

非常に不満げな表情のルドルフに構わず、青年は再びソラノの方を向くと自己紹介を始める。

「よろしくね、俺はデルイ。ルドとバディ組んで空港の護衛業務やってんだ。通報があったから来てみたら異世界人に会えるなんてラッキー」

デルイは大分軽い感じの人柄だった。白い制服はルドルフと同じであるもののベストを着ておらず、タイが緩く、着こなしが大分だらしない。しかし派手な見た目と顔立ちの良さが相まって全体的に非常にしっくりきているのだから凄かった。何なら色気すらも漂っており、髪型も服装もピアスの数も、全てがこの人以外は許されない気がする。

「それでここで何してるの？　こう言っちゃ悪いけど、その格好に魔素のないその体、ここだとかなり浮いてるよ」

魔素がないのはしっかり見抜かれていた。空港の護衛騎士だと言うし、きっちり観察されていたんだなと思いつつ返答する。

「市場調査です」

「市場調査？」

「カウマン料理店のお手伝いをすると決めたので、空港に来る人がどんな人達なのか観察中です」

「あたしはやめろって言ってるんですけどねぇ」

サンドラはもう店に帰りたいといわんばかりの態度だ。

「へぇ、まあ、異世界から来た人達は変わったことばっかかするからな。で、何かわかったの？」

「そうですね。でもちょうどいいので、ルドルフさんにちょっと聞きたいことがあります」

ソラノがルドルフを見ると、今までひたすらにデルイを横目で睨《にら》み続けていたルドルフが我に返ったように「なんでしょうか」と丁寧な口調で問うてきた。

「空港を使う人って、貴族みたいなお金持ちか高位ランクの冒険者って聞いたんですけど、そうなんですか？」

「そうですね、飛行船は運賃も高いし、一番近くの国へ行くにも片道五日と時間もかかる。一般の方は気軽に乗れないんですよ」

「そうなんですか？　ここから王都へ降りる船は銀貨一枚で安めだなと思いましたけど」

「それはトクベツ。降りるだけだから片道一時間もかからないでしょ？　旅の途中に王都へ気軽に寄ってもらえるようにあえて安めにしてあんの」

デルイがウインクをしながら教えてくれる。相当なイケメンなので免疫がなければ見惚《みと》れてしまいそうな笑顔だが、残念ながら店を再建するという使命に燃えるソラノには何の効果もなかった。

「皆ここで食事を済ませてから飛行船に乗るんですか？」

「そういう人が多いですよ。飛行船で出る食事は一昔前に比べれば味が向上していますが、値段が結構高くて。上流階級の人々は気にせず食事を楽しみますが、冒険者の中には節約したい方もいますからね。ここでたくさん食べて、船の中は携帯した保存食で済ませるという場合もあります」

「ふむふむ」

ソラノが観察している中で、明らかに装備がほかの冒険者に比べて劣っている人が数名交じっていた。別にボロボロなわけではないが、盾がくすんでいたり装備品の一部が欠けていたりするのだ。装備にお金がかけられない人間が、食事で贅沢《ぜいたく》をするとは思えない。きっと思い切って大枚はたいて飛行船に乗り、新天地で一旗揚げるつもりなのだろう。

「空港って夜通しずっとやってるんですか？」

「やってるよ。俺らもシフト制だから結構しんどいよ」

デルイは親切なのかそれともお喋《しゃべ》りなのか、積極的に教えてくれる。夜勤はともかく早朝番がつらくてさぁ、なんて言っててため息をついていた。

「お店もずっと？」

「夜通し営業している店は一部で、大体冒険者エリアの酒場ですね。それも朝には閉まってしまいますし」

「寝坊して食いっぱぐれたら、飛行船の中で朝食をとるしかない？」

「そうなりますね」

「なるほど」

ソラノはそれから、サンドラへ視線を移す。

「ちなみにカウマン料理店の営業時間は何時から何時ですか」

「昼営業と夜営業。途中で休憩入れて、基本的にはずっとさね。休みは週に一度だよ」

サンドラがよどみなく答えた。

「飛行船の中って、食べ物の持ち込みＯＫですか？」

「特にダメという規則はありません。まあ、劇物とかは勿論《もちろん》持ち込み禁止ですけど」

「テイクアウトしてるお店はあるんですか？」

「テイク……？　何ですか？」

「料理の持ち帰りってことです」

ルドルフとデルイが顔を見合わせる。

「そういう発想はないんじゃないかな。時間が経った料理を船に持ち込んで食あたりにでもなったら困るだろ？　まあ、船には回復師《ヒーラー》がいるから腹痛ごときすぐ治してくれるだろうけど」

デルイが眉《まゆ》を下げて困ったような顔を作った。

「そっか、確かに……。ところでお二人みたいな職員さんはお食事どうしてるんですか？」

「職員向けの食堂がちょうどこの中央エリアの真下にあるよ」

デルイが指を床に向けた。それだけ聞ければ十分だ。ソラノは満足して立ち上がった。

「お二人とも、ありがとうございます。サンドラさんお店に戻りましょ」

「あ、待ってください。もしカウマン料理店で働くなら、商業部門に申請をしていただければエア・グランドゥールまでの運賃が無料になりますよ」

「本当に！　それは嬉《うれ》しい」

「後で迎えを出しますから、書類を書いてくださいね」

「ありがとうございます」

礼を言ったソラノは、立ち去る前にあ、と思って声を出す。

「私、デルイさんの顔を見てもおかしくなりませんでした」

言った瞬間、ルドルフもデルイも呆《ほう》けたような、面食らったような表情をする。それから一拍遅れて、ルドルフは肩を震わせ笑いを噛《か》み殺《ころ》し、デルイには爆笑された。

「……ッ、そうですね、大変珍しい事態だと思いますよ」

「ははっ、いいねー、そういう反応！」

何で笑われているかわからないソラノは首を傾《かし》げ、私変なこと言ったかな……と真剣に悩んだ。

ひとしきり笑った二人は満足したのか別れの挨拶《あいさつ》に入る。

「では、ソラノさん。またお会いしましょう」

「じゃ、ソラノちゃん、また会おうね」

軽い投げキスをしてからデルイはルドルフと連れ立って戻って行く。見ていると、ルドルフに「調子に乗るな」と頭を小突かれていた。

「……個性的な人でしたね」

「ソラノちゃん、あんた大したもんだねえ。騎士様といえば王国を守る要《かなめ》の人達、その中でもこのエア・グランドゥールを守る護衛騎士様っつーのは、そりゃもう腕も立つし身分も高いと専らの評判だよ」

「そうなんですか？」

ソラノとしては迷い込んだ自分を保護してくれたルドルフの印象が強いため、そんな風に二人を見ていなかった。まあ確かに左腰に剣を携行していたし、制服は特殊な素材と言っていたけれども。

「空港は身分の高い人や要人が多く訪れる。そういう政治的に複雑な人達や、高位の冒険者同士の揉め事が起こった際にすぐ鎮圧できるよう精鋭が揃《そろ》っているさね。あの二人もお貴族様に違いないよ。昨日《きのう》会った時にも思ったけど、やっぱ立ち居振る舞いが違うもんねえ」

やれやれやっと帰れると嬉しそうな様子でサンドラはソラノの隣を歩きながら説明する。

なるほどそう言われてみればそうだろう。ソラノのいた世界の空港でも警備は万全だった。

ソラノからしてみれば、二人ともただの気のいいお兄さんくらいな感覚だが。しかも先程のやりとりを見る限り、ちょっと面白い感じのお兄さん。

「ま、揉《も》め事《ごと》に首突っ込まない限りあまり関わり合うことはないさね。……あぁ、やっと店が見えてきた」

行きと異なり、物凄《ものすご》い速度でのしのしと歩きながら喋るサンドラは第一ターミナルに戻って店が見えてくると安心したように言った。

扉を開くとカウマンが暇そうに新聞を読みながら出迎えてくれた。

「おかえり、で、何かわかったかい」

「まあまあですね。でももうちょっと空港のことを知りたいから、明日は朝からここに来ます」

「熱心だな」

「おじさんももっと熱心になってくださいよ！　もう、自分の店のことでしょっ！」

「いやぁ、俺は料理を作るしか能がねえから……」

ソラノはため息をつき、椅子に座った。元の世界でもこういう人種はいた。如何《いか》にも流行《はや》らなそうな店構えに、看板だけ出してぼーっと立っているだけのおじさん。これじゃダメだとわかっていながらも、何をすれば客が入るのかわからず、ただただ時間を過ごして結局店が潰《つぶ》れていく。

料理ができるだけじゃダメなのだ。いくら人が良くて美味《おい》しいごはんが作れても、人を呼び込む力がなければ店が衰退していくのは必然だ。

ソラノは別にマーケティングプランナーでもなければ企業の再生請負人でもない。ついこの間まで一介の女子高生だった、ただの小娘だ。だが、女子高生を侮ってはいけない。彼女達は流行に敏感で、常にアンテナを張り巡らせている。話題の店があれば行って写真を撮りSNSにアップし、評価し、友達に情報をシェアする。流行は彼女達を中心に形成されていると言ってもいいほどだ。

ソラノは本気だった。この店を本気で立て直す。

そしてこの日から、場違いな服を着た人間が一日中、中央エリアにいるという苦情が空港の事務所に寄せられるようになったのだが、それはソラノが与《あずか》り知らぬことだった。

＊＊＊

「開店時間を早めてバゲットサンド売りましょう」

空港の中央エリアを数日見て回ったソラノが下した結論はそれだった。

「バゲットサンド？」

カウマンもサンドラもこの数日でソラノの奇行に大分慣れたようだったが、それでも眉を顰《ひそ》める。

「とぼけないでください、バゲットタイプのパンに具材を挟んだものですよ！　市場で売っているお店がありましたから、割とメジャーな料理ですよね？　知らないとは言わせません」

「いや、バゲットサンドが何かは流石に知ってるが。何でそんなものを作るんだ？」

「よくぞ聞いてくれました。ちゃんと理由がありますっ」

ソラノはあんまり発達してない胸をそらして威張った。

空港内をうろうろした結果、結構な割合で走って飛行船に乗り込む人がいた。デルイが言うには朝が最もそうした人が多いらしい。今日確認したところ、確かに朝はこの第一ターミナルに着港した船を降りた瞬間、目当ての飛行船まで走り去る人がかなりいた。きっと寝坊したのだ。慌てているのだろう、髪を振り乱して大荷物を抱え飛ぶように走る様にはソラノの身にも覚えがある。

そういう人達はどう考えても朝食など取っていない。船の中で食べることになるだろうが、船内食は高いと聞いている。

ならばバゲットサンドを安い値段で売り出せば、飛行船の乗船券代で稼ぎが飛んでいってしまった冒険者の財布《さいふ》の紐《ひも》を緩ませることができるのではないだろうか。

ソラノはそう考えた。

「というわけで、朝食を船内で食べる冒険者さん向けにバゲットサンドを売りましょう。下の市場は大体が昼頃の開店ですから、朝から売り出したら買う人は絶対にいます」

「そうそう簡単に売れるかねえ……」

「というかそんな急いでる連中の足をどうやって止めるっていうんだ」

「それに関しては考えがあります」

非常に不安そうな声を漏らすサンドラとカウマンにソラノは請け合う。未《いま》だ及び腰の二人の背中を押すべく、ソラノは自信たっぷりに言った。

「大丈夫です、きっと売れます。手軽だし美味しいし、おじさんの作ってるクロケット挟んだクロケットサンドとか良くないですか？　ボリュームあるからお腹《なか》を減らした冒険者さんにピッタリ！」

「だがクロケットはバゲットに挟むのに向いている形状じゃねえぞ」

「形を変えましょうよ。もっと平たい、円盤状の形なら挟みやすいですよ」

ソラノは日本でよく売られているコロッケの形を提案する。

「じゃがいもが入っているクロケットなら、この形でいいと思います」

「ふむ……やってみるかぁ」

ソラノが急《せ》かし、カウマンは早速クロケットを揚げ始めた。

程なくしてじゅうじゅうといい音がしてクロケットが揚がっていく。

「できたぞ」

こんがりときつね色に焼けたクロケットは、ソラノにとって馴染《なじ》みのあるコロッケそのものの見た目だ。

「で、これを挟むのか？」

揚がったクロケットをバットに上げて冷ましている間にカウマンが問いかけて来たので、ソラノは頷《うなず》いた。

「はい。クロケットを挟んだだけじゃつまらないから、ソースをかけてフリルレタスと一緒に挟むのはどうでしょう。バゲットに切り込みを入れてですね」

「どれどれ、これくらいの大きさか？」

「それだと大きすぎなので、このくらいはどうでしょう」

「それだと小さすぎじゃないかねえ。冒険者向けなんだから、もっとがっつり食べられた方がいい気がするよ」

「じゃあ、間をとってこのくらいか」

カウマンがバゲットを取り出して、ソラノとサンドラと三人で意見を交換する。結局ソラノの手のひらをめいっぱい広げたくらいの大きさに切る。さらにその真ん中に切り込みを入れ、左右に広げてからフリルレタスとソースをかけたクロケットを挟んだ。

三人でクロケットサンドを食べてみる。弾力のあるバゲットと、揚げたてサクサクのクロケットがとてもマッチした。カウマン特製のソースも、野菜と果物の味、そしてスパイスが効いていてアクセントになっている。

「こりゃうめえな」

「本当、美味しいねえ」

「でしょう」

感嘆の声を上げる二人にソラノは同意した。コロッケサンド、といえば日本でも定番だ。もっともソラノに馴染みがあるのは食パンに挟んだものだったが、バゲットはバゲットで噛み応えがあるしお腹に溜《た》まって美味しい。カリッと焼いたバゲットもいいけれど、焼かずにサンドイッチにしてもなかなかだ。

「さて、クロケットのほかに何かいいバゲットサンドはあるかな」

「そうですねぇ」

ソラノはバゲットサンドを食べながら考えた。

「サンドイッチといえば定番はＢＬＴですよね」

「なんじゃそりゃあ。ビーフ・レタス・トマトか?」

「ベーコンですけど……まあこのお店の場合、ビーフでもいいのかな」

どうやらカウマンは牛肉料理が得意なようだ。いや、カウマンの話によると、魔物である暴走牛《ぼうそうぎゅう》肉料理と言った方がいいかもしれない。ならば得意分野で勝負したほうがいい。

「バゲットに挟むビーフといえばローストビーフだな。任せておけ、俺のとっておきのレシピがある」

「ローストビーフって高そうなイメージがあるんですけど、大丈夫でしょうか」

心配そうな顔をするソラノに向けてサンドラがどんと己の胸を叩《たた》いた。

「そこはあたしの出番さね。この店の金勘定をまかされて四〇年だ。ちゃんと利益が出るようおさめてやるよ」

「おばさん頼もしいっ。ていうかこのお店四〇年もやってるんですね」

「おうよ、俺達《はたち》が二〇歳そこそこの頃《ころ》に始めた店だ。あの頃は店が賑《にぎ》わっていて、よかったよなぁ……」

カウマンはローストビーフの仕込みをしつつ遠い目をして言った。二〇歳そこそこで店を持つなど、並大抵ではない。きっとそこには波瀾万丈《はらんばんじょう》があったのだとソラノは推察する。

わいわい言いながらローストビーフサンドを作り、試食をする。

だがカウマンは何かが気に入らないらしく、「ダメだっ！　こんなもの、客に食わせられない！」だとか、「作り直しだっ！」とか言って一向に出来上がらなかった。ローストビーフは大昔にメニューから排除していて、作るのは久々だということだ。

「見ていろソラノちゃん。俺は究極のＢＬＴを作ってみせるぜ！」

カウマンは料理人としてのスイッチが入ったようだ。ＢＬＴ、意味が違うんだけどなーとはもう突っ込めない雰囲気だ。そして長々と付き合っていたが、完成しない。カウマンは申し訳なさそうな顔で項垂《うなだ》れた。

「すまねえな、なかなか完成しそうにない」

「先にクロケットサンドだけ売り始めましょうよ。急いでる冒険者さん向けだから、とりあえず一種類あれば売れます」

「じゃ、明日は仕込みだな。上手《うま》く行けば三日後には売り出せる。サンドラ、食材の調達よろしく頼むわ」

「あいよ。ソラノちゃん、今日はもう遅いから帰りな」

「はーい」

サンドラに促され、ソラノは店を後にする。

パタリと店の扉を閉じ、一息つく。明日からは忙しくなりそうだ。ソラノは一人帰るべく、第一ターミナルを飛行船に向かって歩き出した。

＊＊＊

「バゲットサンドよし、お釣りの小銭よしっ」

ソラノは気合を入れて最終確認をしていた。予定通りあれから三日かけて準備を終え、今日の販売までこぎつけた。サンドラが必要量の食材の確保を担い、カウマンが釣り銭を大量に用意する。

肝心の値段については、一つ大銅貨五枚で売ると決めた。これならば値段も適正だとサンドラのお墨付きをもらっている。

クロケットサンドは一つ一つ紙に包んで売るのでその資材も用意してある。

食材はじゃがいも、ひき肉、パン粉に小麦粉と重たいものが多く、ソラノもカウマン夫妻と一緒に市場まで出向いて店までの搬入を手伝った。運んでくれるサービスもあるが余計な金がかかるため頼まない。もっともこの世界の人達は魔法で荷物の重さを調節できるので、ソラノは荷物が人や建物にぶつからないよう後ろからついて歩いて見張っているだけだったのだが。ソラノは未だに魔法を使えない。覚える暇がないと言い換えてもいいが、ともかくクロケットサンドを売るほうが重要だ。このままだと本当に、ソラノが店にいる意味がなくなってしまう。

今朝《けさ》はまだ日も昇らないうちから集まって三人で準備をした。クロケットサンドは全部で五〇用意する。現在出来上がっているのは三〇で、今もカウマンとサンドラが絶賛作業中だ。売り切れるかどうかはソラノにかかっていると言っていい。

問題のどうやって売るかという点についてだが。

「ソラノちゃん……本当にやる気かい？」

「やります」

「無理しないほうがいいよぉ」

「大丈夫です」

カウマンとサンドラが心底心配そうな声を出したが、ソラノの決意は固い。

現在ソラノは小銭を大量に斜めがけバッグに入れ、トレーにはバゲットサンドを二〇個ほど載せてスタンバイしている。

その状態で至極真剣な顔で足を前に出して伸ばし、ストレッチをしていた。

「まさか走って売るなんてねぇ……」

「そんなことを言い出すなら、最初から止めていたんだがなぁ」

そう、ソラノの考えていたバゲットサンドを売る方法とは、ズバリ走って売ることだった。

「向こうが走っているならこちらも走ればいい」とソラノはサラリと言ったが、カウマン夫妻は度肝を抜かれて絶句していた。

ソラノの準備は万端である。今日は黄色いパーカーワンピースの上から店の売り子とわかるようエプロンをつけていた。編み上げブーツの紐もしっかり結んである。髪もお団子に結い上げてあり、走る邪魔にならないようになっている。完璧《かんぺき》だ。

「本当に走る気かね？　高位の冒険者ともなれば足の速さは並みじゃないよ。魔法で加速している人がほとんどで、ぶつかったら擦《かす》り傷じゃあすまないよ」

サンドラは顔の面積に対して小さすぎる黒い瞳《ひとみ》でソラノを見つめ、思いとどまるよう説得をする。しかしそれは無駄な努力だ。ソラノは一度決めてしまったら、ちょっとやそっとのことでは止《や》めたりしない性格の持ち主だった。

「船を降りてすぐの所じゃなくて、少し先で待ってます。で、近づいてきたら大声を出しながら一緒に走ります」

「なかなか無茶するねぇ」

「こんなにバゲットサンド用意してもらったんですから、売り切らないとっ。頑張ります！」

ソラノはやる気満々だ。

「そろそろ船が着港する時間ですよ。よし、行ってきます」

そう言うと、さっさと店を後にしてターミナルに出た。

「大丈夫かねえ」

「まあ、売れ残ったらみんなで食えばいいや」

カウマン夫妻は勇ましく歩いていくソラノを見送りながら、追加のバゲットを作るべく店内でさらなる作業に勤《いそ》しんだ。

＊＊＊

「しまったぁ、寝過ごしたっ‼」

Bランク冒険者のギムラルはドタバタと王都を疾走していた。彼はドワーフであり、走りには自信がない。魔法で加速しても他の者よりダントツに遅かった。

「お前が遅くまで酒場で騒いでるせいだろ！」

「いやいや、そういうお前だって、しばらく旨《うま》い飯が食えなくなるからって昨日《きのう》は夜中まで飯食ってたじゃねえか！」

「あああ、もうっ、みんなだらしないんだから！　起こすこっちの身にもなってみなよ‼」

仲間も走りながら口々に寝坊した責任を押し付けあっている。彼らはBランク冒険者のパーティでずっと王都で活動をしてきたが、この度ランクアップのため所持金全《すべ》てを使って飛行船の乗船券を購入したのだ。王都周辺は定期的な騎士の見回りや、数多くの冒険者による討伐のため、魔物の活動が比較的少ない。ランクアップを狙《ねら》うならもっと魔物の活動が活発な西方諸国まで出向いたほうがいい。

冒険者ギルドのランクは各国共通で、高ランクの依頼が多い国に行った方が必然的にこなす依頼の数が多くなるので、ランクが上がりやすい。Aランクに上がるためには相応の依頼をこなす必要があるのだが、魔物の被害が少なく、治安が安定していてそもそもの依頼数が少ない王都にいてもなかなかランクアップの機会を掴《つか》めないのだ。

飛行船の乗船券は高価だが、早朝や深夜の便は割安に設定されている。あとは船内の食費を削れば、ギムラル達のようなBランクの冒険者でもギリギリ出せなくもない金額だった。

滑り込むように王都郊外からエア・グランドゥールまでの船に乗り込む。膝《ひざ》に手をつき、乱れた呼吸を整える。これに乗れればあとは目的とする飛行船まで、また空港内を疾走すれば間に合うだろう。

「朝飯食い損ねたな」

「飛行船内の食事は高い。西方諸国までは船で一〇日間。船内食を食えるのは一日一食までで、残りは保存食だな」

「着いたとしても、あっちは王都ほど食事情が良くないと聞く。やっぱり昨夜はほどほどにして、早めに起きて朝食をとるべきだった……」

「だからあたしはさっさと寝ようって言ったのに」

女戦士はぷくーっと頬《ほお》を膨らませていた。せっかくの船出だというのに、幸先が悪い。活動拠点を移すため王国から出るという高揚感と、初めて飛行船に乗るという緊張感、そして故郷への少しの惜別の感情、それらがない交ぜになり、昨夜は少々遅くまで騒ぎ過ぎてしまった。結果は大寝坊で、起きた時に愛用の懐中時計を見て目玉が飛び出そうになった。

幸い荷物はまとめてあったのでそれをひっつかみ、着の身着のまま、顔も洗わないで飛び出してきた有様だ。

「あーあ、空港ってとこがどんなんかゆっくり見てみたかったぜ。なかなか行く機会なんてねえっつーのに。知ってるか？　酒場で聞いた話じゃ、エア・グランドゥールは街みたいにデケェんだとよ」

「ま、仕方ねえ。とにかく間に合わなきゃ、せっかく払った大金が無駄になる」

「そうそう。準備しときな、また走るわよ」

飛行船が着港のアナウンスを告げる。四人は入り口付近に陣取り、開いたら速攻走ろうと身構えた。ほかにも数名同じようなことを考えているのか冒険者がウロついている。

トンネルが接続され、ゲートが開く。四人は一斉に走り出した。

接続口を抜ければ第一ターミナルだ。事前に手に入れた情報だと、ここをまっすぐ抜け中央エリアを通って各ターミナルへと行くらしい。わき目も振らず走り続ける四人の前に、変わった服を着た女の子が手を振っているのが見えた。

「おはようございます！　皆さん朝食はお済みですか？　今ならクロケットサンドが一つ大銅貨五枚で買えちゃいますよっ」

その女の子は木製のトレーを掲げ持ち、あろうことかこちらの前を走っている。今どき王都の下町でも見かけない商魂たくましさだ。まだ一〇代だろうか、溌剌《はつらつ》とした笑顔が可愛《かわい》らしく、この世界ではあまり見かけない黒髪がしっかり頭頂部でまとめられている。

「ほらっ、ちょっと高いと思いました？　でもこのバゲットこんなに大きいんですよ、一つ食べればお髭《ひげ》が素敵なドワーフさんのお腹《なか》もいっぱいになりますって！」

女の子は走りながら明るい口調でセールストークを繰り広げている。ちらりと横目で見れば、確かになかなかな大きさだ。この大きさでこの値段、船内で一食買うと思えばかなりお買い得だ。朝食と昼食を一度にこのバゲットで済ませられるならちょうどいい。空港は美食ぞろいだと聞いているし、保存食よりはるかにマシな味だろう。

「確かにデケェな、買っとくか⁉」

「おお、じゃ俺も！」「俺も！」「あたしも！」

「はーい、ありがとうございます。お召し上がりは本日中にお願いしますね！」

「助かった、サンキューな！」

女の子は行ってらっしゃいと笑顔で手を振り、続いて後続の冒険者集団にバゲットサンドを売るべく走って行った。

「あー、間に合った間に合った」

「飛竜の群れに追いかけられた時より走ったね」

「死ぬかと思ったわい」

「ゼェ……俺は、死にそうだ……」

何とか目的の第八ターミナルにたどり着き、諸々《もろもろ》の出国手続きや乗船券の確認などを済ませてか

ら目当ての飛行船に乗り込んだ四人は指定の部屋に転がり込み、息も絶え絶えにそう言った。走るのが苦手なギムラルは心臓の鼓動が凄《すさ》まじく、死に体である。

「じゃ、腹も減ったし、早速さっき買ったバゲットサンド食おうぜ」

一足先に回復した仲間がガサガサと包みを開ける。ギムラルは横たわったままにそれを見つめていた。

「おっ、旨そう。まだあったかいな」

開けてみると大きく切られたバゲットの真ん中に、フリルレタスと共に平たいクロケットが挟み込まれている。たっぷりかかったソースの匂《にお》いが食欲をそそり、見ているだけのギムラルも思わずゴクリと喉《のど》を鳴らした。

「俺も食うぞ！」

起き上がったギムラルは自分の分のバゲットサンドの包みを乱暴に破り取る。なるほど確かに、持った感じがまだ温かい。出来立ての証拠だ。

大口を開けてかじりついた。甘みのあるパンはもっちり、後からクロケットのさっくりした食感が来て面白い。よくあるホワイトソースタイプではなく、これはじゃがいもとひき肉入りだ。これならば多少形が変わっても中身が飛び散ることもなく、持ち運びにも便利だと感心する。そして極め付けは、野菜やスパイスがブレンドされたソースがマッチしてあと引く美味《おい》しさだった。

「旨い！」

思わず唸《うな》る。四人は無言でがつがつと食し、あっという間に完食してしまった。

「めっちゃ旨い。もう一つ買っときゃあよかった」

「本当にね」

「あーあ、これでしばらく王都の旨い飯ともオサラバかぁ」

「Aランクになったら戻っていいもんいっぱい食おうぜ」

「そん時はこのバゲットサンドも山ほど買おう」

四人は名残惜しそうに、船内の窓から見える王都の空港を眺めた。西方諸国は魔物の巣窟《そうくつ》だ。無事戻って来られるかわからない。だが彼らは冒険者なのだ、腕を上げるには時に危険に飛び込んでいくことだって必要だ。四人は再びここを訪れるときには、もっともっと強くなっていようと胸に誓った。

＊＊＊

カウマン夫妻の心配は杞憂《きゆう》に終わり、結局販売開始から一時間であっという間に売り切れてしまった。

「売り切れでーすっ」

ソラノは息を切らしながらカウマン料理店へと戻っていった。やり切った。達成感でいっぱいだ。トレーの上は空っぽで軽くなり、バッグの中は大銅貨でずっしり重い。

「ソラノちゃん凄《すご》いね。本当に売りきっちゃったよ」

「ああ、まさかこんなに早く売りさばけるとは驚きだ」

「えへへ」

二人は大きな口をこれでもかと開けて驚いている。ソラノもこんなに早く売り切れるとは思っていなかった。というか遅刻寸前の人多すぎだろう。

「よくあんな速く、しかも何往復も走れたもんだね」

「私学校まで自転車で通ってたから、これでも足には自信があったんですよね」

ソラノは自宅から高校まで片道五キロ、雨の日も風の日も毎日自転車で通っていた。鍛え抜かれた脚力にはちょっと自信があったし、これしきでへこたれる根性の持ち主でもない。

「それにずっと並走しているわけじゃなくて、少し前の方で待ち構えてますから」

サンドラは自転車が何だかは理解してなさそうだったが、「若いっていいねえ」と遠い目をしている。

「これなら明日は倍の量あっても売れそうですね。まとめ買いが多かったから初めから五個セットで袋に入れといたほうが効率的かもしれません」

「おし、明日にはセットを用意しておこう」

早速反省会を始める三人。売れるというのは良いことだ。作りがいがあるし、やる気が出てくる。日がな一日店でぼーっとしていたカウマン夫妻もイキイキと明日の営業について相談していた。

「ローストビーフも早いとこお願いしますよ」

「わーってる。今熟成中だ、まあもう少しで旨《うま》いやつができるから待っとけ」

「期待してますよ、私も頑張って売りますから！」

「おう、任せておけ！」

本日の成果を見て、明日のバゲットサンド販売にも乗り気になったカウマン夫妻。ソラノは明日も頑張ろう、と胸に誓った。

【三品目】バゲットサンド―クロケットを挟んで―

空港の職員用フロアの一角に、王族ロベール・ド・グランドゥールの執務室が存在している。専用の室内はさほど広くないが、すっきりとした部屋となっていた。落ち着いたマホガニーの執務机と来客用のソファ、ローテーブル、そして本棚が置かれている。

ロベールはソファに座り、真向かいに腰掛けている初老の男の話にじっと耳を傾けていた。

「……という訳でして。我が国から貴港への飛行船の就航数を是非とも増やしていただけないかと考えているのです」

目の前の来客は、とある国の飛行船の運航会社の代表であった。

「悪い話ではないと思うのですが。何せ双方の国を行き来する旅行客は年々増えている状況。需要はますます増加するでしょうし、今から航行する船の数を増やせば拡大する旅行客の受け入れも容易になります」

男は和やかな雰囲気で話をしているが、油断は無い。ロベールは一回り以上も年上の男に対してへりくだるような真似《まね》はしなかった。

立場は、こちらが上だ。

男が持参した書類に一瞥《いちべつ》をくれつつ、ロベールは冷静な口調で切り出す。

「話はわかった。が、今の所、飛行船の就航数を増やす予定は当港にはない」

無慈悲にも思える返答に、男の顔面の筋肉がわずかに動いた。ロベールはソファに深く座り直すと淡々と返答をする。

「似たような話は方々の国から来るのだが、そもそも就航数を増やすのは一筋縄ではない。当港に発着している飛行船の数を、ご存じかな？　数百に及ぶ船全《すべ》てを網の目をくぐるように発着させるのは至難の業。よほどの理由がない限り、一隻たりとも増やせない」

飛行船の航行にはイレギュラーがつきもの。就航先の天候や飛行タイプの魔物の活動などによりエア・グランドゥールへの到着時刻が乱れる事態も多々あり、それを踏まえた上で就航数を決めている。増やせと言われてはいそうですかと聞けるものではない。

しかし相手の男もなかなか手強《てごわ》い人物だった。

「……貴港の状況は重々承知しております。ですが、ことは貴港だけに留《とど》まらないのです。このエア・グランドゥールは今や世界の中心に位置しております。我が国から西方諸国に人を運ぶ時、物資補給と船体の損傷確認の観点からどうしても貴港を経由しなければなりません」

船自体は浮遊石と魔法使いの魔法によって推進するために、飛ばそうと思えば魔法使いの力が続く限り飛んでいられるのだが、船体はそこまで頑強に出来ていない。定期的にどこかの空港に停泊して損傷がないかの確認をしなければならないのだ。同様に一定以上のサービスを乗船客に提供するために物資補給も必須《ひっす》だった。

ははぁ、とロベールは合点が行って紫の目を細める。

「なるほど。つまり貴国から西方諸国に行きたい人間が多いから、就航数を増やしたいと」

「勿論《もちろん》、それだけではありません。我が国から貴国に行きたい人間が多いのも事実です」

ソファに深々と腰を沈めるロベールとは対照的に男の方は前のめりになり、少しでもロベールとの距離を詰めようとした。

「エア・グランドゥールは単に貴国に降り立つための窓口ではありません。この世界の国と国とを繋《つな》ぐ、重要な中継地点でもあります。他に類を見ない、魔法技術の粋を集めて造られた雲の上の空港。飛行船が円滑に航行できるよう、船の修理も必要な物資も全てがこの場所で賄える体制が整えられている。飛行船を航行する上で最も事故やイレギュラーが起こりやすいのが、離着陸時であることはご存じでしょう？　この空港には、その懸念が無い――何せ雲の上にあるのですから、多少の天候不良になど左右されない。一万メートルの高みまで昇れば魔物とてそうそう飛んではおりません。安全が確保された状態で必要な船のメンテナンスが可能です。我が国が他国へ人を運ぶ上で、貴港に就航する船の数は、この上なく重要事項なのです。一隻、一隻で構いません。一隻増えれば五〇〇人は運ぶことが可能です」

男の切々とした訴えに、ロベールは瞳《ひとみ》を閉じしばらく考えた。それから冷静に一言。

「次の予定がある、お引き取りを」

扉を示すロベールに、男は落胆の色を浮かばせながらも大人しくそれに従った。

他国から就航数に関しての陳情が届くのは日常茶飯事だ。手紙だったり通信石での連絡だったり、今回のように直接飛行船の運航会社の代表が訪れたりと、手法は色々だが内容はどれも似ている。

どこもかしこも、航行する船の数を増やしたいと言ってくる。

単に旅客が増えたので増便したい場合もあるが、貿易に関する嘆願も多い。

手を替え品を替え、どうにかして就航する船の数を増やしてもらおうと迫る人間を相手取るのも経営者たるロベールの仕事の一つである。

エア・グランドゥールは世界で唯一無二の雲海上の空港。先の男が言っていた通り離着陸時に天候や魔物の脅威に左右されないこの空港は、他国の空港同士を繋ぐ中継地点として抜群の利便性を発揮している。空の上の巨大な空港は必然的に空中輸送の実権をほとんど掌握していた。

陳情にいちいち耳を傾けていてはキリがないので、ロベールはひとしきり話を聞いてから「価値がない」と判断すると話を切り上げるようにしていた。

「さて」

それにロベールにはやるべきことがごまんとある。

他国との交渉も重要だが、空港の内部に目を向けることもまた重要。

先日ロベールの耳に面白い噂《うわさ》が入った。なんでもこのエア・グランドゥールで数年ぶりに異世界人が保護されたとか。一〇代の娘だというその異世界人は一体どのような人物なのか。

ロベールは案内役を務めた空港護衛騎士の話を聞くために、執務室を出た。

＊＊＊

第一ターミナルに元気な声が響き渡っている。

「おはようございまーす！　旅のお供にクロケットサンドいかがですか？」

「いいねえ、ちょうど腹減ってたんだ！　三つ頼むわ！」

「ありがとうございますっ」

バゲットサンドを売り出してから五日経《た》った日。今日も朝から三人で準備をして、用意している一〇〇個を売りさばくべくソラノは走ってバゲットサンドを売りまくっている。

先日話し合った通り五個セットを予《あらかじ》め用意しておいたら、なかなか好評で買う人が後をたたない。走りながら売るのも板についてきて、冒険者と慌ただしくやり取りしながら売るのが結構楽しい。

冒険者達は思った以上に買ってくれている。大体パーティで行動をしているので、ひとグループにつき四から六個、中には一人二つずつ買う人もいるので一〇個売れる時もあった。結構な大きさのバゲットサンドを二個も食べるなんて凄い胃袋だと思うが、そもそも体格が大きい獣人《じゅうじん》などにとっては二個くらい軽いものなのかもしれない。

こちらがお釣りを投げ損ねても、その身体能力を遺憾なく発揮して地面に落ちる前にキャッチしてくれる。恐るべし冒険者。

そしてそんなソラノを遠巻きに見ている二人の男がいた。

「……ソラノちゃんは一体、何してるんだ？」

「俺に聞かれても……」

デルイとルドルフだ。二人は哨戒《しょうかい》任務の一環で第一ターミナルに足を踏み入れ、そして走る冒険者相手にこれまた走って商売をしているソラノに出くわした。

そんな商売方法、これまでに見たことも聞いたこともないし、これから先もソラノ以外誰もやらないだろう。たとえ思いついたとしても実行する度胸のある者はまずいない。異世界人は変わったことをする人が多いが、その中でもずば抜けた奇抜さだった。

戸惑う二人にソラノは気づかず、どんどんと品物を売りさばいている。思わず買いたくなるような売り文句を明るく元気に述べ、それにおそらく遅刻ギリギリの空港利用客が食いつき、硬貨が飛び交い、そして品物が投げ渡される。アクロバティックすぎる光景に足を止めて見入っていると、客足が途絶えてソラノも動きを止めた。

「あっ、おはようございますっ」

喋《しゃべ》りながら全力疾走していたソラノは肩で息をしながら二人に向かって挨拶《あいさつ》する。両手に持っているトレーには丁寧に包まれた何かが載っていた。

「おはようございます、ソラノさん」

「おはよ、ソラノちゃん。何売ってるの？」

質問に答えるようにソラノはトレーを突き出してきて載っている品を二人に見せつける。

「じゃがいもとひき肉のクロケットとフリルレタスが挟まった、厚切りのバゲットサンドです！朝食にどうでしょうか？」

首を少し傾《かし》げながら笑顔で言うソラノに、思わず二人は視線を交わした。それから同時に一言。

「買いましょう」

「買う」

「ありがとうございますっ」

元気よく接客応対をしたソラノは、デルイを見て言葉を付け加えた。

「実はこのバゲットサンドを思いついたのは、デルイさんのおかげでもあるんですよ」

「俺の？　何かしたっけ」

「はい。この間の冒険者エリアを見て回っていた時に」

ソラノはバゲットサンドの売り出しを思いつく前に、空港をどんな人が利用しているのかを見て回って確認していた。そしてこんなひと騒動があったのだ。

＊＊＊

空港はどのような人が利用し、彼らは何を好むのか。

それを把握するために、ソラノは初日に続いて二日目も中央エリアに顔を出す。

目当ては冒険者エリアの方だ。

この空港では利用客に合わせて中央で二つにエリアが区切られている。

ざわめく冒険者エリアに足を踏み入れたソラノは、周りの様子を窺《うかが》いながら歩き回る。目的地は特に決めていない。ただ、ぶらぶらしながら客層と店を確かめている。

中央エリアは広い。

ここが空に浮かぶ施設だと思えないほどの広さだ。並ぶ店は富裕層エリアに比べるとややフランクであるものの、冒険者エリアの方も立派な構えで、選び抜かれた王都随一の店が軒を連ねているのだろうと実感できた。

ちなみに冒険者エリアに存在している店は構えこそ立派だが、どこも酒場だった。気軽に入りやすそうな雰囲気のものから、少し近寄りがたい一段と豪華な酒場まで様々だ。

こうした空港を訪れる客の需要を満たした店にカウマン料理店が立ち向かって行かなければならないとしたら、どうすれば勝てるのか。ソラノは一つ思いついたことがあったが、今日はより確証を深めるためにこの場所へやって来ている。

今日は一人だ。カウマンとサンドラも誘ったのだが「いやいいよ」と断られてしまった。二人ともやる気がなさすぎる、と思ったがグッと堪《こら》えた。ソラノが勝手に始めたことなので、このままやり遂げよう。

朝から居続けて、時刻はもう夜に差し掛かっている。途中休憩しにカウマン料理店に戻ったが、食事をするとまたすぐにこの冒険者エリアへと来た。二人には「また行くのかい」と呆《あき》れ声で言われたが、「また行きます」と言って店を出てきた。

ソラノがエリアを歩いていると、「どいたどいたーっ!」と威勢のいい声がかけられる。前からは凄《すさ》まじい速度で走る男の姿が。人に出せる最高速度以上の速さで走るその男を避けるため、ソラノは壁に張り付くようにして道を空けた。間一髪、男がソラノの横を駆け抜けて行く。風圧でソラノの髪がはためいた。

危なかったと思いつつ男を見送ると「ソラノちゃん」と後ろから声をかけられた。

「あ、デルイさん」

昨日《きのう》会ったばかりのデルイが立っていた。相も変わらずその美貌《びぼう》と派手な見た目が絶妙にマッチしている。ルドルフの姿が見えないのでソラノはキョロキョロした。

「今日はお一人ですか?」

「うん、ルドは哨戒任務中。俺はソラノちゃんが見えたから来たってわけ」

「デルイさんもお仕事中ですよね? 戻った方がいいんじゃ……ルドルフさんとバディ組んでるんですよね」

「まあそうなんだけどさ、君のような一般人を守るのも仕事の一環だから」

気安い感じで言うデルイはソラノを見ると言葉を続ける。

「悪いこと言わないから、今すぐ店に帰った方がいいよ」

「何でですか？」

「それはね」

笑顔を浮かべ続けているデルイの視線がふとソラノから逸《そ》れ、少し首を後ろに巡らせ背後に注がれる。左腰に帯びている剣に右手をやり、抜剣すると同時に短く告げた。

「――危ないから」

デルイがそう言った瞬間、光が飛んで来た。ギィンと鈍い音がして、剣が何かを防ぐ。弾みでデルイの上着の右胸についている胸章が揺れ、跳ねた。一体何が起こったのか。ソラノの理解の範《はん》疇《ちゅう》を完全に超えていたが、デルイは全《すべ》てわかっているらしく剣を手にしたままにくるりと向きを変えソラノに背を向けた。

ソラノは何が何だかわからないまま、デルイの背からそっと顔を覗《のぞ》かせる。少し離れた店から怒鳴り合う声が聞こえてきた。

「えっ、今の何ですか」

「流れ弾だよ。あそこの店、『青天《せいてん》の霹靂亭《へきれきてい》』って言うんだけどさ。まあ血の気の多い客が多くて、この時間は特に揉《も》め事《ごと》が起こりやすい。店主がいれば大体のいざこざは収めてくれるんだけど、今は不在みたいだね」

言うとデルイは剣を収め、件《くだん》の店を指し示す。そうこうしているうちにもその店からは怒号に交

じって炎が噴き出し、風が吹き荒《すさ》ぶのが見てとれた。どう考えても普通の光景ではないが、デルイは至って冷静だ。店の方に視線を固定し、まるで散歩にでも行くかのような気やすさでソラノにこう言った。

「じゃあちょっと仲裁に行こうか。ソラノちゃんは俺の目の届く範囲で、なおかつ近過ぎない所で待ってて」

「私も行くんですか⁉」

「うん。だって、このままここに一人でいたら別の何かに巻き込まれるかもしれないし。さあ行こう」

「ちょ⁉」

デルイは有無を言わさずにソラノの腕を取ると、騒ぎの渦中に向かって歩き出す。まるで昨日のソラノとサンドラのようだが、事情が違いすぎる。焦るソラノに構わずに店の近くまで行くと、「ここで待ってて」と言ってソラノを置いて自分は騒ぐ客へと近づいて行く。

店の前面はオープンな作りになっていて、店と通路を隔てる壁が無い。柱に支えられた屋根の下にテーブルと椅子が所狭しと並んでいた。そして店の一部ではテーブルがひっくり返り、椅子が倒され、酒瓶が散乱してぐっちゃぐちゃの有様となっていた。

その真ん中で怒鳴り合う二人の男が。一人は人間で、もう一人は狼《おおかみ》の獣人だ。どちらもガタイが良く背が高いため、その迫力は並ではない。狼の獣人の方は背丈が二メートルを超えている。カウマンとサンドラも大型であるが、彼らは穏やかな性格のため一緒にいるのに慣れてしまえば恐ろしく感じないが、やはり怒れる獣人の大男というのは恐ろしい。

荒事など無縁なソラノはひえっと思わず立ちすくんだ。

誰も彼もが巻き添えを食らいたくないので、この二人を遠巻きに見つめている。ソラノもそんな人だかりの輪の中で事の推移を見守った。

「俺の力が西方諸国で通用しねえってかぁ⁉　あぁ⁉」

「テメェみたいな筋肉頼みの能無しじゃ、行ったところですぐ死ぬのが関の山だろ！」

「んだとぉ⁉　魔法だって使えるっつってんだろ！」

言って狼の獣人《じゆうじん》が腰を落として右手を構えると、そこに光が集まっていく。口の端から鋭い牙《きば》を剥《む》き出《だ》しにして、低く唸《うな》る。

「さっきは外したが……次は覚悟しろよ？　そのいけ好かねえ顔に風穴開けてやるぜ」

「上等だ、返り討ちにしてやらあ！」

獣人の男が眼前の男へ向けて光る拳《こぶし》を繰り出し、男が抜剣して迎撃しようとしたその瞬間、

「はい、ストップ」

軽やかにデルイが二人の真ん中に割って入った。一体どうやったのか、二人分の攻撃をそれぞれ片手で受け止めると、実に涼やかな顔でその場を収めにかかる。

「店で暴れるのはご法度だよ。従業員にもお客にも迷惑がかかる。そんなことくらい、わかるだろうが」

第三者が割って入ったことで冷静になるかと思いきや、今度は二人してデルイに詰め寄る。

「なんだテメェは！」

「俺はこの空港の護衛部隊の人間だよ」

「護衛……？　あぁ、騎士団のヤツか、へっ！　国の犬風情が、俺らはこの空港の利用客だぞ？　引っ込んでろ！」

その言葉に、先ほどまでのデルイの余裕ぶった表情が崩れる。ピクリと眉《まゆ》を動かし、人間の方の男に向き直った。

「その言い方はあまり好きじゃなくてね」

「あんだと？　犬には違いねえだろ。国のワンコロは、そっちの狼人族《ろうじんぞく》の野郎でも大人しく捕まえときゃあいいんだよ！」

男はだいぶ酔っ払っているのか、焦点の定まらない目で睨《にら》みつけながらデルイが護衛騎士だと知った上でまた罵倒《ばとう》してくる。

これに食いついたのは狼人族の男の方で、「何だとぉ!?」とデルイを挟んでの睨み合いが再びはじまった。デルイはやれやれとため息をついて忠告をする。

「営業妨害、器物損壊に加えて名誉毀損《めいよきそん》罪が上乗せされるのは、あまりいい手とは言えないと思うけど」

「うっせえぇな、テメェは、黙ってろよ‼」

痺《しび》れを切らした男はとうとうデルイに向かって切り掛かった。手に持つ剣は燃えている。炎を纏《まと》った剣の一撃が振り下ろされるより前に、デルイは素早く動いた。腰を落として姿勢を低くし、そのまま男に向かって右足を踏み込む。デルイの左手がバチバチと音を立てて放電したかと思うと、体を捻《ひね》って左手を繰り出し男に掌底を放った。

「……っ!?」

左手が男の腹部を捉《とら》えた瞬間、紫電を撒《ま》き散《ち》らしながら光が爆《は》ぜる。男は一瞬大きく体を仰《の》け反《ぞ》らせたかと思ったら、仰向《あおむ》けに倒れて全身を痙攣《けいれん》させながら泡を吹いた。

「うぉっ……」

びびったのは狼人族の男の方である。流石《さすが》に目の前でのこの鎮圧劇に頭に回っていた怒りと酔いが冷めたのか、自分よりも遥《はる》かに小柄なデルイを若干恐怖の混じった目で見つめていた。

「お前、今倒した相手、誰だかわかってんのか……？」

「知ってるよ。Aランク冒険者の【紅蓮剣《ぐれんけん》】ダミアン・ロペス。特技は炎を纏った大剣での一撃、酒癖が悪く傍若無人。パーティを組まないタイプの性格で、西方諸国から帰国したばかりだ」

「そこまでわかってて……」

「それで君は、同じくAランク冒険者のグレゴワール・ボネ。三人組のパーティに所属していてこれから西方諸国へ向かう所」

「俺のことまで知ってんのか⁉」

ギョッとする狼人族の男、グレゴワールにデルイはポケットから取り出した懐中時計を見ながら、なんてことのないように告げた。

「君のパーティ仲間、出航先のターミナルで待ってるんじゃないか？　西方諸国行きの飛行船が出港するまで、あと七分だよ」

「いぃっ⁉　ヤベェ！」

そこらに放ってあった荷物を掴《つか》むとグレゴワールは一目散にその場から駆け出そうとする。が、デルイは前に立ちはだかり、ソラノに対して浮かべるような余裕の笑顔で一言。

「飲食代と迷惑料、納めて行って」

狼人族の男はデルイが提示した金額をぶん投げると、慌ただしく走り去って行った。去り際、

「~~~ッ‼」

「あぁっ、飯、まだ半分しか食ってねえのに。くそぅ！」と腹をさすりながら悔しそうに叫んでいたので、きっと食事途中に喧嘩沙汰《けんかざた》に発展したのだろう。

ソラノの隣で見ていた店員と思《おぼ》しき、頭から犬の耳の生えた女子が両手を頬《ほお》に当ててため息まじりに言った。

「デルイ様、素敵ーっ！　騎士様の誰かが来てくれるだろうと思っていたけど、あの人が来るなんてラッキーだったわ……！」

するとさらにその隣にいる店員が高速で頷《うなず》いている。

「本当に。さすが空港護衛騎士様の中でもエースと呼ばれるだけあるわ！　しかもあの顔、眼福よねっ。店長がいると自分で解決しちゃうから、店長不在時に揉め事が起こってデルイ様が来てくれてよかったわ！」

まるで揉め事が起こって欲しいかのような言い方にソラノは苦笑した。それに「様」付けとは一体何事なのか。デルイがこちらに視線を向けると笑顔で軽く手を振ってくれる。それだけであちこちから黄色い悲鳴が巻き起こった。

（デルイさんオンステージになってる……）

その場の空気を完全に支配した男、デルイは気絶している人間の男、ダミアンを片手で軽々担ぎ上げた。どうなっているんだろうと思ったが、きっと重力を操作する魔法を使っているに違いない。

担いでいるダミアンはどう考えてもデルイより重そうだった。

「やれやれ、もうおさまってましたか」

「ルドルフさん」

頭上から声がしたので見上げると、ルドルフがいつの間にか立っていた。すると店員二人はデルイから目を逸らし、今度はルドルフを見つめてきゃあと声を上げる。

ルドルフは店員に会釈をした後、居並ぶ野次馬達に向かって声を張り上げた。

「さ、見せ物ではありません。皆さん仕事に戻られますように。空港利用のお客様におかれましては、お騒がせしてご迷惑をおかけいたしました」

ルドルフのきびきびした指示に従い、集っていた人々が散っていく。ソラノの隣にいた店員二人はぴったりと身を寄せ合いながらデルイに近づいて行き、お礼を言っていた。お礼を言われたデルイはダミアンを肩に担ぎ上げたままそれに応《こた》えている。よく見ると彼を取り巻く女子はその二人だけではなく、何なら客である冒険者の女性にまで話しかけられていた。

「人気者ですね」

「ああ見えてあいつは、護衛騎士のエースなんで」

なるほど、あの強さを見れば納得だ。昨日《きのう》は面白くて気のいいお兄さんという感想だったが、ソラノは脳内の情報を上書きした。彼は強くて面白くて気のいいお兄さんだ。

「や、ソラノちゃん、お待たせ。ルドも来てたのか」

女子から解放されたデルイはこちらに近寄って来て足を止めた。

「まあ、そういうわけだよ。この場所は特殊で、夜になる時間帯は酔客達があちこちでイザコザを起こし始める。特にダミアンは来る度に乱闘騒ぎを起こす迷惑な冒険者でね、見張りを強化してたんだけど案の定だ。夜が深まるにつれてもっと騒ぎは多くなるし、禁制品やら違法薬物やら指定外魔法品を扱う密売人も出てくる。冒険者エリアは結構危ない場所だから、女の子一人でウロウロするもんじゃない。特にソラノちゃんみたいな子はね。送って行くから、店まで帰ろう」

「はい」

ソラノは素直に頷いた。目の前でこんな騒ぎを見せられては頷くより他ない。自衛手段が何も無いソラノでは、騒ぎの余波で死にかねなかった。

いくら治安がいいと言っても、魔法を使え、武器を所持している人間がいる場所なのだ。おそらくルドルフ達の言うこの世界基準の「治安がいい」は、ソラノの常識とは少々ずれている、日本とは違うのだということをソラノは改めて認識した。

ソラノの返事に満足したのか、デルイはよしよしと言ってから担いでいるダミアンを「はい」とルドルフに放ってよこした。

「俺はソラノちゃんを店に送って行くから、そいつよろしく」

「おいっ⁉」

「いつもと同じく目覚めたら騒ぎを起こした原因を取り調べて、飲食代と迷惑料を徴収して、解放しといて」

じゃあと言って片手を上げたデルイは非常にいい笑顔でソラノを送るべく先導する。「自分でやれよ！」というルドルフの叫びは黙殺された。

「いいんですか……？」

「いいのいいの。あの手合いは毎日一〇〇人くらい相手してるから、もう十分。ルドに任せればなんとでもしてくれる。そもそも組んで働いてるんだから、これは役割分担だ」

体よく酔っ払いを押し付けたデルイは、流れるように自分の正当性を述べながら第一ターミナルに向かって歩き出した。

冒険者エリアは活気付いており、どこの酒場からも楽しそうな笑い声や武勇伝を語る声などが聞こえてくる。そして通路を歩く人々はこれからどこかに向かう人達だ。その人達を見つめながらソラノは呟《つぶや》く。

「……歩く人の傾向が変わって来ましたね」

「お、わかるんだ。鋭いね」

ソラノの言葉にデルイは感心したような顔をした。

「早朝便と深夜便は利用客が少ないから、飛行船の運賃が安めに設定されているんだ。だから日中に利用する客層とは少し、異なる。具体的にはランクの低い冒険者や少しでも安く済ませたい商人なんかが利用している」

その言葉にソラノはぱっとデルイを仰ぎ見た。

「早朝もですか？」

「そうだよ。そんで朝早い奴《やつ》らはギリギリまで寝ているから、遅刻寸前の利用客が多くてね。第一ターミナルは王都と世界に就航する各ターミナルを繋《つな》いでいるでしょ？　飛行船が着いた瞬間、ダッシュで目的のターミナルまで走る客が多いからぶつかって吹き飛ばされないように気をつけて」

頭に思い描いていたプランに確信を持った瞬間だった。

冗談半分、本気の心配半分といった風に笑うデルイにソラノは向き直る。

「デルイさん、ありがとうございます！」

「え、何の話？　さっきの流れ弾の件？」

「それもありましたね、二重にありがとうございます！」

「二重に……？　何？」

意味のわからないデルイは首を傾《かし》げるばかりだったが、ソラノとしては大満足である。わざわざ冒険者エリアに足を向けた甲斐《かい》があったというものだ。

全く説明する気のないソラノに、まあいいやと思ったのか、第一ターミナルにたどり着いた二人はそのまま店の前で立ち止まった。

「それで、俺に守られる形になったソラノちゃんはまだ『おかしく』なってない？」

目を細め、頭一つ分以上低いソラノを見つめながらデルイはそんなことを言い出してきた。今度はソラノの方が意味がわからず、素直に言葉を口にする。

「そうですね、最初にお会いした時と同じままだと思いますよ」

「そっかぁ……ははっ」

デルイはさもおかしそうに軽く笑った後、ソラノの頭に手を置いてぽんぽんと撫《な》でてきた。誰かに頭を撫でられるなど、久しぶりだ。小学生の時、兄にされて以来のような気がする。そうしてデルイは満足そうに言う。

「うん、いいね、気に入った。俺、今度店に食べに行くよ」

「本当ですか、それは、嬉しい！」

閑古鳥が鳴き続けるあの店にお客が入るのはとても喜ばしい出来事だ。なんせ今の店は、客が来ないせいでメニューが一種類しかないという有様だった。料理店としてあるまじき状態だ。それに。

「デルイさんが来ると、芋づる式に女の人も入ってくれそうですし！」

「そんな風に言われるのは初めてだな……」

極めて複雑そうな顔をするデルイにソラノは再度礼を言うと、颯爽《さっそう》と店の中に入って行った。

＊＊＊

「ああ、あの時の」

思い出したデルイはポンと手を打った。

「そう言えばありましたね、そんなこと……デルイ、知ってるか？　あの後、酔っ払った挙句にお前に一撃でのされたダミアンの相手をするのは、物凄《ものすご》く面倒だったんだぞ」

「まあ、日常茶飯事だろ」

あっけらかんと言い放つデルイの横では、厄介な後処理を押し付けられた当時を思い出したルドルフが苦虫《にがむし》を噛《か》み潰《つぶ》したような顔をしている。

普段は物腰も言葉遣いも丁寧なルドルフであったが、デルイが絡むとその態度は完全に崩れ去る。デルイに向けた怨嗟《えんさ》の言葉には凄《すご》みがあったし、声も低い。

デルイを前にすると大体の人がおかしくなると言っていたが、確かにルドルフは少々おかしくなっているようだ。

自分も二の舞にならないよう気をつけよう、とソラノは密《ひそ》かに心に誓う。

そんなルドルフの豹変《ひょうへん》ぶりを横目で窺《うかが》いつつも、ソラノは話の続きをした。

「そうなんですよ。あれが決め手になって、私はバゲットサンドなら売れる！　と確信したんです」

非常に得意げなソラノだったが、デルイとしてはちょっと待てと言いたい気分だった。

「でもね、ソラノちゃん。このやり方はさぁ」

しかしデルイが皆まで言う前に、時間を確認したソラノが慌てたように口を開いた。

「あっ、もう時間がマズイ！　次の便が来る前に品物補充してきます。では、味の感想、今度聞かせてくださいね」と言って店へと戻って行った。足取りは実に軽やかだ。

こちらを振り向かずに去って行くソラノの後ろ姿を見送ったデルイ。中途半端に上がった手をなんとなくぶらぶらさせ、ルドルフに問いかける。

「……勤務、あとどれくらいだ？」

ポケットから懐中時計を取り出したルドルフが答える。

「あと一時間」

「じゃ、もう戻るか」

デルイは気持ちを切り替えるように言い、ルドルフは頷いた。二人は本日、夜半から朝にかけての勤務。もう詰所に戻って本日の報告を書くような時間だった。

詰所に戻った二人はさっさと業務報告書を書き上げて提出し、買ったばかりのバゲットサンドの包みを開ける。

齧《かじ》り付くと、クロケットがサクリといい音を立てた。

「お、美味《うま》い」

素直な感想を漏らしたのはデルイの方だった。

「フリルレタスが受け皿になってて、バゲットがべちゃっとしてないのがいいな」

ルドルフも同意する。具材をバゲットに挟むサンドイッチは時間が経《た》つとどうしてもバゲットに具材の水分が染みてベチャベチャになったり、具材が冷えて固まり食感が悪くなったりするものだが、このクロケットサンドは全く違う。

バゲットのもっちり、クロケットのさっくりした食感はそのままに、冷めても味が落ちないよう工夫が施されている。

座ってクロケットサンドを味わっているルドルフを、デルイが無駄に整った顔にニヤニヤ笑いを浮かべて見つめる。

「……何だ？」

「いやぁ、ルド、デスクでバゲット食ってるとこ見るとお前も随分庶民っぽくなったなって」

「お前だってそうだろう。貴族の三男坊のクセに」

サンドラの予想通り、二人とも貴族の次男と三男の出自だった。ルドルフはモンテルニ侯爵家の出身で、エア・グランドゥールの経営にも携わっている大貴族の一員である。

デルイも本名デルロイ・リゴレットという名で、代々騎士を輩出している名門伯爵家の出身だった。

貴人要人がわんさか集まる空港では腕っぷしが強いだけでは護衛は務まらない。騒ぎを起こしていたので力ずくで鎮圧してみたらどこかの王族や豪商でした、となると謝罪だけでは済まないのだ。

そういう時、身分が高くマナーも一通りわきまえている貴族の職員というのは空港側としてもありがたい人材だった。騎士団もその辺りの事情を考慮して配属を決めている。

空港に所属する騎士は大体が入団したばかりの貴族家の若手騎士、もしくは経験を積んだ中堅の騎士。その中でルドルフとデルイの立ち位置はやや特殊だ。

二七歳のルドルフと二五歳のデルイは、その実力から言えば前線で戦う魔物討伐部隊に配属されるような人材だった。魔物討伐部隊は過酷な任務が多いけれど、貴族であれば数年在籍して功績を上げると王家を守る近衛《このえ》騎士団に抜擢《ばってき》される。

出世コースに乗るならばこれが最短ルートであり、事実デルイの父も二人の兄もこのルートで近衛騎士に任命され、父に至っては騎士団トップの大団長の座に君臨している。

なのでデルイも魔物討伐部隊へ異動するよう散々言われているのだが、親兄弟と仲の悪い本人が「嫌だね」と言って断っているのを幸いに、空港側も貴重な人材であるデルイを何だかんだと引き留めていた。

ルドルフに関してはもっと単純な話で、モンテルニ侯爵家の一員として空港に貢献したいと考え、治安を守る空港護衛部隊に所属している、という理由がある。

つまり若くして実力もあり、おまけに身分も美しい容姿も兼ね備えている二人は女子職員から非常に人気があった。ついでに仕事ができるので空港護衛部隊の騎士からも人気があった。

「にしても、あの売り方は商業部門から文句が来るだろう」

ルドルフが懸念を口にする。営業時間の変更も販売方法もある程度自由が認められているが、あんなに派手なやり方では体裁を気にする客層から文句が飛んでくる。

早朝深夜は乗船券が割安なので、空港を利用する客層が日中に比べると庶民に近い。そういった人達はソラノを見ても「元気な売り子だな」くらいにしか思わないが、たまたまそうした時間帯に利用する富裕層からすれば、「下品な売り子」と思われてしまう。権力者から圧力がかかれば、弱小店舗のカウマン料理店など強制的に取り潰されるのは目に見えていた。

「商業部の部門長は……エアノーラさんか。手強《てごわ》いな。最近だと殿下と一緒にいることも多いし」

数字の鬼と呼ばれるエアノーラは容赦がないと有名だ。どんなテナントだろうが採算が取れなければ即退店させられるともっぱらの噂《うわさ》だった。

　おまけにエアノーラはこの空港経営者の一人であるロベールにも高く評価されている人物なので、目をつけられたらたまったものではない。

むしろ今まであの店がよく潰されていなかったなと、そっちの方が驚くべき事実だ。あまりに存在感がなさすぎて忘れられていたとしか思えない。

「まあ俺はそれより、別の懸念があるんだけど」

「別の懸念？」

「あの子、素の状態で走ってただろう。あれじゃ危ない」

「あぁ、確かに……」

　デルイの言わんとすることにピンときたルドルフは相槌《あいづち》を打った。魔法を使って加速している冒険者相手に、何の対抗手段も持たない女の子が走って商売する。万が一ぶつかれば、相手の速度と重みに耐えられずソラノは吹き飛ばされてしまうだろうし、そもそもあの売り方だと足に負担がかかりすぎる。何日もあんなことをやっていたら、足が壊れてしまうだろう。

もっともな懸念事項だが、ルドルフは牽制《けんせい》するような目つきでデルイを見た。

「魔法指南が必要なら、役所から人をやるよう手配するからお前は関わるな」

「でもそれだと、時間かかるだろ」

ルドルフはデルイを諭した。その声音は切実だ。

「本当に、あまり構ってやるなよ。お前に関わったばかりにどれほどの女性が不幸な目にあったと思っている。彼女はこの世界に迷い込んできたばかりで、まだ心細い思いをしてるに決まっている。悪の道に引き摺《ず》り込むような真似《まね》はよせ」

「失礼だな……俺はいつも何もしてない。勝手に寄ってくるんだ」

デルイは心底心外だとばかりに顔を顰《しか》め、残っていたクロケットサンドを丸ごと頬張《ほおば》って咀嚼《そしゃく》し始めた。口いっぱいにバゲットサンドを含んでモゴモゴする様子は間抜けであるが、なぜかこの男がやると様になった。

デルイは男から見ても顔が良すぎるし、見た目が目立ちすぎる。鮮やかなピンクの髪を襟足まで伸ばし、ピアスを両耳に必要以上に付け、制服を着崩し、そして眉目秀麗《びもくしゅうれい》な顔をしている。あまりに整った顔立ちをしているので、本人が何もしていなくてもただ微笑《ほほえ》んだだけで周囲の女性が陥落していくのだ。おまけに伯爵家の三男、剣も魔法も腕が立つ。もはや存在が反則みたいな男だった。

常々、デルイに骨抜きにされた女性が奴の心を射止めようと追いかけ回し、デルイは上手《うま》く逃げた挙句に対応をルドルフに押し付けるという最悪の手法を取っていた。

ルドルフ自身も貴族家の出身、むしろデルイより家格は上だというのになんという仕打ちだ。デルイがルドルフの職場の後輩で、かつこの空港護衛部内でぶっちぎりの検挙率を誇っていなければ、とっくに別の騎士の部隊へと送りつけているところだ。それこそ前線で戦う魔物討伐部隊とか、奴《やつ》が嫌がろうとも、もう二度と顔を合わせなくて済む部隊への推薦届を出してやろうと機会を窺《うかが》っているが、デルイは絶妙にルドルフの怒りの限界点を超えないように立ち回るのでタチが悪い。

「でもソラノちゃん、俺を前にしてもいつもと変わらない様子だったたし、平気なんじゃないか？」

「調子に乗るな」

「ソラノちゃんが怪我《けが》する前に、誰かが教えてあげないと」

「頼むからやめてくれ……お前の女性関係のトラブルに巻き込まれるのは、もうごめんだ」

ルドルフは過去の事件の数々を思い出し呻《うめ》いた。

デルイとバディを組んで働き出してから、実に五年。起こった事件の数は枚挙にいとまがない。

最初に「異世界人が迷い込んで来た」という通報を受けた時、本来ならばルドルフとデルイの二人が迎えに行くはずだった。しかし女性であるとわかるや否や、デルイは待機が命じられたのだ。満場一致で「その子がデルイを見て惚《ほ》れたらヤバい」と意見が重なり、かくしてデルイの代わりに部門長が同行したという次第だ。

ルドルフは狙《ねら》いを定められたソラノに心から同情し、同時に興味を引くのも無理はないと少し思ってしまう。デルイを見ても何ら心を動かされない女性というのは珍しい。加えてあの行動力、実行力は感嘆に値する。あれほどまでに突き進める子は滅多にいないだろう。やる気のなかったカウマン夫妻も引きずられるようにしてやる気を出している。

「おはよう、少し邪魔をする。ルドルフとデルロイ、いるか」

と、ルドルフが煩悶《はんもん》していると、軽快な挨拶《あいさつ》をしながら詰所に入って来る人物が。その人物を見てルドルフとデルイは即座に席を立った。二人だけではない。この詰所内にいる全員が立ち上がり、敬礼をする。そうした人々の態度をごく自然に受け入れる男は、悠々と歩いて二人の前にやって来た。

短く整えた銀色の髪を後ろにゆるく撫《な》で付《つ》け、前髪が一房だけはらりと額にかかっている。深い紫の瞳《ひとみ》と相まって、その色彩はこの国で、いや世界でも唯一無二。

「おはようございます、殿下」

「我々に何か用でしょうか」

「あぁ、少し面白い話を耳にしたものでね」

ロベール・ド・グランドゥール。三五歳の若さで王立グランドゥール国際空港の経営陣の一翼を担っている王族だった。

「異世界人が迷い込んで来たと聞いている。噂ではまだ年端もいかない娘であるとか。ルドルフは王都で案内役を務めたと聞いたのだが、どのような人物だ?」

「そうですね」

ルドルフは少し考えてから言葉を選ぶ。

「素直な性格の持ち主で、一度決めたらやり遂げる行動力がある人物だと見受けられました」

「なるほど」

ロベールは鷹揚《おうよう》に頷《うなず》きながらルドルフの話を聞く。

「この国に長く留《とど》まって欲しいものだ。異世界人の発想や考え方は我々にないものも多く、非常に有益だからな。それからデルロイ」

「デルイとお呼びくださいと、何度もお伝えしているじゃありませんか」

本名で呼ばれたデルイがにこやかに、しかしはっきりと伝えるも、ロベールも笑顔を浮かべて暗黙のうちにデルイの申し出を却下した。

「そろそろ婚約者の一人でも見つけたらどうだ。『社交界の女王』たるお前の母が、王城で我が母上相手に嘆いているそうだぞ。『私の末息子はいつまで経っても遊び歩いている』と」

「ははは、面白い冗句ですね」

是とも非とも言わず、乾いた笑いでロベールの苦言を受け流す。家同士の結びつきを重視する貴族であるからして、誰《だれ》と誰が結婚するかは貴族社会の中ではいつでも大きな関心事項だが、デルイは今のところ腰を落ち着ける気はまるでなかった。

それを知っているロベールは短く息を吐き出すと、「仕事中邪魔をしたな」と言い踵《きびす》を返して詰所を出て行った。

見送った騎士達はロベールの姿が見えなくなるや否や仕事に戻る。

しばらくしてからデルイは何事もなかったかのように言った。

「よし、じゃ、俺は帰る」

「待て俺も行く」

デルイの様子に何かを察したらしいルドルフが後を追いかけようとしたが、後ろから「おーい、ルドルフ！」と誰かに呼び止められてしまった。部門長であるミルドだ。

「部門長……なんでしょうか」

「いやぁ、この間酔っ払って暴れたAランク冒険者のダミアン・ロペス、覚えてるか？　何か迷惑かけた謝罪をしたいとかで、わざわざ来ててだなぁ。相手してくれないか」

「ぐっ……わかりました」

暴れるダミアンを取り押さえたのはデルイだというのに、後処理を押し付けられたせいでルドルフに余計な依頼が舞い込んでしまった。凄《すさ》まじい眼光でデルイを睨《にら》みつけたルドルフだが、観念して再び詰所の奥へと戻って行く。

そんなルドルフを尻目《しりめ》にデルイは颯爽《さっそう》と詰所を出た。

階段を登り切って職員用通路を抜け、第一ターミナルに出たデルイは、今しがた到着した飛行船に乗り込もうとしているソラノを見て迷いなくその後を追いかけ、声をかけた。

「やっほ、ソラノちゃん」

「わっ……デルイさん」

突然声をかけられたソラノは目を見開いて驚きつつも、相手が知った人物だとわかってホッとしたように会話に応じた。

「あれ、もうお仕事終わりですか？」

「うん。今日は夜中から朝までの勤務だったんだ。そういうソラノちゃんも？」

「はい、私も今日はもう売り切ったので、おしまいです。明日の仕込みも手伝いますって言ったんですけど、もう帰りなって言われちゃって」

「あれだけ売るのに全力注いでるんだから、終わったら帰っていいと思うよ」

「カウマンさん達にも同じことを言われました」

あっけらかんと笑いながら言うソラノの手にはタオルが握られており、汗で前髪が張り付いている。

「毎日どのくらいあんなことやってるの？」

「大体、二時間くらいでしょうか」

「よく体力もつね。……というか、俺は走ってる冒険者は危ないから、近づかないようにって言ったはずだったんだけど、どうして自ら近づいて商売してるのかな」

「あはは……それ以外に、いい方法が思いつかなくて……」

忠告を無視した後ろめたさがあるのか、明後日《あさって》の方角を見つめて誤魔化《ごまか》すソラノ。そんなソラノをデルイは注視する。

まだエア・グランドゥールで働く前、貴族社会のしきたりに則《のっと》って渋々社交界に身を置いていた頃《ころ》、こうしてデルイが見つめれば年頃の令嬢は頬《ほお》を染めて目を伏せ、彼から言葉をかけられるのを期待しながら待っていたものだ。そして空港で働く今となっては、空港職員のみならず利用客からも同じような期待に満ちた眼差《まなざ》しを向けられている。

デルイは自分の顔立ちが良いことを十分すぎるほどに自覚していたし、名門伯爵家の出身で騎士として働く己とお近づきになりたいと考えている女性がわんさかいることも理解している。

そうした好意を至極当然のものとして受け止めていた彼からしてみると、ソラノの反応は非常に新鮮で面白い。

今もソラノはデルイの側《そば》で気安く会話を交わしてはいるが、その声音に媚《こ》びる気配や恋慕の情は感じられない。単純に知り合いと話している、というだけだ。

会話をするのはこれで四度目。何回経《た》ってもソラノの態度は変わらない。

デルイは、この子はきっとほかの子達とは違うんだろうな、と直感していた。

だからルドルフの忠告を無視して、にこりと微笑みこう告げた。

「ソラノちゃん、この後ちょっと俺に付き合ってよ」

「はい？」

言われたソラノは予想外だったのか、大きな黒い瞳をパチクリしてから首を傾《かし》げた。

二つ返事で食いつかないところも、デルイにとって好印象ということにも気がつかないまま。


「外ですね。初めて出ました」

ソラノはデルイに連れられて、王都の外へとやって来た。王都は魔物の襲撃に備え城壁がぐるりと廻《めぐ》らされていて、出るには門兵に通行許可証を提示しないといけない。冒険者や行商人、その護衛などはギルドや役所で許可証を発行してもらえるが、一般人はあまり外へ出ない。王都近郊は魔物の活動が緩慢とはいえ、危険がないわけではない。戦闘の心得が微塵《みじん》もない人間が迂闊《うかつ》に出ては危険に晒《さら》されるという配慮からくるものだった。

今回はデルイが「俺の連れだから」と門衛にウインクしながら言って、強引に外に出る許可をもぎ取っていた。

外は平野が広がっていて、今は草に交じって雪が積もっている。駆け出しの冒険者達があちこちで雪をかき分け冬にも生える薬草を摘んだり、魔物と戦ったりする姿も見られた。

平野を裂くように舗装された道が敷かれ、行商人が馬車に荷物を積み護衛の冒険者とともにそこを進んでいる。防寒対策で御者も冒険者も厚着をしている。

ソラノは冷たい空気をなるべく遮断しようと、コートをかき寄せて前でピッタリ合わせた。空港内は快適だし、ずっと走っていたので体は温まっていたのだが、急に冷気に晒されると流石《さすが》に寒さを感じる。一方の制服姿のデルイは最初に出会った時のルドルフ同様、全く寒さを感じさせない佇《たたず》まいだった。

「ソラノちゃん、あんまり俺から離れないように。この辺の魔物は雑魚《ざこ》だけど、ソラノちゃんはそれ以上に弱いから」

「でもあのあたりに一〇歳くらいの男の子が二人いますよ」

ソラノが指差した方角には確かに、まだ背丈が小さい少年が二人草むらをかき分けてどこかに向かっている姿があった。

「ちゃんと革鎧《よろい》装備してるでしょ。多分Fランクの冒険者だよ。あの子達ソラノちゃんの一〇〇倍は強いから」

「そこまでの差は流石に……」

「あるよ」

デルイは笑顔でズバッと言い切った。反論しようと試みたが、確かにソラノに戦闘能力は皆無なので何も言い返せない。諦《あきら》めて話題を変えることにした。

「で、こんなところで一体何をするんですか？」

「ソラノちゃんに魔法を教えてあげようと思って」

その言葉を聞いた途端、膨れ気味だったソラノの頬はしぼみ、目がキラキラと輝く。

「魔法！　私にも使えるんですか？」

「多少魔素が体内に蓄積されたみたいだし、簡単なのならいけるよ。見てて」

デルイが自分の足元を指し示す。

「魔法を発動させたい場所に意識を集中して、体内の魔素を練り上げる。発動自体は魔素を糧にして、キーとなる呪文《じゅもん》を唱える。呪文は慣れれば口に出さなくてもいいんだけど、最初はちゃんと言葉にしたほうがいいよ」

この場合は風魔法だねと言いながら、すっと目を閉じて意識を集中させる。風もないのにふわっとデルイの上着の裾《すそ》がはためき、足元の草花が揺れた。

「風《ラファル》よ」

デルイがそう呟《つぶや》けば、彼の足元に急速に風の渦ができる。そのまま地面を蹴《け》れば、軽く走り出したようにしか見えないのに、デルイは一〇〇メートルも先に進んでしまった。

「どう?」

「すごい、速すぎて見えませんでした!」

あっという間にソラノの元まで戻ってきたデルイが尋ねるので、ソラノは興奮して感想を述べた。

「風魔法を使った加速の仕方だよ。覚えておけば今のソラノちゃんの役に立つんじゃない?」

「はい!」

「じゃ、やってみよっか」

軽い感じで言われ、見よう見まねで試してみると、結構難しいとわかった。意識を集中して、体内にたまった魔素を練り、呪文を唱える。

「風《ラファル》よ……わあっ!?」

ソラノの場合魔法が制御不能になり、ぶわっと風が吹き上げたかと思うとその勢いに耐えられず、足を取られて派手に転んでしまった。

「わっ」

つんのめって尻餅《しりもち》をついたソラノ。こんなに思いっきりずっこけるなんて、いつ以来だろう。めちゃくちゃ恥ずかしかったが、デルイは笑うことなく手を差し出してくれた。

「最初から上手《うま》くできるわけないから、練習しよう。もうちょっと練る魔素の量を減らしたほうがいいよ」

アドバイスまでくれた。ソラノは服についた草を払い落とし、もう一度、やってみることにした。

そんな風に目の前で初歩の呪文を頑張るソラノを見て、デルイには色々と思うところがある。

今教えた風の魔法は五歳児が父親に教わる類のものだ。もっと速く走りたいという子供の熱意を汲《く》み取った親が風魔法の使い方を教える。教わった子供達は集まり、魔素が尽きるまでかけっこをして誰《だれ》が一番かを競う。補助魔法の中で使えない者はいない基本中の基本の魔法だった。

せめて走りに補正がされれば今より仕事が楽になるはずだという、デルイなりの配慮だった。

「ソラノちゃん、やり過ぎると倒れるからほどほどにしておいた方がいいよ」

「はい、でも、もうちょっと練習しますっ」

熱心に練習しては目の前で転び続けるソラノに声をかけたら、そんな返事がきた。

結局のところ、ソラノの魔素はまだまだ少ないので二、三時間の練習ですぐ力尽きてしまったが、それでも最後にコツを掴《つか》んでいた。

「初めてにしては上出来だよ。また今度練習しよっか」

「はーい……」

全身の脱力が凄《すご》く、立ってすらいられない。全力疾走してバゲットサンドを売るのとはまた違う疲労感があった。強いて言うならもの凄く緊張して精神力を使ったのと同じような疲れを感じる。

先程までは寒かったのに、今は暑い。雪交じりの草むらに何度も転がったせいで、服がドロドロになっていた。汚れ落ちるかな、と考えながら服を見下ろすと、デルイが大変申し訳なさそうな顔をしている。

「ごめん、汚れちゃったね」

「安物なのでいいですよ」

「膝《ひざ》も擦りむいてる」

「軽傷ですから……」

ソラノの言葉を聞いているのかいないのか、デルイはハンカチを取り出し、そこに魔法で作り出した水を浸み込ませる。それからしゃがみ込んで泥汚れがこびりついた膝にそっとハンカチを当てて優しく拭《ぬぐ》い取ってくれた。

ソラノはギョッとして叫ぶ。

「えぇっ、そんなことしてもらわなくても……！」

「傷口に菌が入ったら化膿《かのう》する。汚れを落とすのは怪我《けが》をした時の基本中の基本」

「いえっ、自分で出来ますから！」

「いいからいいから」

どことなく楽しそうに言うデルイは、綺麗《きれい》にソラノの両膝《りようひざ》の汚れを落とす。

「頬《ほお》にもついてる」

立ち上がったデルイは己の指先でソラノの頬を拭うと、満足そうに微笑《ほほえ》む。その笑顔たるや、老若男女問わず恋に落ちてしまいそうな極上の微笑みだったが、ソラノの胸中としてはこうである。

(転んでこびりついた泥汚れを落としてもらうなんて、扱いが小学生並で恥ずかしい……)

まだソラノが小学生だった頃《ころ》、近所の公園でドロドロになるまで遊んで帰ったら兄に苦笑され、外の水道で腕やら脚やら顔やらを丹念に洗われた記憶が蘇《よみがえ》る。ソラノの兄は一〇歳年上のため、その時既に大学生だった。そんな年齢の離れた兄とデルイが被《かぶ》って見えて、なんだか気恥ずかしいし情けない。一八歳といえば、当時の兄と同じ年齢。兄はもっと大人びていたのに、なぜ一八歳にもなって自分はこんなに泥まみれになっているのだろう。

「そうだ、せっかくだからこれから服でも買いに行こうか。ついでに昼食も取るのはどうかな」

ピンク色の髪をなびかせながら、名案だとばかりにデルイは言ったが、ソラノは首を横に振った。

「今日はもう、帰ります……魔法の指南、ありがとうございました」

「そう? 残念。いつでも見てあげるから言ってね」

ソラノはこくりと頷《うなず》いた。朝から働き、魔法の練習もし、体力も精神力もほぼ尽きかけていたところでの小学生並の扱いである。もはや、これから街に行ってショッピングをするなんて元気はなかった。

反対に夜通し働いていたはずのデルイはなぜか非常にイキイキとしていて、なぜなんだろうとソラノは思う。地力の差だろうか。

「そういえば、バゲットサンドどうでした?」

「美味《おい》しかったよ。冷めても味が落ちないよう工夫されていたね」

「そうなんですよ、良かったぁ。今度はローストビーフを挟んだものを売り出す予定なので、ぜひまたお越しくださいね。今日のお礼に、ご馳走《ちそう》します」

「それは楽しみにしてる」

並んで歩く王都の外は、北風が吹きつけている。

「ここも春になると、色んな植物が咲いて綺麗なんだ。薬草の類も多いから、暖かい季節になるともっと駆け出し冒険者の数も多くなる」

ルドルフも言っていた王都の春。整然とした街並みに花と緑が溢《あふ》れる季節。それは一体どれ程までに美しいのかとソラノは思いを馳《は》せてみた。

「……楽しみです」

もっともっとこの都を楽しみたいと、心から思った。

【四品目】バゲットサンド―ローストビーフを挟んで―

「今日も売り切れですっ」

　バゲットサンドの販売開始から一〇日ほどが経《た》つ。はぁはぁと息を切らして店へと戻ったソラノは、空のトレーをカウンターの上に置いて告げた。

「お疲れ様。すごいねえ、二〇〇個も売りきっちまうとは」

「ご苦労さんだ、足は大丈夫か？」

「大丈夫です。風の魔法、覚えたのでっ」

　デルイに教わった風の魔法をコツコツと練習したソラノは、案外早く習得できた。自分で魔法が使えるというのは感動が大きいし、実際ソラノの足にかかる負担は大幅に減っていた。肉離れでも起こしてソラノが倒れてしまうと売ることができなくなるので、これは大きな利点だ。デルイに感謝である。

「カウマンさんは何してるんですか？」

　カウンター奥のキッチンでゴソゴソしているカウマンにソラノが話しかけると、カウマンはくるりと振り向き、鼻の穴を得意げに膨らませてから言う。

「よくぞ聞いてくれたな……出来たぞ！　これぞ究極のＢＬＴだ！」

「おお……！」

カウマンがついに理想とするローストビーフを作り上げたらしい。誇らしい顔をしてソラノとサンドラの二人の前にＢＬＴ（もどき）を出してきた。

カウンターに置かれたそれはバゲットに切り込みが入っており、中から具材のローストビーフ、レタス、トマトがはみ出している。とろりとソースがかかっていて見た目からして垂涎《すいぜん》ものだ。

「早速いただきます」

カウマンが見守る中、二人はバゲットサンドを手に取り口にする。肉は、驚くほどの柔らかさで、全くくさみやパサつきがない。それどころか噛《か》めば噛むほど旨味《うまみ》が口の中に広がってくる。

「ちなみに暴走牛《ぼうそうぎゅう》の肉を使っている」

「前から思っていたんですけど、暴走牛って一体なんでしょう……？」

はじめにご馳走してもらったビーフシチューも暴走牛を使っていると言っていた。ソラノには馴染《なじ》みがないが、この国ではポピュラーな食材なのかな、と思い質問してみると、カウマンは丁寧な解説をしてくれた。

「この辺に出る魔物でな。安い、硬い、パサパサするでおなじみの暴走牛だが、俺の手にかかればこんなもんよ」

カウマンの説明曰《いわ》く、暴走牛は王都近郊の平野で見られる大型の牛の魔物だそうだ。特殊な技や魔法等は使わないが通常の牛の二倍ほどの体躯《たいく》と強靭《きょうじん》な筋力を持ち、群れで現れては体当たりをかましてくる。意外に素早い動きをするので魔法攻撃も避けられるし、硬い皮膚によって生半可な物理攻撃ならはじかれてしまう。Ｆ～Ｄランクならば手こずるがＣランク冒険者ともなれば簡単に倒せるので、その肉は食用として市場に安値で卸されている。肉質は脂身が少なく筋張っているので、高価な家畜の牛肉を買うことのできない庶民向けの食べ物らしい。

それを聞くと、このローストビーフに使われている肉とはとても思えない。

「冷めてるのに全然硬くないですよ。しっとりしてて、噛むとじわぁーっとお肉の旨味が広がります。野菜がお肉のよさを引き立てて、ソースも良い感じに組み合わさってますし」

「ソースは野菜を炒《いた》めて甘みを出した後、赤ワイン、塩、砂糖、スパイスと一緒に煮詰めて水分を飛ばして作った」

「本格的！」

ソラノは感動した。ソースといえばスーパーで売られている既製品のソースしか知らない彼女にとって、これは革命的だった。ローストビーフ、初めて食べたがこんなに美味しいものだとは。人生損していた気分だ。野菜もたっぷり入っていて、これ一つで完璧《かんぺき》なバランスが取れた食事になる。安い、美味しい、栄養バランスバッチリ。これで売れないはずがない。ソラノも毎日買いたいくらいだ。

「早速明日から売り出すぞ」

「おーっ！」

カウマン夫妻とソラノは拳《こぶし》を天に突き上げた。チームワークもばっちりだ。

「失礼いたします」

そんなテンションが上がる三人の元へ、一人の刺客が現れた。

＊＊＊

話は少し遡《さかのぼ》る。エア・グランドゥールの巨大な中央エリア下には、空港の職員用フロアが存在している。経営企画部門、管理部門、整備部門など多様な部門が集まっており、日々空港の安心・安全な運営のために人々が働いている。

その職員用フロアの一角にある部署、商業部門で一人の男がデスクで頭を抱えていた。

「どうしようか……」

男はガゼットという名前でこの商業部門の主任をやっていた。主任と言っても部下はたったの一人。のらりくらりと面倒事を回避しつつ、与えられた仕事を細々とこなす。大出世しようという大きな野心もなく、自分の家族を養えれば満足というありがちな思想の男だ。

しかしガゼットは今、窮地に立たされている。理由は一件の苦情のせいだ。普段であれば利用客の苦情など右から左に受け流し、にこやかに笑って改善命令を店に入れれば済む話なのだが、今回の場合少し事情が特殊だった。

まず判断をするために、あの方の耳に話を入れなければならない。

ガゼットはちらりと事務所の遥《はる》か彼方《かなた》、窓際の一際大きなデスクに腰掛ける人物を見た。

「ノーマン課長、昨日《きのう》の売り上げ報告の数字がおかしいわ。もう一度見直してちょうだい」

「はい、申し訳ありません」

「それとこの店舗、半年前から売り上げの低下が著しい。これ以上の低下を見せるようなら契約は再来月で打ち切りと伝えて。嫌ならば改善案を提出し、二ヶ月以内になんとかするようにと」

「承知いたしました」

静かなフロアにきびきびとした声が響き渡る。エア・グランドゥール商業部門長、エアノーラだ。

彼女は数字の鬼と呼ばれ、採算の合わない店舗を取り潰《つぶ》し、新たな店の誘致に余念がない。

空港の大規模拡張工事の際、中央ターミナルへの店舗の集約化を提案したのもエアノーラだ。結果、それまでターミナルごとに散在していた店が無くなり、富裕層と冒険者をエリア別に誘導することが可能になり空港内がスッキリした。

客の求めているものが一箇所に凝縮されたので、移動時間が短縮されて買い物も飲食も効率が良くなり、どの店も売り上げが倍増した。さらには利用者の利便性が向上し警備の面でも容易になった。

とまあ、こんな風にエアノーラの提案は大当たりとなり、空港発展の立役者となったのだ。

そんな彼女は常に流行を取り入れた服を着こなし、王都で流行《はや》っている店があれば真っ先に駆け付け、店の査定をし、彼女の合格ラインに達すれば空港内への出店依頼を店側にかける。ガゼットを含め商業部門で彼女に頭が上がる人間など存在しない。

現在商業部門は富裕層エリアと冒険者エリアで部が分かれ、さらに飲食と物販で分けられている。だが件《くだん》の店はそのどちらのエリアにも分類されていない。

ガゼット宛てに苦情の入った一軒の店――名を、カウマン料理店という。

先の出来事を思い出し、ガゼットはため息をついた。

「ちょっと、そこの貴方《あなた》。この空港の職員でしょう？」

「はい、左様でございますが」

一人の、いかにも高飛車そうなご令嬢がガゼットを呼び止めた。ガゼットはこの日、自身の担当している冒険者エリアの飲食店に向かうべく中央エリア内を闊歩《かっぽ》していた。たまにはエアノーラを真似《まね》て視察でも、と半分仕事半分サボり気分で富裕層エリアを抜けて冒険者エリアへ行こうとしたのが間違いだったのだろう。

ガゼットは愛想笑いを浮かべて立ち止まり、空港利用客に体を向けた。

令嬢は二人いた。一人の令嬢はベルベットのドレスに首元には豪華なブローチをつけ、もう一人はフリルの愛らしいパフスリーブのドレスを身にまとっている。それぞれ後ろに護衛を数人つけていた。おそらく、友人との海外旅行だ。貴族令嬢の間では、学校の長期休暇中に友人同士で海外に出かけるのがちょっとしたブームになっている。

ベルベットの令嬢は目を吊り上《あ》げ、ガゼットを問い詰める。

「先ほど通ってきた第一ターミナルなんですけれど。大声を出して走りながら品物を売りつけている売り子がいましてよ。世界に名だたるこの空港で、そのような下品な行為を許すなんて、一体どういう了見ですこと？」

「は、はぁ……走りながら、ですか？」

「まあ、ご自分が働く場所であるのにご存じないの？」

するとパフスリーブの令嬢は「信じられない」とでも言いたげに目を見開いた。

「格好もなんだか見慣れない、みすぼらしい服を着ていて」

「走る冒険者の方に並走して、品物を投げ渡し、お釣りを投げ返されておりましたわ」

パフスリーブ令嬢の言葉をベルベットの令嬢が引き継いだ。そして二人揃《そろ》ってガゼットに詰め寄る。

「わたくし達、この空港から旅行に出るのをとても楽しみにしていたのですわよ」

「ここは世界一の交通の要衝、ここから旅に出るのが一種のステータスとも言われる王立グランドウール国際空港――それなのに、あのような売り子に出会うなんて！」

「気分が悪くなりましたわ、なんとかしてくださらないかしら」

「ふた月も経《た》てば、わたくし達は帰国いたします。その時にまだあのような売り子がいたならば……ねえ？」

ベルベットの令嬢はパフスリーブの令嬢とちらりと視線を交わし合う。

「わたくし、家名をアルトワと申しますの」

「わたくしは、ノアイユと申しますわ。存じておりまして？」

「勿論《もちろん》でございます！」

含めるような言い方の令嬢達にガゼットは慌てて頭《こうべ》を垂れた。アルトワ侯爵家、ノアイユ侯爵家といえば共にこの空港の経営にも携わるモンテルニ侯爵家に勝るとも劣らない、大貴族の家系である。そんな名家のご令嬢に凄《すご》まれれば、いち空港職員であるガゼットなどひたすらに頭を下げるしかない。

彼女達は暗に、脅していた。不快な思いをさせた売り子をどうにかしなければ、この空港に圧力をかける、と。

「早急に確認し、対応するようにいたします」

「話が早くて助かりますわ」

「では、お願いいたしますわね」

ますます頭を深く下げるガゼットの態度に気を良くしたのか、令嬢二人はクスクスと笑いながらその場を去って行く。

ガゼットは二人が完全に去るまで長々とお辞儀をし、やがて頭を上げると急ぎ足で商業部門に取って返した。もはや当初の目的地だった冒険者エリアの飲食店のことなど思考から飛んでいた。

商業部門に帰ったガゼットは、第一ターミナルに存在している店がカウマン料理店だと突き止め、料理店の担当者を探した。

利用客から苦情が入るような売り方をしている、不届きな店を野放しにしている職員は一体どこの誰《だれ》なのだ。一言文句を言ってやらないと気が済まない。

しかし探せども探せども担当者が見つからず、とうとうガゼットはとんでもない事実に気がついた。

すなわち、カウマン料理店は旧ターミナルごとの区分のまま放っておかれているため、明確にどこの課の誰の担当なのかがわからない状態だった。

どこの誰に報告し、指示を仰げばいいのかがわからない。富裕層エリアの課長に話をすれば「うちの担当じゃない」と言われ、冒険者エリアの課長に話を持ち掛ければ「よそに言ってくれ」と言われる。勇気を出して部長に報告しても同様の有様で、ガゼットは呆然《ぼうぜん》とした。

よって、こんな些事《さじ》なのに商業部門最高責任者のエアノーラにまで報告しなければならなくなった。

チラチラと横目でエアノーラを窺《うかが》う。部門長は売上報告書に目を通しており、近づき難いオーラを発していた。しかし、やらなければ。このまま放置しておくと、今度はノアイユ・アルトワ両侯爵令嬢が帰ってきた時に怒りを買う。その時矢面に立たされるのは、間違いなくこの自分だ。最悪首が飛んでしまう。それだけは避けたい。

意を決しガゼットは席を立ってエアノーラの座席に近づいた。

「部門長、少しお耳に入れたいことがありまして……」

へりくだるようにガゼットが言うと、エアノーラは鋭い視線をガゼットに投げかけた。ガゼットはもうそれだけで、萎縮《いしゅく》しそうだった。

「何かしら。手短に」

「はい。第一ターミナルに存在するカウマン料理店が、走りながら品物を売っているらしく……下品であると苦情がお客様より入りまして」

「走りながら売る？」

エアノーラは眉《まゆ》を顰《ひそ》めた。ただでさえ人にきつめの印象を与える吊《つ》り目に剣呑《けんのん》な色が宿り、ガゼットを畏怖《いふ》させる。今すぐ回れ右をして自席に帰りたいが、足をぐっと踏ん張って耐えた。

「全く理解できない販売方法ね。店へ行って注意しなさい。そもそも与えられた区画を越えての販売は厳禁よ」

「はい」

彼女の仕事は多岐にわたり、多忙を極めている。こんなわけのわからない店へわざわざ赴くほど暇ではない。報告をしてきたガゼットに手短に指示を与えると、自分のデスク上の書類をまとめて立ち上がった。その目はもうガゼットの方など見てもいない。

上着を取ると付近のデスクにいたエァノーラ直属の部下へと声を掛ける。

「外出するわ。殿下と共に、王都の店の下見に行くから帰りは遅いと思っていて。緊急連絡があったら、通信石に」

「はい」

そしてカツカツとハイヒールの音を響かせ、フロアを突っ切り去ってしまった。

ガゼットはため息をつき自席へと戻る。余計な仕事が増えてしまった。

正直、行くのが面倒くさい。ここは自分の部下に行かせよう。

彼は自席から見えるところにいるウサギ耳の職員に目を留めた。彼女は入社三年目の職員でガゼットの唯一の部下である。

「アーニャ君、ちょっといいかな」

「はい、何でしょう？」

アーニャと呼ばれたウサギ耳の職員は立ち上がり、自分の元までやって来る。

「第一ターミナルにカウマン料理店という店があってね。このところおかしな販売方法をしているみたいだから注意してきて欲しいんだ。なんでもターミナル内で走りながら大声を出しているらしい。こう言ってくれ。与えられた区画を越えての販売は厳禁、大声での客引きは禁止、空港内で走っての販売は他のお客様への迷惑になるため控えること」

アーニャは熱心にメモを取り、そして頷《うなず》いた。

「わかりました。早速行ってきます」

「頼んだぞ」

彼女は下っ端だが信頼できる職員だ。まあ万年雑用係だが、きっと上手《うま》く言ってくれるだろう、と都合よく考える。やれやれと息をついて椅子に深々腰をかけ、そして唐突に思い出した。

「しまった、冒険者エリアに行く用事があるんだった！」

今日は厄日だと思いながら、ガゼットは慌てて椅子から飛び降りて再び職員用通路に向かって歩き出した。


一方のアーニャは密《ひそ》かに興奮していた。初めて、一人で店舗への仕事を任された。白いウサギの耳がピクピク揺れ、ボブカットにされた金髪を撫《な》でつける。

今までは上司に言われて店舗へお知らせの紙を配るだとか、会議室にお茶を持って行くだとか、そんな仕事ばかりだったが、ついに交渉を任されるようになったのだ。

第一ターミナルにあるカウマン料理店。存在は知っているものの、近づいたことすらない。ターミナルの隅っこにある、いつも窓も扉も締め切られていて営業しているんだかしていないんだかもわからないような店だ。

アーニャは職員用通路を歩き、階段をのぼると第一ターミナルまでやってきた。そしてカウマン料理店へと近づき、初めてその店構えをじっくりと眺める。

元は白かったはずの壁の塗装は色褪《いろあ》せて灰色になっているし、所々剥《は》げて中の建材がむき出しになっていた。店前の看板は一度もかけ替えていないのだろう、かろうじて店名が読めるだけだ。そして致命的なことに、壁にかかっているメニューの文字が小さすぎてかなり近くまで来ないと読めない。

「もうっ、こんなお店がエア・グランドゥールにあるなんて信じられない！」

アーニャは腰に手を当てぷんすかと店の前で怒った。こんな店の存在を許しているなんて、商業部門の恥である。店舗開発推進課に報告して、速やかに取り潰してもらわないと。

アーニャは深呼吸して気持ちを落ち着け、店の扉を開いた。

「失礼いたします」

店の中では牛人族《ぎゅうじんぞく》の夫婦二人と、見慣れぬ珍しい黒髪の女の子がなにやらバゲットサンドを頬張《ほおば》っている。営業中の店の中でのんきに食事とは、接客業の風上にも置けない行為だ。落ち着いたはずの心に再び怒りがこみ上げてくる。

「私は当空港の商業部門に所属する事務員のアーニャと申します。テナントであるカウマン料理店へ進言があり参りました」

努めて冷静に、アーニャは名乗りを上げる。続けて上司に言われた言葉を一字一句間違わず、一気に諳《そら》んじた。

「こちらの料理店が朝、走りながら大声で販売をしていると聞きました。与えられた区画を越えての販売は厳禁、大声での客引きは禁止、空港内で走っての販売は他のお客様への迷惑になるためお控えいただけますかっ」

アーニャは驚き固まる三人に向かってドヤ顔でそう言い放った。怒りがこみ上げる心を抑え、尊敬するエアノーラの真似《まね》をして冷静にズバッと言ってやった。グゥの音も出ないだろう。

「すみませんでした」と言われるに違いない。もしかしたら店舗開発推進課に報告する前にこの場で立ち退《の》きの話が一気に進むかもしれない。そうしたらアーニャのお手柄だ。下っ端職員から脱出できる。

そこまで考え、上向きになった気持ちでアーニャは店からの返答を待った。

戸惑いがちな空気が蔓延《まんえん》しているのがわかる。さあどうだ。素直に謝罪するならば、これ以上厳しい言葉は言わないでおこうと思っていた矢先、黒髪の女の子が口を開く。

「わかりました、売り方を変えます」

「そう、わかればいいんです。わかれば……えっ？」

「えっ、ソラノちゃん、変えちゃうの？　いいのか？」

「いいんです、これがダメなら違う方法を考えるまでです」

全員が戸惑う中、女の子ははっきりそう告げる。そして唐突に笑顔を浮かべたかと思うと、アーニャに親しげに話しかけてくるではないか。

「ところでアーニャさんとお呼びしてもいいですか？　私はソラノ、一八歳です。見た感じ、私と年が近そうですね」

「わ、私は二二歳ですよ」

「そうなんですか？　若々しいので、つい。お気を悪くされたら、すみません。ウサギの耳って可愛《かわい》いですね。私は普通の人間なので、羨《うらや》ましいです」

そう言われたら悪い気はしない。このソラノという子、中々いい子そうじゃないのと内心で評価を上方修正した。

アーニャは与《あずか》り知らぬが、ソラノにとって店に足を踏み入れた人間は皆、客だ。しかも相手は空港職員。空港の利用客と違い囲ってしまえば何度も足を運んでもらえる上客だ。さらに都合のいいことに、彼女は商業部門と言っていた。テナントの運営母体《オーナー》だ。

ソラノは知っている。間借りして店を続けている以上、オーナーとの関係を良好に保つことは必《ひっ》須《す》事項であると。何でもいいから味方を増やすのだ。目の前のアーニャはソラノにとってカモがネギ背負《しょ》ってやってきた状態だった。

そんなソラノの思いなどつゆ知らず、ソラノのペースに巻き込まれつつあるアーニャは思い出したようにこんなことを言う。

「もしかして異世界人さんですか？　ちょっと前に保護されたって噂《うわさ》になっていた」

「そうなんですよ。こっちにはいろいろな人がいて面白いですね！　食べ物も違って。今、ローストビーフサンドを食べていたんですけど、これがすごい美味《おい》しいんです」

「えっ、ローストビーフ？」

アーニャは食いついた。ローストビーフといえば高級品で、滅多に口に入れられるものではない。何せ安価な肉を使うと舌触りが良くないし、硬くて食べられたものではないからだ。それがこんな、うらぶれた店で食べられる？　半信半疑で問いかけたアーニャにソラノははじけるような笑顔で説明する。

「そうなんですよ。しっとり柔らか、舌触りも最高で！　バゲットに挟んであるんですけど、お肉と野菜とソースのバランスが絶妙ですっごい美味しくて。よかったら一つ食べてみませんか？」

「えっ、いいんですか？」

「どうぞどうぞ、出来上がったばかりですよ」

すかさずカウンター内にいた牛人族の男が皿に料理を載せてカウンターから提供してくれた。その連携プレーは阿吽《あうん》の呼吸《こきゅう》だった。

アーニャはソラノのペースに乗せられるがままにバゲットサンドを手に取る。ずっしり重いバゲットの切り込みから、お肉と野菜が顔を覗《のぞ》かせている。この具材の挟み方ひとつとっても非常に食欲をそそるバランスの良さだった。全《すべ》てを隠すわけではなく、かといってはみ出しすぎているわけでもない。ちらりと見える、中心が赤みがかったローストビーフ。そしてトマトと、レタス。しかも高級品のはずのローストビーフが、たっぷりと詰まっている！

パクリと一口かじり、噛《か》み締《し》めると、衝撃が広がった。

「美味しい……！　こんな美味しいローストビーフ、初めて食べました。お肉が柔らかくて、スゴい……！」

「ちなみに暴走牛《ぼうそうぎゅう》の肉を使っています」

「あの暴走牛がこんなに美味しくなるんですか⁉　スゴい、美味しいです！」

アーニャは美味しい、スゴい以外の語彙《ごい》力を失っていた。至上のバゲットサンドだった。具材がバゲットに挟まったバゲットサンドは手軽なので休日の昼食などによく食べるが、これはアーニャが今までに食べた中で一番美味しい。

肉は少し歯を立てれば噛みちぎれるし、口にじんわり広がる肉の味はどう考えてもアーニャのよく知る暴走牛のそれではない。一体どんな魔法を使えば、これほど美味しいローストビーフに仕上がるというのか。

感動するアーニャに、ソラノはそっと告げた。

「ちなみに値段もお手頃なんです」

耳打ちされた値段にアーニャは度肝を抜かれ、白いウサギの耳がぴっと立ち上がる。ついでに丸い尻尾《しっぽ》の毛もボワっと逆立った。

「えっ、こんなに美味しくて、ボリュームもあって、その値段……⁉　か、買います！　私明日から、毎日買いに来ます！」

「ほかの職員さんもぜひ、誘ってくださいね」

「試食用に切ったやつ、持って行ってくれや。皆で分けて食べてくれ」

牛人族の二人は四分の一に切ったサンドイッチを紙にくるみ、袋に入れてアーニャへ渡した。ごく自然な動作に、アーニャは無意識に腕を動かし袋を受け取っていた。

「明日から冒険者の人へ売り出そうと思ってたんですけど……残念です。朝は忙しくて、こちらも走らないと目を留めてもらえないんですよ」

「確かにそうですよね……こんなに美味しいものを売れないのはもったいないですよね」

「何か別の販売方法を考えてみます」

「すみません、よろしくお願いします」

もはややってきた時とは印象が一八〇度変わっていた。なんて素敵な店なんだろう。

「ところでこのバゲットサンド、名前はなんていうんですか？」

「よくぞ聞いてくれた、これはな、究極のＢＬＴだ！」

「究極の、ＢＬＴ……⁉」

ＢＬＴとは何の略称なのか。困惑するアーニャに気がついたソラノが牛人族の男に耳打ちする。

「カウマンさん、それじゃ多分伝わりにくいです」

「そうか？　なら、究極のローストビーフサンドでどうだ！」

「究極の……確かに、究極に美味しい……！」

アーニャは持たされたお土産と共に上機嫌で店から去って行った。

閉じた扉の中では、カウマンがフンッと鼻から息を吐いてこんな言葉を口にしていた。

「チョロいお嬢ちゃんだったなあ。ソラノちゃんとは大違いだ」


商業部門の事務所に戻ったアーニャは、出た時とは正反対の気持ちで上司のガゼットに報告をする。

「ただいま戻りました」

「それで、どうだった？」

「はいっ！　ちゃんと伝えてきました。そうしたらお土産をいただきました」

ガゼットは爪をぱちぱち切っていて、アーニャを見もせずに質問を重ねる。

「で、納得してもらったかい？」

「はい、売り方を変えると言っていました」

「ならば良い。やれやれ、とんだ災難だったよ」

ガゼットはふぅと息を吹きかけて切った爪を整える。アーニャはもらった袋をガゼットの前に突き出した。

「あの、これ、カウマン料理店の試作品で、ローストビーフが入ってるバゲットサンドです」

「ほお、ローストビーフ」

そこで初めてガゼットは顔を上げ、包みを手に取った。

「ありがたくいただくよ」

包みを開くガゼットを横目にアーニャはもらったバゲットサンドを次々に配り歩く。

「みなさんこれ、第一ターミナルのカウマン料理店からいただいた試食のバゲットサンドです」

特にこんなことをする義理はないのだが、せっかくたくさんもらったので配らないと損だ。それにこのローストビーフは本当に美味しかったので、是非ほかの人にも食べて欲しいという気持ちがある。完全にソラノの術中に嵌《は》まっているとも知らずに、アーニャは心からの善意でローストビーフサンドを職員達に手渡して行く。

「あら、ありがとう」

「すまんね、アーニャちゃん」

「カウマン料理店から？　そいつぁ懐かしい名前だな」

商業部門はその職業柄、様々な店から差し入れをもらうことが多い。それを配り歩くのも日々のアーニャの仕事だった。要するに彼女は雑用だ。彼女の後に新人を採用していないので、いつまでたっても雑用を押し付けられている。それでも彼女がめげずに働いているのはエア・グランドゥールで働くのが夢であり目標だったから。

この場所は、王都に暮らす人々にとっては王城に次ぐ憧《あこが》れの場所だ。晴れた日に見上げれば空に浮かぶ巨大な島が確認でき、そこに飛行船が次々に発着する。様々な種族が行き来し、珍しい異国の物資が積み下ろされる。グランドゥール王国が世界に繋《つな》がっているという確固たる証《あかし》であり、いつかは自分も飛行船に乗り遥《はる》か遠くの国に出かけてみたい……と夢見る王国民は少なくない。

残念ながら飛行船に乗るための乗船券は目玉が飛び出るほど高く、おまけに一番近くても船旅だけで数日かかるので、普通の暮らしをしている人にとっては空港を利用しての旅などまず無理だった。

だからアーニャはせめて、乗客達を間近で見られる空港で働きたいと思っていた。そしていつかはエアノーラのようにバリバリ働く有能職員になることが今の夢だ。

バゲットサンドを配ったことにより、アーニャのデスク付近の人は休憩モードに入る。コーヒーを淹《い》れて、早速包みを開けて齧《かじ》り付く職員もいた。

「あ、美味しっ。冷めてるのにお肉が柔らかくてすごいね」

「じゃ、俺も」

次々に包みを開け、食べてみる商業部門の職員。

「暴走牛を使ってるらしいですよ。明日から売ると言っていました」

「へぇー、暴走牛ってこんなに柔らかく仕上げられるんだね」

「言われなきゃ何の肉かなんてわからないくらいだ」

「こんなに美味しいもの作れるならもっと早くに売り出せばよかったのに」

「しかも見た目も綺麗《きれい》ね！　ただのバゲットサンドで、こんなにこだわっているものは初めてみたかも」

「確かに。市場でも売ってるけど、もっと大雑把な作りしてるわよね」

「お肉だけじゃなくて野菜も入ってるからヘルシーでいいわぁ」

もぐもぐと一口大に分けられたバゲットサンドを食べ、感想を言い合う。品評するのは職業病のようなものだった。

アーニャもこの意見には同意だ。

これ一つで野菜もお肉も取れる。それは割と画期的だった。

昼時に持参するランチというのは、傷まない食材にしなければならないのでバゲットにハムとチーズを挟んだだけとか、果物を丸ごと持ってくるとか、そんなものばかりになってしまう。

この事務所と同じフロアに食堂があるのでそこに行けばいいのだが、忙しい時などはその時間すら惜しい。そういう時、朝このバゲットサンドを買ってデスクで食べるだけ、というのは大変ありがたい。

それに、店の外観はアレだったが入ってしまえば気のいい牛人族《ぎゅうじんぞく》のおじさんおばさん、何よりソラノという明るく可愛い女の子が出迎えてくれて、とてもアットホームな雰囲気だった。空港内のお店は大規模な店が多い。ああいう家庭的なお店がひとつくらいあってもいいんじゃないかな、と思った。

アーニャは行く前と全く異なる見解でカウマン料理店を評価していた。たった一度のローストビーフで、あまりにもチョロすぎる。

あっという間に食べ終えた職員の一人が名残惜しそうに包みを見ながら言った。

「美味しかったわ……明日、買いに行こうかなー」

「俺も食堂のメニューにちょっと飽きてたんだよね。たまにはこういうのもいいかな」

「あたしも」

「私も行きますから、一緒に行きましょう！」

アーニャはちょっと嬉《うれ》しかった。この美味しさを共有でき、お店に興味を持ってくれた。そして同じ頃《ころ》、自席でこっそりバゲットサンドを食べていたガゼットも、「美味いな」と思わず呟《つぶや》いているのだった。

＊＊＊

「旅のお供に、バゲットサンドはいかがでしょうか？　手軽で安くて、船で食べる一食にピッタリですよ」

店の前にテーブルを置き、そこにバゲットサンドを所狭しと並べ、ソラノはその前でにこやかに売り文句を述べていた。飛行船を降りてきた客が物珍しそうにソラノを見つめている。

「何だ、何を売っているって？」

「バゲットサンドです。具材は、クロケットとローストビーフの二種類ありまして。どちらもボリュームたっぷりですよ」

「へぇ……どれどれ」

「本当だ、中々美味しそう」

「値段は？　おぉ、良心的だな。買ってみるか」

「ありがとうございます」

冒険者の一団が群れをなして店先に寄ってきて、バゲットサンドを買って行く。ソラノは品物を渡し、硬貨を受け取った。

商業部門のアーニャに注意された日から、ソラノは売り方を変えた。

ボロい店の中に引きこもっていても絶対にお客は来ないので、店の外で売ることにした。並べたバゲットサンドはクロケットとローストビーフ。見本を一つずつ置いておき中身がどのようになっているのかを見せる。興味を惹《ひ》かれた冒険者にソラノが説明すると、大抵購入してくれた。

朝走って売っていた頃に比べると客足は緩慢だが、それでも日がな一日やっていれば同じ数が売れるので万々歳だ。高位の冒険者も船内での一食にと買ってくれるとわかったのは大きな収穫だった。

「ねえ、見まして？　あのお店」

「まあ、みっともない売り方」

身なりのいいお嬢様二人がソラノと人だかりを見て、わざと聞こえるような声で蔑《さげす》みながら通って行った。

（うーん、貴族の人達には中々興味を持ってもらえない……）

早朝と違い富裕層の人々の目にも多く留まっているのだが、如何《いかん》せん彼らからの評判は良くなかった。物好きな人はチラリと覗き込んでくれるが、購入に至ることはない。

（あの人達もお客様として取り込まないといけないなぁ）

そのためにはまず、この店構えをなんとかしなければ。

（早いところ改装資金を稼がないと）

店が綺麗になれば店内で食事をする人も増えるはずだ。カウマンの作る料理は文句なく美味《おい》しいので、彼らの評価も変わるだろう。

そんな風に考えながらも接客に勤《いそ》しんでいると、親しげな声がかけられた。

「こんにちは。ローストビーフサンドください」

「こんにちは、アーニャさん。これで六日連続のお買い上げですね」

「えへへ……はまるとそればかり食べるタイプで」

ソラノが差し出すバゲットサンドをアーニャは笑いながら受け取った。

「ソラノちゃん、私はクロケットサンドの方ね」

「私はアーニャと同じでローストビーフサンド！」

アーニャを皮切りに次々に職員がやって来てバゲットサンドを買って行く。

「アーニャさんのおかげで職員さんがいっぱい来てくださるようになりました。感謝です」

今までは職員用の食堂かランチを持ち込むしか選択肢がなかったが、第三の選択肢としてカウマン料理店が出現したので大層喜ばれている、とソラノは耳にしていた。

喜ばれるならば、やっている甲斐《かい》があるというものだ。美味しいものを食べてもらい、美味しいと言ってもらえるのはこの上なく嬉しい。喜びを共有できるのはソラノにとって何より嬉しい出来事だった。

人だかりを慣れた手つきでさばいていると耳に馴染《なじ》む軽やかな声がかけられた。

「や、ソラノちゃん。順調？」

「デルイさん。お疲れ様です」

突如現れたデルイによって、場がにわかに騒がしくなった。女子職員が黄色い声を上げながら「デルイ様だわ……！」「相変わらずカッコいい！」と叫び、頬《ほお》を染める。

そんな様子を気に留めず、ソラノはデルイに普通に話しかけた。

「お仕事中でしょうか。ルドルフさんは？」

「今は休憩中。ルドはそっち」

デルイがぐいと後方を親指で指せば、そこには柱に身をもたせこちらを睨《にら》むように見つめているルドルフの姿があった。その全身からは「トラブルが起こったら即刻連れ戻してやる」と言わんばかりのオーラがありありと滲《にじ》み出《で》ていたが、ソラノと目が合うと表情を和らげて会釈をしてくれた。

デルイは並んだバゲットサンドを眺める。

「新作が出てるね」

「そうです、ローストビーフを挟んであるんですよ。これが商業部門の職員さん達に大人気で。ね、アーニャさん」

「えっ、そそそ、そうね……！」

赤面してぼーっとデルイを見つめていたアーニャは、ソラノに話を振られて我に返るとしきりに首を縦に振った。勢いが良すぎて、ウサギの耳が遠心力でたわんでいる。

そんなざわめくギャラリーなど気にもかけず、デルイは指を二本立てて注文をする。

「じゃあ俺も。ルドの分と合わせて二つ」

「はい、ありがとうございます」

代金を渡そうとするデルイにソラノはそっと首を横に振り、品物を渡す。にこりと笑って一言。

「魔法を教えてくださったお礼です」

「このくらい、払うけど？」

「いえ、サービスするとお伝えしたじゃないですか。いいんです」

この代金は自分で補填《ほてん》しようとソラノは密《ひそ》かに考える。ソラノの表情から受け取ってもらえないと察したのか、デルイは硬貨を引っ込めて品物を手に取った。

「またお待ちしております」

「うん。じゃ、またね」

颯爽《さっそう》と去って行くデルイを見て、惚《ほう》けていたアーニャはソラノの肩を掴《つか》んで食ってかかった。

「あの人と仲がいいなんて聞いてないわよ！　どういうこと⁉」

「どういうことと言われても……ただのお客さんです」

「空港護衛部のエース、騎士の名家出身のデルイ様がお客さん……⁉　後ろにはルドルフ様もいたし、すごいわっ私、毎日通うわ！」

今だって毎日通っているというのに、これ以上どうするというのか。

そしてアーニャを押しのけるようにして、ドレス姿のお嬢様達が鬼気迫る表情でソラノの前へと躍り出てきた。

「ちょっと、今、デルロイ様がご購入された商品はどれですの⁉　わたくしにもお売りになって！」

「抜け駆けはなしですわよ、あたくしにも！」

「押さないでちょうだいよ！」

どうやら一連の流れを見て、デルイが買ったバゲットサンドを手に入れたいお嬢様達が現れたようだ。富裕層の取り込みに一苦労していたソラノからすると、これは僥倖《ぎょうこう》である。

人だかりから抜け出していたデルイは既にルドルフと合流しており、こちらを面白そうに眺めていた。

(もしかして、手助けしてくれたのかな……?)

あえて、一番人が集まる昼時に来てくれたのだろうか。だとすれば非常に有難い。ソラノはデルイに頭を下げて心の中で礼を言った。満足そうに笑った彼は、そのままルドルフと共に職員用通路へと消えて行く。ソラノは目の前で押し合いへし合いするお嬢様達に声を張り上げた。

「順番にお売りしますので、並んでお待ちください!」

「まぁ、わたくしに向かって並べですってぇ!?」

「失礼な売り子ね!」

「お一人ずつ、売らせていただきますから!」

並んで買うという行為に慣れていないなそうなお嬢様達はぶぅぶぅ文句を言っていたが、ソラノはどこ吹く風で対応し列をさばいていく。

「はいヨォ、ソラノちゃん。追加のバゲットサンド」

店からは大量のバゲットサンドをトレーに積んだサンドラが出てきて、ソラノの隣に並んだ。

「大繁盛だねぇ。よしよし。こちらでもお売りしますよぉ!」

大柄なサンドラが声を張り上げると、ターミナル中に響き渡った。

二人でせっせと品物を売っていく。

やがて客足が途絶えると、まだ店の前にいたアーニャが感動したように言った。

「あんなにお客の来なかったこの店がここまで変わるなんて、ソラノちゃんすごい！」

「でもこんなのブームみたいなものだから……飽きられる前に何か新しい商品を考えないと」

ソラノは現状に全く満足していなかった。一つのものだけに頼っていてはダメだ。

「挟む具材の種類を増やそうかな……お店の外装も内装も綺麗《きれい》にしたいから、利益だしていかないと」

すっかり店の企画兼売り子担当のようになっているソラノ。ちなみにバイト代も出してもらえるという話になっている。「こんなに頑張ってるソラノちゃんをただでこき使ったら罰があたる」とカウマン夫妻は言っていた。

「私も応援してるわ、ソラノちゃん！　でもその前に」

アーニャはサンドイッチを抱え、ずずいっとソラノに近づいた。

「お洋服、何とかしましょうよ！　いつもいつも飾り気ない格好して！　もう、可愛《かわい》いんだから服だってそれなりの着ないと！」

「どこで買えばいいかわかんなくて」

「お休みの日は何してるんですか？」

「寝てる……」

連日の勤務で流石《さすが》のソラノも疲れが溜《た》まり、週に一度の休日ともなればただひたすらに寝て過ごしていた。ソラノとて年頃の女の子なのでお洒落《しゃれ》には関心があるが、如何《いかん》せん時間というものがまるでなかった。青春真っ盛りの一八歳だというのに、疲れ果てたサラリーマンのような生活だ。自覚はあるが体が言うことを聞かない。

「もーっ！　じゃ、私が付き合います。任せてください！　エアノーラ商業部門長を見習って、私も流行を常に意識してるんですから！　次のお休み、王都の中心街に一緒に行きましょう」

ありがたいことにアーニャが買い物に一緒に行ってくれるらしい。彼女は四つ年上だがすっかり打ち解け、今では友達のように気軽に話せる関係になっている。

「お、中心街まで行くのかい？」

話を聞いたサンドラが会話に交ざってきた。

「それならちょうどいい。中心街に『女王のレストラン』っつー店があるんだけど、そこでウチの息子がシェフとして働いていてねぇ。ついでだから食べてくるといいさね」

するとこれに食いついたのはアーニャだった。

「女王のレストランって、あの、超人気有名店の……？」

「最近じゃあ予約がないとランチでも並ぶって話だからね。息子に連絡しておくよ」

カウマン夫妻に息子がいるなど初めて聞く。しかも行列のできる人気有名店、ぜひ行ってみたいと思った。ソラノは興奮するアーニャに言った。

「頼りにしてるね」

「任せて！」

二人は微笑《ほほえ》みあい、「じゃ、昼休みが終わっちゃうから！」とアーニャは去って行った。

つい数週間前まで客の一人も来ず、潰《つぶ》れる寸前だった店とは思えない活気だ。ソラノが持つ力などごく僅《わず》かだが、そのやる気、実行力、周りを巻き込む力によって店は上向きつつある。

よし、とソラノは気合を入れた。

「今日も頑張ります！」

【五品目】スフレ・オムレツ―女王のレストラン―

「おはよう、ソラノちゃん」

「おはようございます、アーニャさん」

本日は休日。久々に空港を抜け出て、王都でアーニャと買い物をする日だ。アーニャはいつも着ている空港職員の制服ではなく、当然私服を着ている。頭頂部から伸びた二本の白いウサギ耳にベレー帽を合わせ、ベージュの上着の下にはピンクのグラデーションのかかったひざ丈ワンピースを着ている。足もとは耳と同じ色の白いブーツを履いていて、二二歳という年齢を考えるとかなり可愛らしい格好をしていた。それでも彼女の雰囲気ととても合っているため、しっくりくる。

「ソラノちゃん、休みの日でもそんな服なの……」

「いやだって、スーツケースに入ってた服しか持ってないんだもん」

一方ソラノはダッフルコートの下に店にいる時と変わらぬ黄色いパーカーワンピースを着て来ていた。へそ下に大きなポケットがついているだけで、別段何の飾りもない。足元はいつもの編み上げブーツだ。いくら大きなスーツケースといえども服なんて四着くらいしか入っていないし、うち一着は魔法の練習用の服と割り切りボロボロになっている。靴に至ってはこれ一足だけだった。

一応小ぶりのピアスをしているし、髪型はそれなりに工夫を凝らしているのだが、アーニャは不満そうだった。

「ソラノちゃんの服ってすっごいシンプルだよね。装飾が何もない」

「私のいた国ではこういう服が流行《はや》ってたんです」

「ふーん。っていうかこれ、何の素材なの？　随分伸びるみたいだけど」

「ポリエステルじゃないかな」

「ポリ……？」

「化学繊維ってやつです」

「??」

アーニャは不思議そうな顔をしていた。ソラノが着ている服の素材についてはさておき、確かに日本に比べるとこちらはかなり個性的なファッションをしている人が多い。空港で見ていても感じていたが、こうして目の前で私服を着ているアーニャを見るとより一層そう思う。ソラノの服装が浮いて見えるはずだ。

「よし、じゃあこれから、王都の中心街まで行きますっ！」

アーニャが両手の拳《こぶし》をグーにして気合を入れた。ちなみに今ソラノ達がいる場所は郊外にある広場で、乗合馬車の待合所が近くにある。

「中心街、初めて行きます」

「ビックリしないでよ？　郊外の市場とは比べ物にならないくらい賑《にぎ》やかで、華やかなんだから。王国の流行の発信地といっても過言じゃないわ」

「渋谷とか原宿みたいな感じかな」

「？　どこよそれ」

「私のいた国の都心部です。ここから歩いて行くんですか？」

「歩いたら三時間くらいかかるから乗合馬車で行くのよ。そのためにここで待ち合わせたんだから。ほら、ちょうど来たから乗りましょ」

カタコトと二頭だての馬車がやってきて、乗合所で止まる。ソラノはアーニャに手を引かれて馬車へと乗り込んだ。中は電車のように対面で座る長椅子が設置されていて、ぽつぽつとほかの乗客がいた。二両編成になっており、曲がりやすいように連結部は鎖でつながれている。一両に全部で一〇人は乗れるであろう馬車はソラノがイメージしていた、いわゆる「中世ヨーロッパの貴族が乗るような馬車」とは大分異なっている。

「馬の負担になりすぎないように、馬車は御者が魔法で重さを調節しているの」

「魔法って本当に一般的に使われてるんですね」

二人が乗り込むと馬車が走り出す。石畳であるにもかかわらず振動があまり伝わってこず、滑るように進みだした。

「まあ、使用者の力量によって乗り心地も馬への負担も大分変わって来るんだけどね。この馬車の御者は当たりよ。乗り心地が凄《すご》くいいわ」

「へえ、そんなに違うんだ。馬車は結構頻繁に通ってるの？」

「空港から王都の中心部へ向かう人が多いから、結構馬車の本数は多いのよ。乗ってしまえば一時間くらいで着くから、行こうと思えば気軽に行けるの」

「なるほど、全然知りませんでした……」

「今日は忙しいわよ。買い物に女王のレストラン！　私も行ったことがないから、凄く楽しみなの」

「私もです！　カウマンさんの息子さんが作る料理、どんな感じなんだろう」

女子二人が喋《しゃべ》っていればあっという間に馬車は中心街へと連れて行ってくれる。二人は目的の停留所で降りると、アーニャが先導してさっそくお店へと向かった。

中心街は郊外より三倍は歩道が広く、多くの人が行き交っている。

等間隔に点在する街灯には全《すべ》てに花籠《はなかご》がついていて、まだ雪交じりの季節だというのにそこから紫色の花が溢《あふ》れんばかりに飾られていた。

両側の店は石造りで五階建て以上はあるものが多く、大型の宿やレストラン、カフェ、雑貨店など軒先を見ているだけで楽しい。街路に置かれている建物と同色の煉瓦《れんが》造りのプランターには、白い花がおじぎをする様に地面に向かって咲いていた。

「グランドゥール王国の王都はね、花と緑の都って呼ばれていて一年中花が咲き誇っているのよ。今の季節は街灯の籠《かご》にも植えられているサイネリア。それから道に咲いている白い花はペルス・ネージュ。世界中のどの都よりも美しいって、有名な吟遊詩人も歌っているんだから」

確かに郊外のソラノのアパートの周りにも、冬にもかかわらず花が咲き乱れている。家々の窓には必ず植木鉢がおいてあり、都市と自然が一体化しているようだった。

「ここが私の行きつけのお洋服屋さんよ」

ショーウィンドウには、アーニャが好きそうなフェミニンな服が飾られている。ひき絞られた袖《そで》から飾りの布が垂れ、胸から下がチュールになっているワンピースなどアーニャにとても似合いそうだ。だがしかし、ソラノにとっては微妙である。

「私にはあまり……」

いかにも女子っぽいフリフリの服はあまり好きじゃない。それに仕事と兼用にする以上、ソラノが求めているのはもっと立ったりしゃがんだりしても邪魔にならない、機能性とデザインを兼ね備えている服だ。こんな服で店先に立てば一日でどこかが破れてしまう。

「そう？　似合うと思うんだけど。じゃあこっちの店はどうかな。カジュアルな服が多いのよ」

そう言って示した向かいの店は、確かに今見ている店よりはソラノの好みに合った服を売っている。いいかも、と頷《うなず》いて二人はお店へと入って行った。

「いらっしゃいませ」

店員は狐の耳を生やした女の人だった。人のいい笑顔を浮かべ、こちらへ寄ってくる。

「どんな服をお探しです？」

「動きやすいシンプルな服を探してます」

「でしたらこちらなんかどうでしょう？」

店員が出してきた服は、首元がスクエア型になっている水色のトップスだった。袖はゆったり目だが肘《ひじ》より少し下の所で引き絞られていて、花の刺繍《ししゅう》が袖口《そでぐち》に施されている。

「あっ、可愛い」

「それからこちらの白いトップスを重ね着にすると、更にいいかと。下はこんな感じのパンツでどうですか？　お客様足が細いので、きっと似合いますよ」

お尻《しり》まで隠れる長さのキャミソールタイプのトップスと、かなり丈が短いパンツを手渡される。ショートパンツは紺色でシンプルではあるが、客商売を考えるとこの短さはどうなんだろう。悩むソラノにアーニャが横からアドバイスをくれる。

「白のニーハイソックス合わせたらどうかな？　元気なソラノちゃんのイメージにぴったり！」

「これでお店に立ったら、カウマンさん達に渋い顔されないかなぁ」

「大丈夫だよ。毎日冒険者さん、見てるでしょ？　結構きわどい格好してる人多いじゃない」

「そう言われれば、そうかも」

胸元が凄く開いたローブを着ている魔法使いや、足が露出している戦士の女の人を思い浮かべてソラノは言った。

「ソラノちゃん服全然持ってないんだから、買えばいいじゃない」

確かに値段もさほど高価ではないし、全部お買い上げ可能だ。ソラノは現在カウマン料理店で賄いを出してもらっているため昼食代と、場合によっては夕食代も浮いている状態で、お金にわりと余裕があった。

「このブーツもいいなあ」

ソラノは店に置いてあったブーツを手に取る。見た目より軽く、履いてみると足にフィットして馴染《なじ》んだ。

「外側は飛竜の皮をなめして作ったもので、内側にはロック鳥の羽毛を繊維化したものを貼ってあります。水に強く、履くほどに馴染むおすすめの靴ですよ」

「じゃ、これもください」

結局手渡された服と靴を買う。アーニャが「ここで着替えて行くべき！」としきりに主張するので、会計後に試着室を借りて着替えてからお店を出た。

シンプルな服を好む今までのソラノからすると装飾が多い服装となったが、これはこれでアリかも、と鏡を見て思う。

「お似合いです」

「ソラノちゃん可愛《かわい》い！」

と店員とアーニャも言うので、ソラノも満更ではなかった。お金が貯《た》まったらまた来ようとさえ思う。

「ありがとうございます、またお越しくださいませ」

狐耳の店員に見送られ、ソラノは買ったばかりの服に身を包んで外へと出た。

「じゃ、お次はランチね。いよいよ女王のレストランよ！」

アーニャが意気揚々と人ごみを縫いながら歩く。着いた先にあったのは、シックな濃紺の塗りの柱が特徴的な店だった。出入り口に銀文字で店名が書かれており、店の前には三〇人ほどの女性が列を作って並んでいる。皆お洒落《しゃれ》に余念がなく、よく見ると並ぶ女性達の体つきにばらつきがある。ほっそりしていて白い肌の女性はきっと上流階級、服を着ていてもわかる引き締まった筋肉のついた女性はきっと、冒険者だ。いずれにせよおめかしをしていることに変わりはない。

先ほどまでの服装のソラノがこの店に来ていたら、絶対に浮いていた。着替えて行くべきとのアーニャの主張に従ってよかったなとホッとした。

「すみません、予約をしていた者ですけど」

入り口に立っている、眼鏡《めがね》をかけた狐の獣人族《じゅうじんぞく》の女性にソラノとアーニャが名前を告げると、女性は丁寧にお辞儀をしてから落ち着いた声音で言った。

「当店のサブチーフのお知り合いの方ですね。お待ちしておりました、お席にご案内いたします」

そうして足を踏み入れた店内は、濃紺の壁紙の落ち着いた内装で、天井からは小ぶりのシャンデリアが下がっている。ガラスの丸いテーブルが絶妙な間隔で配置されており、その一つにソラノとアーニャは案内をされた。

パッと見た感じでは女性客が圧倒的に多く、時々カップルがいるくらいだった。

アーニャと向かい合って座ると、椅子のクッションがふかふかとしており座り心地の良さが物凄《ものすご》い。カウマン料理店のガタガタするカウンターの椅子とは大違いだなと密《ひそ》かに感動した。

手渡されたメニューを見ながら、アーニャは小声でソラノに言った。

「私、調べてきたんだけどね……この女王のレストランの一番人気のランチは、オーブンで焼いたじゃがいもと、フワッフワに焼き上げたツィギーラのオムレツのセットらしいわ。デザートもつくんだけど、シルベッサのタルトが美味《おい》しいって商業部門の先輩が言っていたの」

「ツィギーラ？　シルベッサ？」

ソラノはアーニャの説明を聞き、頭の中がハテナでいっぱいになった。アーニャは信じられないといった顔をする。

「知らないの？　ツィギーラっていうのは王都近郊の街で育てている鶏で、オレンジ色の卵が凄く濃厚で美味しいのよ。食べないと損よ。シルベッサは今流行りの果物で、甘くて切ると中がピンクと白の縞模様《しまもよう》で見た目にも可愛いの」

「そんな食べ物があるんですね。全然知らなかった……」

ここに来てからひと月ほど経《た》つが、時間のほとんどを空港で過ごしていたし、どうすれば店が流行るかばかり考えてこの世界のことなどまだ碌《ろく》に理解していない。

常識だってサンドラに教えてもらっている範囲でしかわからないし、若い子の間の流行など論外だ。思わず焦ったソラノの顔を見て、アーニャが胸をドンと叩《たた》く。

「大丈夫よ、ソラノちゃん。そのために私がいるんだからっ。任せておいて！」

「頼りになります、アーニャさん」

ソラノは知らないが、アーニャは頼られるという経験がほとんど無い。仕事場では下の下に位置する立場で、日々人にこき使われているせいか、こうやって年下の子から尊敬の眼差《まなざ》しで見つめられ、あれこれ知識を披露するのはたまらなく快感だ。ソラノが商業部門に来て自分の部下になってくれればいいのにとさえ思う。

もし実際にソラノが商業部門に入ったのなら、鋭い観察眼で空港内の弱点を即座に把握するだろうし、その発言力、行動力でたちどころに問題を解決するだろう。ローストビーフサンドを一度もらっただけで懐柔されるチョロい系ヒロイン・アーニャなど秒で抜き去ってエアノーラのお墨付きをもらうに違いない。

そんなことなど思いつきもしないアーニャは、先輩ぶって店員を呼びつけ注文を通す。

やがて待っていると、給仕係ではなく白いコック服を着た大柄の牛人族《ぎゅうじんぞく》のシェフが料理を手にのしのしと近づいて来た。

「やぁ、君が噂《うわさ》のソラノちゃんか。ウチの両親が世話になってるそうだね」

牛人族のシェフは野太い声で朗らかにそう言うと、巨大な顔面いっぱいに口を引き伸ばして愛想のいい笑みを浮かべた。そして両手に持っている料理を二人の前へ華麗にサーブする。

「俺はバッシ。この女王のレストランでサブチーフをやっている。どうぞ、じゃがいものオーブン焼きとツィギーラのオムレツだ」

皿に載っているのは、輪切りにしたじゃがいもにチーズを乗せて焼き色をつけたもの、そしてメインのオムレツ。オムレツはソラノがよく知っている形のオムレツではなかった。取っ手のない小さなフライパンのような器の中で、オムレツがはち切れんばかりに丸く膨らんでいる。どうやらこの器で焼いて、そのまま持ってきているようだ。

そしてアーニャの言う通り、オムレツの色は普通のものよりかなりオレンジ色だった。

早速スプーンを入れてみると、その感触は――サクリ、ふわりとしている。

スプーンですくいとり、口に入れてみる。

「！」

シュワリと口の中でオムレツが溶けて消えるも、こってり濃厚な卵の味わいだけは確かに残っている。

その不思議な食感と味わいにソラノはもう一口、とスプーンを動かした。

パクリ、シュワリ。

パクリ、シュワリ。

何度食べても、同じである。

口当たりは軽いのに食べると卵の味わいが口に広がり、次々と食べたくなってしまう。

これは、覚えのある食感だ。

「スフレ……！」

「おっ、ソラノちゃん。見破るとはなかなかだな」

バッシが嬉《うれ》しそうに解説を始めた。

「フワッとした食感がウリのこの料理の名前はスフレ・オムレツ！　決め手は勿論《もちろん》、卵白の泡立て具合。ツィギーラは繊細で濃厚な味わいが特徴の卵だから、塩と卵しか使わないスフレ・オムレツでこそ本領を発揮する。お連れの兎耳族《とじぞく》のお嬢様、お味はどうかな？」

「最高です……！」

アーニャはソラノ以上に感動した面持ちでスフレ・オムレツを食べていた。

「こんな食感のオムレツは、初めてです！　さすが王都一の人気を誇る女王のレストラン、来て良かったぁ！」

「褒められると、俺も嬉しい」

ニカっと笑ったバッシは続いてソラノに話を向けた。

「ソラノちゃん、君の加入を祝して今度店に遊びに行くよ。その時は腕によりをかけたご馳走《ちそう》を振る舞うから楽しみにしててくれ」

「はい！」

こんなに美味しいスフレ・オムレツを作る人ならば、ほかの料理もさぞかし美味しいに違いない。

「おっと、そろそろ戻らないと怒られる。じゃ、また今度ゆっくりと話そう！」

バッシは牛の顔に爽《さわ》やかな笑顔を浮かべると、再びのしのしと去って行く。

「カウマンさん達の息子さんが女王のレストランのサブチーフだなんて、すごいわね。噂に聞いた通りの美味しさで、幸せ……」

アーニャは頬《ほお》を押さえ、ふにゃりとした表情を浮かべる。ソラノは顎《あご》に手を当てて既に半分なくなっているスフレ・オムレツを前に真剣に考えた。

「美味しいけど、やっぱり見た目がシンプルすぎる気もする……もう一工夫あると、もっと見栄えがすると思うんだけどな」

「あ、そうやって仕事のこと考えるの今日は禁止よ！　もうー」

アーニャに怒られてしまった。

「ごめんって」

年上と親しくなった者特有の、敬語と友達口調が交ざった口調でソラノはアーニャと話をする。

「ところでソラノちゃん、随分とデルイ様とルドルフ様に気に入られてるみたいじゃない？　あのお二人に目をかけられるなんて羨《うらや》ましいわぁ」

「あれは……妹に接するお兄ちゃんみたいな感じじゃないかと」

アーニャには負けるものの二人は頻繁に店を訪れ、バゲットサンドを買っては他愛のない会話をして帰って行く。二人が来た瞬間の空港利用客の食いつきは物凄く、その時間帯だけバゲットサンドが異常に売れるという事態になっていた。

ちなみに暴走牛《ぼうそうぎゅう》のローストビーフを食べた感想は「あの硬くてパサつく暴走牛をここまでしっとり柔らかく仕上げるのは凄《すご》い」だった。カウマンは客を呼び込む能力は皆無だが、料理の才能に関しては素晴らしい。

「またまたー？　ソラノちゃんはどっち派？　ルドルフ様はいかにもデキる騎士様って感じだし、デルイ様はちょっとチャラい感じだけど仕事中は真面目《まじめ》でカッコいいのよね！」

ギャップがたまらないーと言ってアーニャは一人で盛り上がっていた。ソラノにとって二人は気のいいお兄さん兼客寄せパンダくらいの認識だ。どっち派とか考えたこともなかった。今現在のソラノに、そんな気持ちの余裕はない。店を軌道に乗せることと、この世界を知ることで精一杯だ。

しかしほかの人々の反応を見るに、「さん」付けで呼ぶのは大変に失礼なのではないかとソラノはふと思い、先日やって来た二人を「様」付けで呼んでみた。

二人は揃《そろ》って整った顔を歪《ゆが》め、全く同じタイミングで首を横に振った。

「やめてくれ」「やめてください」という言葉が重なり、非常にコミカルだった。

「そういう気遣いはいらないから。今まで通りでいいよ」

「そもそも異世界からいらしたソラノさんは貴重な存在。ただの空港護衛職員である我々に気を遣う必要はありません」

「いえ、ですけど……私だけフランクに接していると、変じゃないですか？」

「そんなことないよ」

「そんなことありません」

そんなことあると思うんですけど、とそれ以上言えず、笑顔で圧をかけてくる二人の好意に甘えてソラノは今まで通りの呼び方と接し方で過ごすことになった。

そんなことを思い出していると、一緒に頼んだ紅茶とともにデザートが運ばれてくる。タルト台の上にくし切りにされた果実が載っていて、鮮やかなピンクと白のコントラストが美しい。

「このシルベッサのタルト、断面が綺麗《きれい》な縞模様ですごいですね。自然の食べ物とは思えない色をしている」

「でしょ？　南国の名産品らしくてね、保存方法が確立して空輪で最近運ばれてくるようになったのよ」

「そういえば空港では荷物の輸送船も発着してるんですか？」

「当然よ。中央エリアの下、地下一階は貨物フロアになっていて、世界中の物品が集められているの。エア・グランドゥールを経由して別の国に物資が送られることもよくあるし、早朝と深夜は割安な客船に加えて貨物船が数多く就航しているわ。

けど最近違法な荷物を載せている船も多くってね。禁止生物とか危険物指定魔法品とか……そういうのを取り締まるのも騎士様の仕事なの。船の荷物検査をするでしょ、そうするとガラの悪い傭《よう》兵《へい》がわんさか出てきて、一戦交えたりするのよ」

「結構危険もあるんですね」

ソラノはデルイが酒場で酔っ払いを捕縛した出来事を思い返した。

「そうよ、だからソラノちゃんも気を付けてね！　ソラノちゃんは珍しい異世界人だから、うかつに一人でフラフラしてると攫《さら》われてどっかの好事家に売り飛ばされるかもよ」

「あはははー、そんな馬鹿な」

ソラノはアーニャの話を笑い飛ばしながらタルトにフォークを入れる。

タルトはさっくりとしていて、シルベッサの瑞々《みずみず》しさが際立っている。温かい紅茶はまろやかな口当たりと渋みで、デザートで甘くなった口内をさっぱりさせてくれた。ほのかに薔薇《ばら》の香りがする紅茶は初めての味だったが、クセが少なく飲みやすい。

「じゃ、あとは適当にお店を見て回りましょうよ」

中心街には多くの露店も出ていて、果実水を売っていたり、表面に砂糖をまぶしてカリッと焼いた芳《こう》ばしい菓子の香りが漂っている。そこかしこから声がかかり、見ているだけでも楽しかったし、アーニャに「あれは美味《おい》しいわよ」「これはイマイチだったわ」と教えてもらうのも参考になった。さすが豪語するだけあり、アーニャはこの中心街にかなり詳しかった。

見て回る中で疑問が浮かび、ソラノはアーニャに尋ねた。

「持ち帰りのお弁当屋さんみたいなのってないんですね。お惣菜《そうざい》の量り売りとか」

「お弁当はないけど……量り売りならそこの店でやってるわよ」

アーニャが指差す店まで行き、ガラス越しに店内を見てみた。ちょうど客が買い物をしているところで、客が持参した容器を手渡し、そこに惣菜を詰めてもらっている。

「そっか、ここでは使い捨てのプラスチック容器がないんだ」

道理で路面店でも、容器がいらない手軽な軽食ばかりだ。飲み物の屋台は果実を器にしてその中にジュースを入れて渡していた。

「そしたらお弁当のテイクアウトは難しいかな……少なくとも船に乗る冒険者さん向けには売り出せなそう」

あり得るとしたら空港職員向けに、容器の返却前提で売るか。返却台を店の前に設けて終業後にでも返してもらえばいいし。

「あーっ！　また仕事のこと、考えてるっ」

「ごめんごめん、職業病ってやつ？」

「本当、その年で仕事のことばっかり考えてると、行き遅れになっちゃうわよ！　ちょっとは素敵な彼氏を捕まえようとか考えようよ！」

「そういうアーニャさん、彼氏は？」

「いないわよぅ！」

散々喋《しゃべ》って歩いて買い物をして、すっかり夕方になってしまった。夕食はアーニャおすすめの話題の店で取り、二人は再び乗合馬車に乗って郊外まで戻る。

「今日はありがとうございました！　凄く楽しかったし、勉強になりました」

「こちらこそ、役に立ててよかったわ。私のことはアーニャって呼び捨てで呼んで。敬語ももう、要らないわよ」

「じゃ、遠慮なく。アーニャ。明日も頑張ろうね」

「ええ！　またお店に寄るわ。じゃ、また明日ね」

郊外の住宅地の分かれ道で挨拶《あいさつ》を済ませ、アパートへと帰る。お財布はずいぶん軽くなったが、たくさんの買い物袋を持ち、心がほっこりしていた。

「よーし、明日からまた頑張ろうっ」

弾む足取りで歩くソラノ。夜空に瞬く星を眺め、明日の頑張りを胸に誓う。

ちなみに翌日新しい服を着ていったところ好評で、カウマンには「若々しくていいな！」と、サンドラには「私も若ければそういう服を着たいねえ」と存外に褒められた。

【六品目】フルコースディナー ―ソラノの歓迎会―

それは店でのバゲットサンド販売がいち段落し、翌日の仕込みが終わった時間の出来事だった。

店の扉が急に開き、カウマンとサンドラですっかり見慣れた牛人族《ぎゅうじんぞく》が一人店内へと入ってくる。

「やあ、親父《おやじ》にお袋、久しぶりだな！」

「あらまぁ」

「バッシじゃねえか」

つい先日女王のレストランで会ったバッシだった。バッシは両手を広げて大袈裟《おおげさ》な挨拶をすると、カウンター付近で後片付けをしていた三人に近づいてくる。手には大きな紙袋を持っていた。

息子に会えて嬉しいのかサンドラは帳簿をつけていた手を止め、いつもより弾んだ声でバッシへと話しかける。

「やだよぉ、この子は。来るなら来るって連絡くれればいいのに！」

「急に時間が出来たんだ。ソラノちゃんの歓迎会を開こうと思ってな。材料買ってきたぜ、これで俺が料理をする」

「あらまあ！」

「オメェの料理を食べるなんざ、いつぶりだろうな」

サンドラとカウマンが喜びの声を上げた。

ソラノとしても勿論《もちろん》嬉しい。女王のレストランで食べたスフレ・オムレツは非常に美味しかったので、きっと今回も驚くような料理を作ってくれるに違いない。

「じゃ、早速夕飯の用意だな！　親父、キッチン借りるぜ」

言うだけ言うと、バッシはカウンター内のキッチンへと入って行く。紙袋から材料を取り出すとカウンター上に置いた。シンク内に魔法で水を満たすと丹念に手を洗い、エプロンをつけ、料理に取り掛かった。

トトトトト、と何かを刻む音が聞こえて来る。ヒュンヒュンと切った野菜が宙を飛び、ボウルにおさまっていく。右手の人差し指をコンロに置くと、炎が飛び出てコンロに火が点《とも》る。バッシの調理は非常に手慣れた動きで、どことなくリズミカルだ。そんな調理風景を見るのが楽しくなり、ソラノはキッチンが見えるカウンターに座り、バッシが調理している様子をなんとはなしに眺めていた。気を利かせてなのか、バッシが話しかけてくれる。

「店の様子はどうなんだ？」

「バゲットサンドを売っていて、冒険者さんと空港職員さんが毎日買ってくれています。今はクロケットとローストビーフを挟んだものの二種類扱ってるんです」

「ほう、リピーターを獲得するのはいい事だ。だがな、まさかとは思うが、この立地でその客層で満足しているわけじゃねえよな？」

「まさか！　富裕層も冒険者もどっちもお店に呼び込みたいと思っています」

「そりゃいい。夢はでかい方がいいからな」

「なあバッシ。そしたら店を半分任されねえか？」

カウマンが会話に参加して来た。バッシの鮮やかに動いていた手が一瞬、ピタリと止まった。

「俺ももう、歳《とし》だろう。これから先ずっとは頑張れねぇ。店のコンセプトもメニューも好きにしていいぜ。どうだ？」

「なるほど……独立ってわけか」

「ま、お前が嫌じゃなければの話だがな」

カウマンの言葉にバッシがふむぅと唸《うな》る。

「そうだな。まだまだ今の店で学ぶことは多いが……よし。いいぜ、俺も男だ、今の職場の料理長には話を通しておく」

バッシは頷《うなず》く。

「そもそも俺は、親父の背中を見て育った。ここで働くのは俺の夢だ」

あっという間にまとまった話にソラノは驚き呆気《あっけ》に取られた。人生を左右する決断を、こんなにも早くに決めてしまえるとは。バッシは中々に決断力に優れた人のようだ。

目の前のやりとりを眺めていたソラノに、カウマンとサンドラの二人が視線を投げかける。

「どうだい、ソラノちゃん。ウチの息子と働くのは」

「親の俺が言っても説得力は無いかもしれないが、倅《せがれ》はいい奴《やつ》だからきっとソラノちゃんも気にいると思うぜ」

「はい、勿論《もちろん》です」

ソラノは話を振られ、返事をした。自分のために遥々《はるばる》雲の上にあるエア・グランドゥールまで足を運び、料理を作ってくれるバッシが悪い人のわけがない。人気店のサブチーフをしているという腕前からしても、きっとこの空港を利用する貴族のお客様に気に入っていただけるだろう。

「バッシさんと働けるのを、楽しみにしています！」

「俺も楽しみにしているよ。ところでソラノちゃん、お酒は飲めるかい？　アペリティフにシャンパンとミュスカを持ってきたんだが」

「……アペリティフ？」

アペリティフは何かの呪文《じゅもん》かな、とソラノは疑問を浮かべた。シャンパンがお酒の名前というのはわかるが、ミュスカは一体何だろう。ハテナが浮かぶソラノのためにバッシが説明してくれた。

「アペリティフは食前酒のことさ。シャンパンは異世界の地方の名前らしいね。そこで作られた発泡酒のことらしいが、ここでその製造方法を確立した人物がシャンパンと呼んでいたからその名前になった。ミュスカはブドウの品種のことだが……今日は飲みやすい甘い白ワインを持参した」

「えーっと、まだ一八歳で未成年なので……」

「この国は一六歳から酒が飲める」

そうなのか。またしても知らなかった事実に、ソラノはそれなら少しくらい飲んでみようかなという気持ちになった。

「じゃあ、シャンパンで」

「オッケー。親父お袋も同じでいいか？」

「ああ」

「構わないよ」

慣れた手つきでシャンパンのボトルを開けて、グラスに注《つ》ぐバッシ。四人でグラスを掲げて、カウマンが乾杯の音頭を取った。

「ソラノちゃんを歓迎して！」

「乾杯！」

そうしてシャンパンを一口流し込むと、僅《わず》かに刺激のある口当たりと後からくる甘みに驚いた。

「美味しい……凄《すご》く飲みやすいですね」

「口当たりがいいものを選んだ甲斐《かい》があったよ。このシャンパンは俺のおすすめの一本だ」

ボトルを両手で抱えたバッシはラベルをソラノに見えるように掲げる。白地《しらじ》のラベルに銀色の文字が書かれていた。

「バッシさん、優しいんですね」

それを聞き、バッシは大口を開けて笑い出した。

「ハハハ！　俺は結構、厳しいと有名だぜ」

「またまたそんな」

ソラノは軽口を言ったが、後にバッシの言葉が本当だと知る。

そう、これは――長い歓迎会の始まりに過ぎない。

バッシは古びたカウンターの上に、皿を三枚流れるように置いた。ソラノ、そして隣に並んで腰掛けているカウマン夫妻のものだ。

「アミューズ・ブーシュはチーズとベルマンテのサンドだ」

白と紫の鮮やかな二層になったサンドイッチのようなものが供される。

「ちなみにベルマンテは王国の北西地方でとれるフルーツだよ。冬でも実が生《な》るその果物はさわやかな酸味と旨味《うまみ》が果肉に凝縮されていて、チーズにとても合うんだ」

「はあ……いただきます」

その前にアミューズ・ブーシュとは何なのかの説明も欲しかった。「前菜の前に供される軽いもの」という意味なのだが、ソラノにそんな知識があるはずがない。ともかく口にしてみたそのサンドは、濃厚なチーズの味と果物の酸味が確かにマッチしていた。

「では前菜、いってみようか」

「バッシさんは今日、一緒にお食事されないんですか？」

「俺は今日は接待役だ。美味《うま》い食事でソラノちゃんをもてなすためにここに来た」

バッシは何やらフライパンの中で野菜を蒸しているようだった。蒸し上がった野菜を皿に盛り付けるとさっと塩を振る。

「冬野菜のエチュベ、どうぞ」

「エチュベ？」

「エチュベとは、野菜から出る水分のみを使って蒸し焼きにする調理方法のことだよ。今日はビーツと芽キャベツを使ってみた」

皿に盛り付けられているくし切りにしたビーツは断面が鮮やかな赤紫色であり、隣の芽キャベツの淡い緑とのコントラストが美しい。

やや芯《しん》が残るように仕上げてある蒸し野菜は噛《か》むと食感がシャクシャクとしており、野菜特有の甘みが余すところなく引き出されている。味付けが塩だけでも満足感があった。

「マッシュルームのポタージュをどうぞ」

一体どれほど手をかければ、マッシュルームがこれほど滑らかなポタージュになるのだろう。クリーミーな生クリームに溶け込んだキノコの味わいは、ソラノがこれまでに味わったどんなポタージュよりも上品だった。

「次はメインのポワソンだよ」

ごく当たり前のように「ポワソン」と言われてもソラノにはそれが何なのか想像すらつかなかった。食材の名前なのか、調理名なのか。バッシの料理はカウマンの作る料理以上にソラノに馴染《なじ》みが無さすぎる。名前からして理解できず、対応に困った。せっかく作ってもらっているのに適当に相槌《あいづち》を打つのも忍びないので、ソラノは遠慮せずに質問することにした。

「すいません、ポワソンって何ですか」

「魚料理のことだ。今日はタラのムニエルにした。ガルニチュールは人参《にんじん》のグラッセだ」

「あのう、ガルニチュールって一体……」

「……付け合わせのことだよ。ソラノちゃん、さっきからおかしいとは思っていたが――さてはコース料理のことを何も知らないな⁉」

「はい……馴染みのない世界です」

ソラノは正直に答えた。コース料理など、兄の結婚式の時に一度食べただけだ。バッシはもの凄い勢いで首を左右に振り、カウンターに力強く手をつく。弾みでカウンターに乗っていた皿が一センチほど飛び上がり、ワイングラスが傾いたので、ソラノとカウマン夫妻はグラスの脚を持って中身が溢《こぼ》れるのを防いだ。

バッシは三人の息のあった行動には目もくれず、鼻息荒く言葉を紡ぐ。

「ダメだダメだ！　そんなんで、エア・グランドゥールを利用する富裕層を客に引き入れるだって⁉　世間知らずにもほどがあるぞ。ソラノちゃん、相手のことを知るには、まずは相手の土俵に立たないと！」

ワイングラスを押さえながらソラノははっとした。確かにその通りだ。ソラノは、金持ちの世界のことを何も知らない。冒険者の世界のことだって何も知らないが。彼らが普段何を食べ、何を飲み、どういうものを好むのか――何も知らない。だからあの場所にあって、無意識に自分に最も近い人種の、低ランクの冒険者や空港の職員を味方につけようとしたのだろう。だがこれから先はこのままではダメなのは明白だ。

「バッシさん、その通りです。私は……何もわかっていない」

「いや、俺だってわかんねえよ」

「あたしだって」

カウマン夫妻が横から突っ込みを入れてきた。非常に不味《まず》いことに、三人ともわからなかった。このままでは近い将来、バゲットサンドの販売からアイデアが発展せず、行き詰まっていたことだろう。ソラノは勢い込んでバッシに視線を送った。

「バッシさん、私に、お金持ちの人が何を好むのか教えてください！」

「望むところだ！　いいか、まずはテーブルマナーを身につけよう。背筋を伸ばして、手元を優雅に、音を立てずに食事をする」

「はい」

「そして次はメインのヴィアンドだ。肉料理のことだ。ファルシー！」

バッシは呪文のような言葉を次々に繰り出してはソラノの前に料理をサーブしていく。

「ファルシは野菜の中に詰め物をした料理の総称だ。今日は旬のカブを使ってスープ風に仕上げてみた」

深皿の真ん中にちょこんと盛り付けられている、白いまんまるなカブ。中身がくり抜かれており、代わりにひき肉が詰め込まれていた。上からナイフを入れるとさほど力を入れずとも真っ二つに切れる。

頬張《ほおば》ると、口内で肉汁が溢《あふ》れた。

「…………！」

はじける肉の旨味を優しく受け止めてくれる、器を模したカブ。ブイヨンの旨味が染み渡り、肉料理だというのにしつこさがまるでない。

バッシの料理における知識はすさまじく、しかも彼は料理を作りながら自分達のために様々なことを教えてくれていた。これに報いるためには、ソラノも彼の知識を吸収し、テーブルマナーを身に付けるしかない。

「メインの次はチーズ！　そしてその後がいよいよデザートだ。ソラノちゃん、背筋が曲がってきている。そんな風に口を大きく開けるな。カトラリーを使うときに音を立てるな。もっと優雅にカトラリーを使うんだ！」

料理が進むにつれてバッシもますますヒートアップしてきた。食べ終わる頃《ころ》にはソラノの背筋が筋肉痛になりそうだが、ソラノは何の不満も抱かずにむしろバッシのくれる指摘のひとつひとつに真面目《まじめ》に対応していた。

デザートの最後のひと口を食べ終えた時、ソラノの心は達成感でいっぱいだった。

「よくやった、ソラノちゃん」

バッシもどこか満足げだ。

「決めたぜ。俺は……時間の許す限りここへ来て、ソラノちゃんに俺の知識を伝える。そして一緒に店の改装案を考えよう」

「バッシさん……！」

ソラノはバッシを見つめた。二人は片手を出し合い、ガシッと固く握りしめる。ここに異種族同士、異性同士の固いきずなが結ばれたような気がした。

「休日には一緒に人気の店の視察に出かけよう。ソラノちゃんのやる気、俺に届いたぜ」

もしもバッシが普通の人間の風貌《ふうぼう》をしていたのならば、ソラノとの間に恋が生まれていたかもしれない。しかし残念ながらバッシは齢四〇になる大柄の牛人族《ぎゅうじんぞく》で、地球で生まれ育ったソラノからすると種族間格差が凄すぎて恋愛対象にならなかった。結果二人の間に生まれたのは戦友とも呼べるような友情の類の絆《きずな》、あるいは師弟関係だ。

「一緒に頑張りましょう」

「ああ！」

「一応まだ俺の店なんだけどな」

「ソラノちゃん、バッシの嫁になってくれればいいのに」

こうしてソラノの歓迎会という名のテーブルマナー教室は幕を閉じた。

そしてこの日から二人は店の再建に向けて着々と計画を進めるのだった。

【七品目】バゲットサンド―燻製《くんせい》サーモンとクリームチーズ―

その日、王立グランドゥール国際空港商業部門の部門長であるエアノーラは、空港経営者の一人である王族、ロベール・ド・グランドゥールと共に王都郊外からエア・グランドゥールに向かう飛行船に乗っていた。

曇天からは雪と雨のどちらも降り注いでおり、切り裂くような冷気が王都を支配していたが、飛行船に乗ってしまえば快適だ。雲の上に出てしまえば、天気すらも穏やかになる。

エアノーラの隣に座るロベールは輝く銀髪を後ろに流し、深い紫の瞳《ひとみ》に満足そうな色を浮かべて今しがた視察に訪れた店の感想を述べる。

「さすが王都で今最も人気があるという噂《うわさ》のレストラン。料理は勿論《もちろん》、外装・内装・給仕係の接客に至るまで全《すべ》てが完璧《かんぺき》だった」

「左様でございますね」

エアノーラはロベールの言葉に掛け値なしに同意した。

たとえ王族であろうとも、もしエアノーラと意見が違うようであれば遠慮なく奏上する――それが商業部門でトップの役職に就いている己の役目だ。

三五歳の若さで経営者としての才覚を見せているロベールは、王族という身分を抜きにしても経営陣の中で一目置かれている。

利益を第一に考える冷静な思考を持ち合わせているのは当然として、ロベールは好奇心や遊び心といったものも兼ね備えていた。

今もこうして、女王のレストランの視察に行くエアノーラに「私も行こう」と言って同行してきたほどだ。突然王族が現れれば恐縮してしまうのが普通だが、店のスタッフは驚きつつも実に丁寧に、そして迅速に二人を迎え入れてくれた。

いろいろな場所へ顔を出すロベールだが、曰《いわ》く、「日々変わっていく世界に対応するためには、行動力と柔軟な思考力が大切だ」とのことだった。

エアノーラは頭の中で今訪れたばかりの店に関する情報を整理する。

女王のレストラン。

その名は「女王陛下にお出ししても恥ずかしくない料理を提供すること」をコンセプトにつけられたものだ。ここのオーナー兼総料理長はエルフの男性で、二〇〇歳を超えている。長命種族の利点を存分に生かして長年料理を作り続けている彼の技量はもはや別格であり、店の人気が出るのは当たり前だった。

ちなみにこのグランドゥール王国を現在統治しているのは国王陛下だが、国王より女王の方が女性客の受けがいいからという理由で女王のレストランという名前がついている。レストラン、と冠している通りここはそこそこの格式を保っているが、さほど気取った店ではない。

美味《おい》しく洗練された料理を、少し背伸びした庶民にも食べられる価格で提供しているというのが一番のポイントだ。朝はモーニング、昼は少し高めのランチ及びアラカルト。ティータイムを挟んでの夜はそれなりの値段のコース料理。

酒の種類も抜かりはない。ドレスコードは夜はジャケット着用が基本だが、朝昼はそこまで厳密な服装規定は設けていない。設けずとも少しおしゃれな格好をしてやってくる人が多いということもある。

「あの店を誘致するとしたら、場所はどこにする？」

「そうですね……」

エアノーラは思案する。

今現在、空港の中央エリアは冒険者と富裕層で完全に分けられている。

これは一五年前、年々増加の一途《いっと》を辿《たど》り続ける空港の利用客と貨物に対応するべく空港大規模拡張計画が立ち上がった時に、真っ先にロベールとエアノーラが提案した意見だった。どちらも大切な空港利用客だが客層としては全く異なっており、動線を分けてなるべく混乱を減らしたいという狙《ねら》いがあった。

結果、分断されたエリア内で両者は買い物や食事を済ませているので、狙った通りの効果が得られている。ちなみに商業部門の管轄からは外れるが、中央エリア上階に位置する宿泊施設でも同じような対応がなされていた。

「富裕層エリアに入れるにはカジュアル過ぎますし、とはいえ冒険者エリアに入れても場違いになる。中央エリア真ん中に新たな場所を設けるのが無難かと」

「なるほど」

ロベールは窓辺に肘《ひじ》を乗せ、指先で顎《あご》を撫《な》でる。

「それは面白そうだ。第三の店の出現……現在空港に入っている店もさぞ警戒するだろうな」

価格でいえば他の店に及ぶべくもないが、女王のレストランには話題性がある。エルフのシェフが取り仕切る、素材にこだわった料理を提供する店。貴族の令嬢や女性冒険者は、店がこの空港にあると知れば必ずや足を運ぶに違いない。店の内部で客層に応じて区切りを設けてしまえば両者が交じり合う可能性もなく、安心だ。

そんな風に考え、エア・グランドゥールまでの短い空の旅を楽しんでいる二人の元にふとほかの乗客の会話が聞こえてきた。

「なぁ、本当にバゲットサンドを売る店なんてあるのかぁ⁉　俺達がこれから行く場所は、下町の市場じゃねえんだぞ」

「それが、あるらしいんだって。この間旅から戻って来たやつが言ってた。安くて旨《うま》くて手軽で、そんでボリュームもあるんだと！」

「船旅での一食にピッタリだな……携帯食で一〇日食い繋《つな》ぐと思ってたから、一食でもマシなもんが食えるっつーなら有り難いが」

「で、どこにあるんだ？　空港は広いってぇ話だが」

「この飛行船を降りてすぐ、第一ターミナルにあるらしいぜ！」

ロベールが耳にした話に首を傾《かし》げた。

「……バゲットサンド？　そんなものを売っている店がエア・グランドゥールにあっただろうか」

エアノーラも眉《まゆ》を顰《ひそ》めて考えた。バゲットサンドを売っている店に思い当たる節はないが、第一ターミナルという部分に引っ掛かりを覚える。

「第一ターミナルに存在するカウマン料理店が、走りながら品物を売っているという苦情が入った件なら記憶にあります」

「走りながら売る？　何だそれは」

「私も実際に現場に遭遇したわけではないため、詳細まではわかりかねますが……部下を向かわせ忠告を与え、その後同様の苦情が入っていないのでこの一件は収束していると思われます」

しかし、どういう手法を使っているかはわからないが、冒険者の間で噂が広がるほどにバゲットサンドが好評を博しているらしい。

「そもそも第一ターミナルに店などあっただろうか」

ロベールは自身の記憶を探っているらしく目を細めて思案するも、すぐに首を横に振った。

「ダメだ、全く思い出せん。相当影が薄い店と見える」

「確認に行きます」

エアノーラは即座に言った。エアノーラ自身もカウマン料理店の印象というのはほとんどない。己が管轄する部門内において、知らない店があるというのは気分が良くなかった。行って確かめてみなければ。ロベールも「そうだな」と同意したので、来るようだ。彼は彼で、この空港内の出来事を把握しておきたいと考えているに違いない。

ちょうど飛行船がエア・グランドゥールに到着するアナウンスが流れ、二人は席を立った。

降りた先は第一ターミナル。件《くだん》の店はすぐに見つかるだろう。

滑るように着港した船を降り、エアノーラとロベールの二人は足を進める。

その店は第一ターミナルの待合所を抜けた先、隅の壁に張り付くようにして存在していた。

ボロボロの壁紙は灰色がかっているし、ここだけ照明が薄暗い。中央エリア整備時に退去を免れた店のようだが、どうして今の今まで放置されていたのだろう。しかしそんな廃墟《はいきょ》同然のような店構えにもかかわらず、店舗の前には複数の人が並び、何かを買っているようだった。並んでいるのは見慣れた制服を着た空港職員、あるいは冒険者が数名。先ほど飛行船内で店の噂をしていた冒険者達も列に加わった。

「俺にクロケットサンド三つ！」

「俺にはローストビーフサンド二つ！」

「はい、ありがとうございます！」

扉の開いた店先で、そんな客を相手に明るく接客をしている娘がいた。慣れた手つきで着々と売りさばき、代金を手にしてお釣りと商品を渡しては笑顔で応対している。

兎耳族《とじぞく》の職員一人が親しそうに娘に話しかけた。

「ソラノ、今日は新作があるんですって？」

「そうなの、アーニャ」

娘は包まれていないバゲットサンドを示し、大袈裟《おおげさ》にも思える口調で言う。

「新商品、燻製《くんせい》サーモンとクリームチーズのバゲットサンド！　脂の乗ったサーモンとクリーミーなチーズ、それからスライスした生オニオンと薄切りレモンが挟まった爽《さわ》やかな逸品です！」

エアノーラが視線を落とすと、確かに切り込みの入ったバゲットからは艶《つや》やかな薄紅色のサーモンと雪のように白いクリームチーズ、それからトッピングのオニオンと輪切りにしたレモンが覗《のぞ》いている。

嫌味にならないようちらりと見せた具材は目にも鮮やかな色合いで、無意識にこちらの胃を刺激してくるような品だった。

並んでいる他の客も興味を惹《ひ》かれたのか、おぉ、と声を上げる。

「どうでしょう？　包みに氷魔法を付与してあるので、数時間程度でしたら傷まないようになっております。旅のお供に、今日のお昼に。さっぱりした味わいなので、お肉系のサンドと一緒に買ってもきっとペロリと食べられますよ！」

「それもくれ！」

「俺もだ！」

「私も、ローストビーフサンドと燻製サーモンのサンド、両方食べるわ！」

「お買い上げ、ありがとうございます」

あっという間に新作だというバゲットサンドが飛ぶように売れていく。少し離れたところで見守っているロベールが顎に指を当てて感心した声を漏らした。

「中々に商売上手な娘のようだな」

「左様でございますね」

アーニャと呼ばれた職員が無事買い物を終えて店前の人だかりから出てくる。そこで足を止めると、はっとした顔でエアノーラとロベールを見た。

「ロベール殿下、エアノーラ部門長……！　お、お疲れ様です」

「お疲れ様」

エアノーラが挨拶《あいさつ》を返しつつアーニャの胸元のバッジの色を見る。この青と黄色の色合いからすると、どうやら商業部門の人間らしい。こんな子がいたかしら、と内心で首を傾げた。商業部門だけでも相当な人数がいるためエアノーラも全員は把握しきれていない。

「貴方《あなた》、ここへはよく来るのかしら」

「は、はい。美味しいし、値段が手ごろなので」

「そう」

「では、仕事に戻ります……失礼いたします！」

部門長と殿下という大物二人に出くわし、直々に話しかけられたせいで落ち着かないのか、アーニャはそそくさといなくなってしまった。一通り客がいなくなったのを見計らい、エアノーラとロベールが娘の前へ進み出る。

娘はエアノーラとロベールを見ても、顔色ひとつ変えなかった。おそらく自分達が何者かわかっていないのだろう。このエア・グランドゥールで働く職員は、胸元に留めたバッジの種類で所属する部門や役職がわかるようになっている。ロベールは重役のみが付けられる、エアノーラは部門長を示すバッジをそれぞれつけているのだが、この娘にはそうしたバッジで役職を判断する知識が無いと見受けられる。

「いらっしゃいませ」

笑顔を浮かべる娘にエアノーラが話しかけようとすると、ロベールが前に出てきて朗らかに言った。

「ここで売っているバゲットサンド、全種類いただけるか。エアノーラはどれにする？」

「私は燻製サーモンとクリームチーズのサンドを」

「はい、かしこまりました」

即座に品物を用意して、娘に言われた金額をロベールは支払った。金貨だけでなく銀貨や銅貨までも持ち歩いている王族などあまりいないが、ロベールは慣れた手つきで支払いを済ませてバゲットサンドを受け取る。

「ありがとうございます、またお越しくださいませ」

気持ちのいい笑顔でそう言われ、お辞儀をして見送られた。

「殿下、お持ちいたします」

「よい。女性にものを持たせるのは私の美意識に反する。それよりこれから試食会だ。商業部門にお邪魔していただくとしよう」

ロベールは両手に四つものバゲットサンドを抱えたまま提案してくる。そう言われてしまってはエアノーラとしても頷《うなず》くほか無かった。

二人は職員用通路を通り、商業部門へと向かう。

「お疲れ様です、殿下、部門長」

商業部門の事務フロアに足を踏み入れると、全職員が立ち上がって一斉にお辞儀をしてくる。帽子を取ったロベールが職員に向けて挨拶をしつつ、エアノーラのデスクまで向かって行った。

デスク横に設けられているちょっとしたテーブルセットに腰を下ろすとバゲットサンドをテーブルに置き、早速ロベールが包みを剥《は》がしにかかった。

二人はそうして取り出したバゲットを、食べていく。

エアノーラが頼んだ燻製サーモンとクリームチーズのバゲットサンドは、売り子のソラノという娘が言っていた通りにさっぱりした味わいだった。燻《いぶ》されたサーモンは脂身の強い品種、サーモンロイヤル。同時にクリームチーズも濃厚な味わいのものを選んでいる。にもかかわらずしつこさを感じないのは、スライスオニオンと輪切りのレモンが程よい辛味と酸味を与えているから。

全体的なバランスが非常にいい一品と言えるだろう。

「これは美味《うま》いな」

同じことを思っていたのか、舌の肥えたロベールまでもそう感想を漏らした。エアノーラも素直に頷く。

「ええ。見た目も美しく仕上がっていますし」

「このローストビーフ、驚くほど柔らかいぞ。一体どんなブランド牛を使っているんだ……？　しかし値段がアレでは、それほど良い肉を使っているとも思えない」

ロベールはあっという間に燻製サーモンのバゲットを食べ終えると、二つ目のローストビーフサンドに取り掛かっていた。彼は細身だが、体のどこにそんなに入るのだというほどの大食漢である。

「こっちは変わった形のクロケットを挟んであるな。食べやすいように平くしているのか……珍しい。ふむ、味も食感も保たれている」

ひとつひとつ丁寧に品評しながらロベールはバゲットサンドを食べ進める。エアノーラが一つ食べ終えるのと同じ速度で三つのバゲットを食べたロベールは、紫色の瞳《ひとみ》を細めた。一見バゲットサンドに満足しているように見えるが、エアノーラはロベールの瞳の奥底に潜む感情を見抜いていた。

試すようにエアノーラを見つめながら、短い問いかけを発する。声は、怜悧《れいり》だった。

「どう思う？　エアノーラ」

問われたエアノーラは、すでに心の中でまとめていた結論を口にする。

「見た目が美しく、美味《おい》しさも伴い、さらには手の届きやすい価格で売り出すことで冒険者や空港職員を顧客へと取り込む姿勢は評価に値します。ですがエア・グランドゥールにふさわしい店では無いかと」

ここは世界に名だたる王立グランドゥール国際空港。

メインの利用客は富裕層に高ランクの冒険者。あの店は、そうした客をターゲットにした商品展開がまるで出来ていなかった。そんな店は——この場所に存在する必要が無い。

そしてあの店を見た時から気になっていたことが一つある。撤退すればあの場所が丸々ポカリと空く。そこに誘致するのにぴったりの店があるではないか。

「あの場所に女王のレストランの支店を入れる、というのはどうでしょう」

「良いアイデアだ」

女王のレストランは中央エリアに置くには中途半端な位置付けの店だった。富裕層向けにしても冒険者向けにしても、浮いてしまう。しかし話題性などを考慮すると是非とも誘致したい。

その点第一ターミナルという場所はうってつけだった。王都とエア・グランドゥールを結ぶ玄関口のような場所に人気の店があるとなれば、旅の前に、旅の終わりに、寄ってみようかと思う客は必ずいる。

「カウマン料理店には退去通告を出します」

「迅速にな。あのような古臭い構えの店がいつまでも存在していると、空港の沽券《こけん》に関わる」

「何年も気がつかず放置してしまい、申し訳ありません」

ロベールの言外に含まれた嫌味に気がついたエアノーラは頭を下げた。ロベールは軽く手を振る。

「君らしからぬミスだな、エアノーラ。今後は商業部門が管理する店に関しては漏れのないようにお願いしたい」

「かしこまりました」

「さて、では、私は執務室に戻るとしよう」

席を立ったロベールを、商業部門の事務フロア入り口までついて行き見送る。

あの店の担当者は誰《だれ》だったか。考えて一人の男の顔が思い浮かんだ。カウマン料理店の件でエアノーラの指示を仰ぎに来たガゼットという男だ。

席はどこかしら。振り向き眺めるとガゼット主任と書かれた札の置いてあるデスクは今、空席だ。そこでエアノーラは、ガゼットの隣の席に座る先ほど店で会った職員、アーニャに声をかけた。

「ちょっといいかしら」

商業部門事務フロアの端の端にある席に、エアノーラがやってきた。それはアーニャの度肝を抜く出来事だった。エアノーラは今日も空港職員用の丈長の上着の下に最先端のファッションを着こなし、頭からつま先まで隙《すき》の無い出《い》で立ちで立っていた。

彼女がそこにいるだけで、アーニャが今朝《けさ》気合を入れてセットした金髪のボブカットなどただのキノコへアーに見えてしまうし、頭から生えたウサギの耳は意味もなくピンと立ってしまう。二二歳という年齢を活《い》かした仕事用の少し大人っぽいメイクを施した顔立ちも、ただのありふれた顔になってしまった。エアノーラのオーラはそれほどまでに半端では無かった。

「はっ、はいぃ！」

自席で先ほど買ったバゲットサンドを食べていたアーニャは即座に立ち上がり、直立不動の姿勢を取った。さきほどカウマン料理店で会った時も驚いたが、本日二度目の邂逅《かいこう》にアーニャの口から心臓が飛び出しそうだった。

しかもエアノーラは、先ほどまでロベール殿下と共に食事をし、談笑されていた。そんな雲の上の人物に一日に二度も話しかけられるとは、一体何事だろう。

緊張して構えているアーニャにエアノーラは一気に伝える。

「この席に座っているガゼット主任が担当している、カウマン料理店という店があるでしょう？彼にあの店の退店勧告をするように伝えておいて。退店期限は……今月末。理由は、空港の求める顧客を獲得出来ていない為《ため》。部門長の判断だと伝えて」

「え……で、ですが」

アーニャには言いたいことがいくつかあった。

第一に、カウマン料理店はガゼット主任の担当店舗ではない。

そして第二に、あの店にはアーニャの友人であるソラノがいる。

しかしそれを口に出せずモゴモゴしていると、歯切れの悪い返事にエアノーラの鋭い瞳がきらりと光った。

「何か言いたいことが？」

「あの……恐れながら、カウマン料理店は最近、職員の間でも話題になっており……バゲットサンドが冒険者の方達にも人気がありまして。何もそこまで急いで退店させなくても良いんじゃないかと……」

「そう。言いたいことはそれだけかしら」

「あの……はい」

エアノーラに詰問され、アーニャの言葉は尻《しり》すぼみに終わった。こんな風に聞かれて、意見が言える者などいるのだろうか。少なくともアーニャには無理だった。

「さっき言ったけれど、あの店は空港の求める顧客を獲得出来ていない。今のまま店を続けさせるわけにはいかないわ。じゃ、お願いね」

呆然《ぼうぜん》とするアーニャを全く気にせずに、エアノーラはヒールの音を響かせながら去って行く。入れ替わるように、エアノーラにペコペコお辞儀をしながらガゼットが戻ってきた。

「今、もしかして部門長来てた？」

ガゼットはエアノーラが自席までやって来るという前例のない事態に驚き、しかしエアノーラ自身に話しかける度胸もなく、結局彼女を愛想笑いでやり過ごすと何があったのかをアーニャに問いただした。

「あの、カウマン料理店に退店勧告をするようにと。退店期限は今月末で、理由は、空港の求める顧客を獲得出来ていない為。部門長の判断だと伝えるようにと」

「え、ええーっ⁉　いきなりだな……というかあの店の担当、僕じゃないんだけど」

「以前にガゼットさんが苦情を持ち帰ったから、担当者だと勘違いされたんですよ」

「面倒だな……しかし仕方ないかぁ。放置すれば怒られるのは我々だ。勧告に行くとしよう」

ガゼットはハンカチで汗をふきふき言った。

「いやもう、参るなあ。何だってこんなことに……僕は静かに仕事をしたいだけなんだけど……仕方ない、こういうのはさっさと終わらせるに限る」

「退店勧告、しないとダメでしょうか……？　最近は頑張って売り込みしてると思うんですけど。ウチの職員もバゲットサンドを気に入っていますし」

アーニャは一縷《いちる》の望みをかけて上司に縋《すが》ってみたが、ガゼットはにべもなく首を横に振る。

「部門長直々の命令じゃあ仕方がないよ」

「仕方がない」を連呼しながら、ガゼットは早速カウマン料理店へと行く準備をする。

「アーニャ君もついてくるんだよ」

「私もですか？」

「君が部門長からお言葉を聞いたんだから当然だろう。さっさと食べて」

「はい……」

アーニャは急いでバゲットを食べ終えると、ガゼットの後ろをついて行く。

せっかくの新作だというのに、ろくに味わう暇もなかった。

（ソラノ、ショック受けるだろうな……あんなに頑張っているのに。うう、どんな顔して会えばいいのよう！）

ショックでウサギの耳がへにょんと下を向いて垂れている。下っ端であるアーニャがどんなに言い募ったところで、この決定を覆す力は持っていない。組織社会のつらい所だ。

（落ち込んじゃったら、せめて慰めてあげよう……）

アーニャは既に諦《あきら》めモードでとぼとぼとガゼットの後をついて、通い慣れたカウマン料理店までの道のりを進んだ。

＊＊＊

バゲットサンドをひとしきり売ったソラノ達は店の中で休憩をとっていた。

自分達の昼食も本日は燻製《くんせい》サーモンとクリームチーズのバゲットサンド。サンドラはバゲットサンドを頬張《ほおば》ると、上機嫌に巨大な口を動かす。

「このさっぱりした味は、夏にも売れそうだねぇ」

「その前に春のメニューも考えねえとな」

「期間限定メニューがあると、いつも来てくださるお客様の目にも新鮮に映って良いですよね」

「春には……バッシも加わっているだろう」

「そしたらアンタ、店の中にもお客を呼び込まないとねぇ」

「その前には改装したいです」

三人は来るべき春に思いを馳《は》せていた。このままの調子でいけば、春までにそこそこ稼げているはずだ。資金を貯《た》めて、改装して、バッシも呼んで四人で店を盛り立てる。なんて素晴らしい未来なんだ。

「ソラノちゃんが来てくれたおかげだねぇ」

「まさかこの店が再び活気に満ちるなんて、人生何が起こるかわからないもんだぜ」

「えへへ」

褒められると嬉《うれ》しい。役に立っているのだという実感がソラノをやる気にさせてくれるし、また午後も頑張ろうと思える。

しかしそんな三人の元に、再び刺客がやってきた。

「お邪魔するよ」

「はい、いらっしゃいませ」

「ああ、食事をしに来たわけじゃないんだ」

入店してきた男は後ろに、ソラノの友人にして空港職員のアーニャを伴っている。

「私はガゼット。当港の商業部門、冒険者エリア部飲食課で主任をやっている者でしてね」

そうしてよっこいせと言いながらカウンターに座り込み、カウマンと向き合った。

「ちょっと話がありましてね。急なんですけどねえ、今月末に退店していただけないかと思いまして」

「はあ⁉」

衝撃的な内容に三人揃《そろ》って大声を上げた。アーニャは後ろに控え、俯《うつむ》いて店の床に視線を固定し地蔵のように立っていた。ガゼットは上っ面だけの営業的な笑みを浮かべながら言葉を続ける。

「部門長直々の判断でしてね。理由は、空港の求める顧客を獲得出来ていない為だと。まあ、最近は頑張って売り上げも伸ばしているようでしたけど、やはり他の店舗に比べれば微々たるものですからなあ。仕方のないことだと思いますよ」

「そうは言っても……ちょっと急すぎやしねえか」

「そうさ。長年頑張ってきた店を、そんなに簡単に切り捨てていいものなのかい？」

「ですが、部門長の判断なのでね。私どもにはどうすることも出来ませんよ」

「そんな……」

「ちょっと待ってください」

言葉を失うカウマン夫妻に代わり、異議を唱えたのはソラノだった。

「空港の求める顧客を獲得出来ていないからダメだっていうんですか？　私達は改装資金を貯めて、まさにこれから店を改装して空港の利用者を客に取り込もうと考えていたところだったんですけど」

「それは少し、遅かったみたいだね」

「後半年ほど待って、結果を見てから考えていただくのではいけないんですか？」

「部門長の判断なのでね」

「じゃ、せめて改装計画を聞いてから判断してもらえないんですか」

「どうかな。部門長は忙しい方だからね」

ダメだ。このガゼットという男、暖簾《のれん》に腕押しで何を言ってもはぐらかすばかりだ。後ろのアーニャも神妙な面持ちで頷《うなず》くばかりでまるで頼りになりそうにない。

「じゃ、そういうことなので。月末には退店の方向で手続きを進めるから、そちらもそのつもりで準備をお願いしますよ。必要書類はこのアーニャに持たせてあるから、受け取ってください。アーニャ君、私は先に戻るからあとはよろしく頼む」

「ちょっと、待ってください……！」

「失礼するよ」

そう言ってガゼットは、なおも言い募ろうとするソラノから逃げるようにそそくさと店から出て行ってしまった。

「ごめーんっ、ソラノ！　私にはどうにもできなくて‼」

ガゼットがいなくなると、アーニャが両手を顔の前で合わせて勢いよく謝ってきた。

「まあ、ソラノちゃんの友達のせいじゃないわな」

「何だってこんな急に退店だなんて……」

カウマン夫妻は揃ってため息をついた。

「ま、でも、ここらで潮時かもな。ソラノちゃんには色々と頑張ってもらったが……仕方ない。俺達は引退かなぁ」

「そうさね。もうしょうがないことなんだよ。ソラノちゃんには夢見させてもらってありがとうねぇ。どこかで別の働き口見つけたら、教えておくれよ」

「ソラノならどこでだって働けるわよ。そうだ、商業部門に来ない？　私、推薦してあげるわ」

三人はすっかり諦めモードになって、店を畳んだ後について話し合い始めている。会話を聞きながらもソラノの思考は遠くに飛んでいた。

店が、閉じる。閉店する。

そのたった二文字の言葉がソラノの脳裏にこびりつき、ぐるぐると渦を巻く。

思い出すのは日本でよく行っていた店だ。

近所の喫茶店、学校帰りの放課後に行くと店主のおじさんとバイトをしている兄が迎え入れてくれた。オレンジジュース一杯頼んで、宿題を広げて勉強する……そうするとたまに、「サービスだよ」とおじさんがこっそりおかわりを注《つ》いでくれる。黒いエプロンをつけた兄が、ほかの常連客の接客をしていた。

「大地君《だいち》、いつもの頼むよ」

そう言われると、「かしこまりました」と二つ返事で兄は承諾した。カウンター内の厨房《ちゆうぼう》ではおじさんが既に調理に取り掛かっていて。

少ない会話の中で意思疎通が出来ている、それを凄《すご》いなぁと思いながら小学生の空乃《そらの》は眺めていた。私もここで、働きたい。早く高校生になりたいなぁ。

……けれど。

次の瞬間、記憶が飛んだ。

閉められたシャッターの前で、兄と二人で立ち尽くしていた。シャッターに貼ってあるのは「閉店します」という文字で、「長らくご愛顧いただきありがとうございました」と短い感謝の言葉が綴《つづ》られている。空乃は呆然と呟《つぶや》いた。

「……閉店……」

「仕方ないよ、空乃」

兄の言葉には諦めが滲《にじ》んでいて、それが空乃の胸を抉《えぐ》る。

「……仕方なくなんて、ありません」

「え？」

「どうした、ソラノちゃん」

ソラノは伏せていた顔を上げ、三人を見た。

「たった一度の退店勧告ごときで、諦めるのは早すぎると思います」

「いや、だが……なぁ？」

「ソラノちゃん、悪いこと言わないからここは大人しく引き下がった方がいいよぉ」

「そうよソラノ。エアノーラ部門長相手に立ち向かって敵《かな》う人なんてそうそういないんだから」

「俺達のことを思ってくれているのは有難いけど。もう良いんだよ」

「そうそう。最後にお客さんがたくさん来てくれて、まるで昔に戻ったみたいで楽しかったよ」

もはや心が折れたカウマン夫妻には、店をどうにかする気持ちが残っていないようだった。

ダメだ、とソラノは思う。

できない言い訳なんてきっと、山のように思いつく。「仕方がない」という言葉で諦めてしまうのは簡単だ。でもソラノにはそうしたくない気持ちがあった。

日本にいた時のあの喫茶店の記憶と、この店で働いて楽しかった記憶が混ざり、ソラノは叫ぶように言う。

「まだ、何とかなるはずです！　私は――諦めない！」

「あ、おいソラノちゃん、どこ行くんだ!?」

「戻っておいでよ！」

「ソラノォ!?」

引き止める声を無視して、ソラノは店を飛び出した。

第一ターミナルを抜け、ちょうど停泊していた飛行船へと乗り込む。

まだ諦めない。できることはあるはずだ。

それでもソラノ一人の力では限界があって。だから助けが必要だった。

逸《はや》る心を抑えるように服の裾《すそ》を握りしめ、考えをまとめる。この状況を打破するために必要な力……それを持っているのはたった一人だ。相談して、やるだけやって、諦めるのはそれからでも遅くはない。

やがて着港した飛行船を降りると今度は乗合馬車に乗り込む。

小一時間の後に王都の中心街へと到着し、ソラノはそこから一気に走った。風を纏《まと》って、少しでも早くたどり着くように。

本日の天気は、霙《みぞれ》。雪が混ざった雨はひんやりとしていて、こんな天気のせいか中心街は以前にアーニャと来た時よりも人通りが少なかった。石畳を駆けるソラノの足元に泥が跳ね上がってもお構いなしだ。そういえば上着を着てくることさえ忘れていた。

そして辿《たど》り着《つ》いたのは、悪天候の中でも変わらずに行列を作っている店――「女王のレストラン」。

足を止めると乱れた息を整える。

前回店の中に案内してくれた店員が驚き顔で濡《ぬ》れてぐっしょりしているソラノを見た。顔を上げたソラノはしっかりとした足取りで店員に近づくと、なるべく冷静な声を出して言った。それでも少し、声が震えている。

「サブチーフのバッシさん、いらっしゃいますか」

「……少々、お待ちくださいませ」

ソラノのただならぬ気配を感じ取ったのか、店員は門前払いするわけでもなくそう告げて店の奥へと消えて行った。

女王のレストランの休憩室の一角にソラノは通され、バッシと向かい合って座っていた。ちょうど休憩に入るところだったというバッシはソラノを歓迎し、ずぶ濡れのソラノの髪を手早く魔法で乾燥させてくれ、紅茶を差し出してくれた。

「どうぞ、飲んで体を温めてくれ」

「ありがとうございます……」

バッシが出してくれた紅茶をソラノはそっと口にする。数種のスパイスがブレンドされているらしいそれは、飲むと体の芯《しん》からじんわり温まった。これはおそらく、シナモンと生姜《しょうが》だ。少し蜂蜜《はちみつ》が入っていて、甘く飲みやすい。冷えた体に行き渡り、かじかんでいた指先に少し熱が戻った。

「この天気の中、傘も差さずに走ってきたのか？　無茶するなぁ」

「急いでいたので……」

「よっぽどの事件でも起きたのか」

ソラノはコクリと頷き、先ほど店で起こった出来事を話した。

「なるほど、退店かぁ」

「……はい」

話を聞いたバッシは冷静で、白黒の顔に難しい表情を浮かべていた。これでバッシにまで「仕方ないんじゃないか」とでも言われたらどうしよう、と焦る気持ちでソラノは一気に喋《しゃべ》る。

「カウマンさん達はもう諦《あきら》めに入ってますけど、私はまだ、できることがあるんじゃないかと思ってて。バッシさんが来て、メニューも新しくして、店内にお客様が入るようになればまた変わって来ると思いますし……それには店を改装しないといけないんですけど、改装資金がまだ貯《た》まっていないからそこを何とかしないと……」

喋りながらソラノは気がついた。

最初にこの国に滞在すると決めた時、何と説明されていたっけ？

確か「異世界人は無利子無期限返済で借金が可能」と言われていたではないか。光明が見えた気がして、ソラノはパッと顔を明るく輝かせた。

「今、良い案を思いつきました。私が借金して、それを改装資金に充てれば良いんです！」

「ソラノちゃん、それは良くない」

しかしソラノの案は渋面のバッシにあっけなく却下された。

「どうしてですか。私が借りると、無利子無期限返済なんですよ？　パッと借りて、ゆっくり返していけば……」

「ソラノちゃんみたいな若い子に借金させてまで店を立て直そうなんて、俺も親父《おやじ》もお袋も考えるわけねえだろう」

「じゃ、どうしましょう」

もはやこれ以上の妙案が思い浮かばず、ソラノはもどかしい気持ちでバッシを問いただした。冷静さを失いつつあるソラノの肩をバッシが巨大な両手でぽんと叩《たた》き、優しい声音で言った。

「落ち着くんだ、ソラノちゃん」

ふと目があったバッシは、黒い小さな瞳《ひとみ》に自信をみなぎらせている。

「ソラノちゃんが考えるべきは、金の工面じゃねえ。この状況を打開するのに必要なのは、君のその胆力だ。俺は親父達から聞いている。ソラノちゃんが物怖《ものお》じせずに冒険者相手にバゲットサンドを売りさばく勇姿を。今度はそれを、空港のお偉いさん方にも見せてやろうぜ」

言われて気がついた。そうだ。ソラノに備わっているものは少ない。ソラノは自分では料理もできないし、もの凄い権力もないし、お金も出せない。あるのは度胸とちょっとしたアイデア、それに勢いのみである。

「金なら俺が何とかしよう。仕事一筋の独身男は……小金を貯め込んでいると相場が決まっている。そしてお偉いさんを説得する時、俺の名前をいくらでも使え。何といっても女王のレストランでサブチーフやってるんだ、ハッタリくらいにゃ使えるだろう。どうだ、やるだけやってみようじゃないか？」

バッシは諦めの言葉を口にしない。それがソラノには嬉《うれ》しかった。考えは同じだ。やるだけ、やってみよう。

前を向いたソラノの気持ちは落ち着いていた。まるでエア・グランドゥールから見える常に穏やかな雲海のように凪《な》いだ気持ちで、こう言った。

「はい。……私、部門長に直談判《じかだんぱん》しに行きます」

＊＊＊

「おかえりソラノちゃん」

「急に飛び出して、どこ行ってたんだい」

「バッシさんの所です」

「あら、ソラノ、着替えたの？　まぁたそのシンプルな服着て、もうっ！」

エア・グランドゥールへと戻りカウマン料理店に入ったソラノは驚いた。というのも、店にはまだアーニャがいたからだ。既にソラノが店を飛び出してから、数時間経《た》っている。

霙まじりの中を駆け抜けたソラノは、一旦《いったん》自宅アパートに帰って着替えていた。バッシは髪の毛を簡単に乾かしてくれたが、下着も含めて服がずぶ濡れだったので、着替えざるを得なかったのだ。

せっかく新しい服を買ったばかりだと言うのに、お馴染《なじ》みの黄色いパーカーワンピース姿に逆戻りとなったソラノは、険しい顔をしているアーニャに話しかける。

「何、アーニャまだいたの？」

「まだいたわけじゃなくて、さっきまた来たのよ」

「何をしに……？」

「これ、退店通知書に同意のサインもらいに来たの」

アーニャがヒラヒラとソラノの目の前で振って見せた書類には、確かにカウマンのサインが記されていた。ソラノはそれを無言でひったくり、内容にざっと目を通すと、ビリビリに破って捨てた。

「あぁっ！　何するのよっ！」

「こんなものは不要です。私今から、商業部門の部門長さんに話をつけに行きます」

この発言に驚いたのは三人である。「やめろ」「無茶だ」「無謀にも程がある」などワァワァ騒ぐ外野を一蹴《いっしゅう》し、ソラノは宣言した。

「やるだけやって無理なら諦めますけど、何もしないで『ハイそうですか』と言える程、私は素直な性格じゃありませんっ。突然異世界に飛ばされて、あるかどうかもわからない帰る方法を探すより、店を立て直す方が一〇〇倍も簡単です！」

グゥの音も出ない正論に三人は押し黙った。

というわけで、ソラノは直談判に行くことにした。

「ねえソラノ、本当に行くの？　やめようよ……」

後ろをついてくるアーニャはとても嫌そうだ。別にアーニャに一緒に頼んでもらうわけではない。彼女は商業部門の事務職員なので、行き先が同じなだけだ。カウマン夫妻は来なかった。現実逃避してともかく明日の仕込みを進めると言っていた。

「とにかく話を聞いてもらわないと」

「でも、相手はあのエアノーラさんよ？　この空港の商業部門の最高責任者で、やり手で、数字の鬼って呼ばれている誰《だれ》も頭が上がらない人なのよ。殿下ともよく一緒にいるし……私なんて対面しただけで口から心臓が飛び出そうだったわ」

組織社会で働いた経験のないソラノには、アーニャがなぜそんなにエアノーラにびびっているのかわからなかった。偉い人だというのはなんとなくわかるが、話をするだけでそんなに萎縮《いしゅく》するようなことなのか。

「言っておくけど、私はなにも手伝えないわよ。私だって自分の身が大切だもの、一緒になって直撃したら今度は私の首まで危ないわ」

「大丈夫。アーニャに手伝ってもらおうなんて毛ほどにも思っていないから」

「それはそれでちょっと傷つくわね」

「ところでそのエアノーラさんってどんな見た目？」

「どんなって、四〇代のキャリアウーマンよ。いつもおしゃれな格好して踵《かかと》の高いヒールを履いて、藍色《あいいろ》の髪を巻いていて、化粧を完璧《かんぺき》にしている、女子職員の憧《あこが》れみたいな人。そういえばお昼時にお店にも来てたわよ、殿下と一緒に。殿下は濃い紫色の瞳、銀髪……は帽子で隠れていたからわかりにくいと思うけど、仕立てのいいグレーの服に同色の帽子を被《かぶ》っていたわ」

「ああ……」

ソラノは思い出した。やたらオーラのある男の人の横にそんな感じの女の人がいた気がする。

「顔がわかれば、交渉もやりやすい」

「でも、無策に突っ込んでいって勝てる相手じゃないわよ？　感情に訴えても相手にされないだろうし……頑張ってますアピールは効かないわ」

「誰がそんなアピールするか！」

ソラノが突っ込みを入れた。

「必要なのは、相手を納得させる論理的な説明とその場の雰囲気を味方につけること！　見ていてアーニャ、私、その部門長とやらに退店を撤回させてやるから」

そうして勢い込んで商業部門にやってきて、窓口にいる事務職員へと話しかける。アーニャはそそくさと自席に戻っていった。よっぽど関わり合いたくないらしい。

「すみません、商業部門長のエアノーラさんにお目にかかりたいんですけど」

「部門長ですか？　現在、重要な会議に出席されています」

近くにいる職員がスケジュールを確認してから応対してくれる。

「いつ頃終わりますか？」

「今日は終日会議室から出てこない予定です」

「なら、明日の予定はわかりますか」

食い気味のソラノの質問に職員が怪訝《けげん》そうな顔をする。

「失礼ですが、部門長に会う約束は取ってありますか？」

「いいえ」

「では部門長にお会いすることは難しいと思います。忙しい人ですので、まずは約束を取り付けていただきませんと」

にべもなくそう言うと、職員は自席へと戻って行ってしまった。アーニャがこちらを見て、それ見たことか、というような表情を浮かべていた。

なるほど、そう来たか。

よくよく考えればこの結果はわかりきっていた。お偉いさんに突撃していきなり会えるほうがおかしいだろう。だがソラノはこれしきのことで諦めたりしない。これでダメなら次の手がある。ここは上空一万メートルに位置する空の上の空港だ。帰るためには皆、第一ターミナルから就航する船に乗らねばならない。ということは、だ。

第一ターミナルの待合所で張り込んでいれば、犯人《ホシ》は必ず現れる。

ソラノは踵《きびす》を返して第一ターミナルへと戻っていった。

「会えたのかい？」

「会えませんでした」

一旦店に戻ったソラノに、淡々と仕込みを続けていたサンドラが尋ねる。ソラノは正直に答えた。

「多分何度行っても会えそうにありませんでした」

「そうだろうねえ。何せ偉い人っつーのは、ただ会うだけでも一苦労だ」

「だから、定時後からここのターミナルの待合所で来るのを待ちます」

エアノーラは終日会議と言っていたので、職員の定時になるまでは戻ってこないと考えていいだろう。ならばソラノもそれまでは店の仕事をしていたほうがいい。

「大体、会ったところでなんと言うつもりなんだ？」

「よくぞ聞いてくれました」

ソラノは胸をそらせてピンと人差し指を立てる。

「説明をするんです。まず、空港の望む顧客を獲得出来ていない点に関しては、改装をすることで呼び込む予定だと説明します」

「ふむふむ」

「富裕層及び高ランク冒険者の来店を望める店づくりをして、そのためのメニューも考えます」

「ほうほう」

「現在の人数だと店を回すのに不足があるので、外部から料理人を一人呼ぶ予定だと伝えます。それこそがバッシさんです」

「いや……あいつは余所《よそ》で働いている。巻き込んでいいのか？」

「大丈夫です。さっき会って話はつけてありますから」

「お……おう」

ソラノの勢いに押されてカウマンが頷《うなず》いた。

「店がここまで持ち直したのはソラノちゃんのおかげだから、直談判するのはまあ、ソラノちゃんの気が済むまでやればいいとして。あたし達は近くから見守ってるだけでいいかい？」

「十分です。いてくれるだけで心強いです」

そしてソラノはちらりと時計《とけい》を見て、少し昂《たかぶ》る気持ちで言った。

「じゃあ、定時が来たら張り込みスタートですね！」

【八品目】高級食材ラッシュ

ソラノは予定通り第一ターミナルの待合所の一番前、職員用通路がよく見える場所に陣取って座っていた。

時刻は夕刻をとっくに過ぎ、第一ターミナルには空港職員がぞろぞろとやって来て帰宅の途に着いている。そのなかにアーニャもいて、彼女は彼女なりにソラノを心配してくれているのか、駆け寄って来てくれた。

「私には何もできないけど、おじさん達と一緒にこの事態を最後まで見届けるわ！」

「ありがとう」

ソラノの隣にはカウマンとサンドラがおり、その隣にアーニャは腰を下ろす。

「あ、ソラノちゃんだ」

「明日もバゲットサンド買いに行くわね」

「ありがとうございます。お待ちしています」

巨大なカウマン夫妻がいるおかげか、四人は多分に注目を集めている。見知った職員が好意的な声をかけてくれ、ソラノはそれに愛想よく答えた。これからソラノが何を始めるのか、知っている職員はアーニャ以外に誰もいない。

ソラノは出てくるはずのエアノーラを絶対に見逃すものかと、皆が帰って行くのを目を皿のようにして眺めていると、今度はルドルフとデルイが出てきた。今日は仕事が終わったところなのだろう。ソラノを見かけるとこちらにやって来る。

「こんばんはソラノさん」

「こんばんは、ルドルフさん。お仕事お疲れ様です」

「ソラノちゃんは何やってんの？」

「犯人を確保するために張り込んでいます」

「！」

そうソラノが言えば、二人はさっと目の色を変えて一緒に座り込んで来た。憧れの二人を目の前にしてアーニャがひええと声を上げるが、無視された。カウマン夫妻は割と二人に会っているのでそれほどかしこまらない。

「何されたの？　食い逃げ？　痴漢？　ひったくり？」

「怪我《けが》などはありませんか」

至って真面目《まじめ》な仕事モードで二人が質問すると、ソラノは予想をはるかに裏切った回答を出してきた。

「犯人は、商業部門の部門長エアノーラさんです」

「は？」

「どういうことですか」

あまりにも予期していない答えすぎて、二人は間抜けな声を出す。美形が台無しだった。

「エアノーラさんは今日、店へ月末に退店するように指示を出したんですよ。そんなのって許せない――あ、来た！」

「ちょっ。ソラノ、ダメよ！　行っちゃダメダメダメダメ！」

間近で見るルドルフとデルイにアーニャは頰《ほお》を染めて惚《ほう》けていたが、職員用通路を見るなり顔色を変えた。勢いよく立ち上がり、走り出そうとしたソラノの胴回りにタックルをして力ずくで止めにかかる。

「何っ、放してよアーニャ」

「一緒にいる方、見えるでしょう⁉　王族のロベール殿下よっ、この空港の経営者の一人の！」

見れば確かに一人の人物と共にいる。アーニャがロベール殿下と呼んだ人物は、先ほどエアノーラと店にバゲットサンドを買いに来た男だ。なるほど言われてみると王族然とした、並々ならぬオーラを備えている。

しかしそれが何だというのか。

隣にいるのが誰《だれ》であれ、そんなものはソラノの勢いを止める理由にはならない。

バッシという心強い味方を得たソラノは、エアノーラに退店を撤回してもらうよう直談判《じかだんぱん》すると決めたのだ。仮にエアノーラが国王陛下と歩いていたとしても、ソラノは迷わず特攻して行っただろう。

だからソラノはアーニャに言った。

「ごめん、アーニャ。私は行く」

「そんな……！」

アーニャは絶望の呻《うめ》き声を出したが、ソラノは渾身《こんしん》の力で腰に巻き付いたアーニャの腕を振り解《ほど》き、エアノーラの前へと躍り出た。

ざっ、と靴音を立ててソラノはエアノーラの前に立ちはだかり行く手を遮る。対してエアノーラは、自分の行動を阻害されたことに若干の不快感を見せながらも止まってくれた。一〇センチはあるであろうハイヒールの踵がカツン、と音を立てる。

隣を歩くロベール殿下も、何事かと立ち止まった。ソラノは王族に対する振る舞いなど全くもって知らないが、ソラノが不敬と言われる前に助け舟が入った。

ソラノの両脇に並んだのは、唐突にエアノーラを犯人呼ばわりするソラノに呆気《あっけ》に取られていたはずのルドルフとデルイである。

「突然申し訳ありません、殿下」

「異世界から来たソラノ・キノシタがエアノーラ商業部門長に話があり、御前を失礼いたします」

「何……？　異世界から来た？」

ロベールは紫色の瞳《ひとみ》で観察するようにソラノを見据える。デルイはソラノの肩に片手を置くと、にこやかに話し出した。

「そうです。殿下が以前気にかけていらっしゃった、異世界からの来訪者。彼女がその人物です。話を聞く価値はあると思いますが？　何せ異世界人の発想や考え方は我々にないものも多く、非常に有益ですから」

ソラノの知らぬことだが、デルイは以前にロベールが言った言葉をそっくりそのまま彼に返した。目を細め、少し眉間《みけん》に皺《しわ》を寄せるロベール。それから鷹揚《おうよう》に頷いた。

「よかろう」

「では我々と、あちらで見守りましょう」

二人は流れるような動作でロベールの両脇を挟み込み、待合所のベンチへと移動を促す。感謝の気持ちを心の中で唱えつつ、ソラノは目の前に立つ一人の女性と向き合った。

「商業部門長エアノーラさんでお間違いないですよね」

「ええ、そうだけど。何か用かしら」

「私はカウマン料理店で働いているソラノです。今日の退店勧告に異議があるので直訴しに来ました」

「ああ、その件ね」

「少しお話しする時間をいただけますか？」

エアノーラはソラノをじっと見つめる。決して大柄なわけではなく、むしろエアノーラは細身だが、その肩書が、実力が、彼女を大きく見せていた。そうやって立って見つめるだけで商業部門の部下達が軒並み萎縮《いしゅく》してしまうのだが、ソラノは違った。

エアノーラは口を開き、短く告げる。

「五分だけよ」

「ありがとうございます。退店理由は空港の求める顧客を獲得できていないせいだと聞いています」

「その通りよ。加えて売上も、他店舗に比べると圧倒的に低い。これ以上ここで存続させるメリットを感じさせないわ」

「私達はその点を百も承知でした。改装資金が足りなかったので、今取り込める客層に向けてバゲットサンドを販売していた……そして私達は資金が貯《た》まったら店の改装をし、新たに料理人を一人迎えて富裕層と高ランク冒険者、そのどちらも顧客に引き入れようと考えていました。その矢先の退店勧告です」

ソラノがエアノーラに対し怯《ひる》む様子を全く見せず、淀《よど》みなく訴える様は堂に入っている。エアノーラは少し感心した。なるほど、ただの売り子ではなかったというわけか。けれどこのくらいで現状を打破できると考えているのならば、それは非常に甘いと言えよう。

「どうやら考えなしってわけではなかったのね。でも、たかが料理人を一人雇っただけで相反する二つの客層を同時に店に取り込めると思っているの？　随分楽観的な考えだと思うけど。私達がなぜ、この二つの利用客をエリアごとに分けているかわからない？　富裕層と冒険者は、相容《あいい》れない好みをもっているからよ」

「本当にそうでしょうか」

ソラノはエアノーラに対して間髪容れずに反論をする。

「私が王都中心街へと行ったとき、どちらのお客さんも来ているお店を見ましたよ。お嬢様はお忍びで、冒険者の方達は羽休めなのか、すこしおしゃれな格好をして人気のレストランに入っていました。足りないのは、どちらのお客も取り込むという気概なのではないでしょうか。私はそう思います」

「へぇ……随分、自信のある言い方じゃない。貴方《あなた》にならそれができるというの？　なぜできると思うのか根拠のある理由を言ってみなさいよ」

「できますよ。だって、これから雇う予定の料理人は――女王のレストランでサブチーフをやっている人なんですから」

「なんですって？」

エアノーラがわずかに動揺を見せた。これから交渉をしようと考えていた、レストラン。そこのサブチーフを引き入れる？　大口を叩《たた》くにも程がある。

「そんなことができると思ってるの？　あそこは超がつくほどの人気店よ、貴方みたいなのが行ったところで相手にされるはずがないわ」

「そうでしょうか？　実はそのサブチーフ、ここにいるカウマン夫妻の一人息子なんですよ。いずれ店を継ぐつもりで今は修業に出ているんです。そんな人が店の窮地を知って、黙って見ていると思いますか？」

息もつかせぬ舌戦に、後方ではロベールを含めて全員が固唾《かたず》を飲んで見守っていた。帰宅の途につく空港職員、主に商業部門の職員が何事かと一人また一人と足を止め、ギャラリーはいつの間にか増えていて二人を中心とした輪が形成されている。

アーニャは見ているだけで気を失いそうだった。なぜソラノはエアノーラを前にしてこんなにも言い合いを繰り広げられるのか、全く理解できない。しかもアーニャのすぐ近くには憧《あこが》れの騎士に両脇を固められた殿下がいて、それもアーニャの気持ちを落ち着かなくさせた。

ソラノとエアノーラの論戦はなおもヒートアップしていく。

「継ぐはずの店が潰《つぶ》れそうだと知った時、料理人ならどうするか。私は彼をよく知っています。彼はとても情熱的な人です。やるだけやってみろと、私の背中を押してくれるような人です。今後の計画も聞かずに退店を促すなんて、オーナーというのはテナントに対して随分横暴なやり方をするんですね」

「…………！」

エアノーラは思った。この娘はただの小娘じゃない。

言っていることは根拠のないものが多いし、不確定要素を多分に含んだ計画状態でよくもこの自分の前に立ちふさがったものだと思うが、しかしその度胸は賞賛に値するものがあった。この大勢のギャラリーに囲まれた中、格上に対して自分の考えを堂々と言い切れる人間がどれほどいるだろうか。ともすればその姿は、若かりし頃の自分に通じるものがある。

そう、相手を説得する上で大切なことは――――いかに相手を自分のペースに巻き込むかということだ。その点、このソラノという娘は素晴らしい成果を発揮していた。

客足の途絶えた店に注目を浴びさせ、人気料理店のサブチーフと懇意にしており、今後の計画も練っていたという。これを無下にすることはできない。少なくともここまでのギャラリーが出来上がってしまっている以上、こちらとしても誠意を見せなければ、今後の部下との関係に軋轢《あつれき》が生じてしまうだろう。

エアノーラはふっと口元を緩ませ、言った。

「そこまで言うなら猶予を上げるわ。そのサブチーフとやらを雇い入れ、改装計画を報告すること。期限は、一〇日後。それまでに私を納得させる計画を練り上げられたら退店を撤回してもいいわ」

「言いましたね。絶対、守ってもらいますよ」

「二言はないわ。但し、中途半端な内容だったら当初の予定通り月末に退店してもらうわよ」

「望むところです」

かくしてここに、女二人の約束が相成った。

見ていたギャラリーから、拍手の音が聞こえてくる。それはだんだんと大きくなり、空港の利用客が何事かとこちらを見てくる。いったいこれは何の拍手なのか。それは恐らく、ソラノに対する称賛の拍手だろう。あのエアノーラ相手に全く怯まずに言い合いを繰り広げ、譲歩案をもぎ取った。見ていて胸のすく思いだ。自分もこんな風に意見の言える人間になりたい――――ギャラリーの胸の内はそんなところだろう。

何なら、「すごいお嬢ちゃんだ」「エアノーラさんにあれほど意見を言えるとは……」という声すら聞こえてくる。

ホッと胸を撫《な》で下《お》ろしていると、後ろから声をかけられた。

「ソラノと言ったか」

振り向くと、ズボンのポケットに手を入れて堂々と立っているのはロベールだ。そのオーラたるや、エアノーラ以上である。ただ立っているだけで人を威圧する雰囲気を発しているロベールを前に、ギャラリーはぴたりと拍手を止《や》めて次に何が起こるのかと固唾を飲んで見守った。

ソラノはロベールに体ごと向き直ると「はい」と返事をする。

「エアノーラ相手にここまで立ち回れる人間はそうはいないぞ。なかなか度胸があるとみた」

愉快そうな声音で言い、「よし」と手を打った。

「その改装計画とやら、私も聞かせてもらおう。この空港経営に関わることならば、聞いておいて損はない」

このロベールの一言に、周囲がざわつく。「そんなまさか」「殿下までも興味を示しただと……？」「流石《さすが》のあの子も終わったな」などと勝手な意見が飛び出していた。

エアノーラがたしなめるような目線をロベールへと送る。

「殿下、これは商業部門内で処理すべき出来事です」

「ただの興味本位だよ。面白そうだ」

面白そうの一言でわざわざこんな弱小店舗の改装計画にまで顔を出すとは、随分フットワークの軽い王族である。いつもの光景なのかエアノーラはそれ以上非難せず、短く息をつくと「そういう事よ」とソラノに言った。

「エアノーラも私も納得するような計画を聞かせてみよ。でなければ店は即座に退店だ」

「わかりました」

何人増えようがかまわない。ソラノがやることは決まっている。だからソラノは迷わずに了承の旨を伝えた。

「じゃ、楽しみにしているわよ」

エアノーラは殿下と共に飛行船へと消えて行く。敵は強大だった。何せこの空港のトップに君臨するような二人を相手にソラノは啖呵《たんか》を切ったのだ。並大抵の案ではまず勝利をもぎ取れない。

エアノーラとロベールが去ったことで、ギャラリーも散会した。帰りがてら、ソラノに「頑張れよ」「応援してるぞ」と声をかけてくれる職員さえいた。そしてソラノは遠目に、店に退店通告をしにやって来たガゼットの姿も確認した。彼は曖昧《あいまい》な微笑《ほほえ》みを浮かべると、会釈をしてから去って行った。

ソラノはカウマン達の所へと戻る。そこにはカウマン、サンドラ、アーニャ、そして少し離れた場所にルドルフとデルイが座っていた。

ルドルフとデルイが先のやり取りの感想を漏らす。

「行く手を遮る無礼を咎《とが》められなかったのは幸運だが、殿下がソラノさんに興味を持ってしまった」

「まあ、殿下は面白いことが好きだから、ソラノちゃんに興味を持つのも当然か」

「まさか王族の方がいるとは思いませんでした。ルドルフさんとデルイさんがいて下さって良かったです。流石にどう振る舞えばいいのかわからなかったので……ここ最近の特訓で、テーブルマナーならまあまあ覚えたんですけど」

ソラノはひとまず二人に礼を言う。あの助け舟がなかったら、エアノーラに直談判《じかだんぱん》する前に不敬罪で御前退去となっていた可能性が高い。デルイは興味を持ったのか、こんな質問をしてきた。

「テーブルマナー習ったの？」

「はい、バッシさんというカウマンさんの息子さんに習っていまして。最近は仕事が休みの日に店に来て、手伝ってくれているんです」

休日にまでこのカウマン料理店にやって来て、料理をしたりソラノにテーブルマナーを教えたりするバッシもよほど仕事中毒だと思うが、この店を心配しての行動だと思うととてもありがたい。

カウマン夫妻を見ると、アーニャと共に三人で縮こまりながらソラノにおずおずと言葉をかける。

「大丈夫かい？　ソラノちゃん、あんなこと言ってぇ……」

「そうだ、サンドラの言う通りだ。殿下も来る以上、半端なことはできないぞ」

「私はソラノの向こう見ずなところが怖いわ」

「大丈夫です。なんとかします」

今のところ根拠など何もないのだが、ソラノは謎の自信に満ちていた。

「にしても部門長、改装計画を出す許可なんてよく与えたわね」

　このアーニャの疑問に答えたのはルドルフだ。

「あれだけギャラリーが増えていたら、何か譲歩案を出さないとマズいですからね。ソラノさんの意見がよっぽど聞くに堪えない感傷的なものだったならともかく、あそこまで理にかなったことを言われて一笑に付せば部下からの信頼を無くします」

「わっ、さすがルドルフ様……状況をよく見ていますね。ってかソラノ、なんでその年であんなに立派な意見が言えるのよ」

「お兄ちゃんの受け売り」

　ソラノの兄はソラノに色々なことを教えてくれていた。そのうちの一つが「論理的な意見の言い方」で、それはソラノが確か一五歳の時だろうか、夕飯を食べながら話してくれたのだ。

　おおよそ一五歳に話すには難解な内容であったが、兄のことが大好きなソラノは熱心に兄の話を聞き、そして筋道立てて話をし、相手を引き込む話術というものを体得した。おかげで役に立ったのだから万々歳、やっぱりお兄ちゃんは頼りになるなぁとこの場にいない兄の評価をソラノはますます高めた。

　感心したアーニャは両手をグッと胸の前で握り、真剣な眼差《まなざ》しをする。

「ソラノ、私にできることがあったら言ってね。なんでも手伝うから」

「ありがとう」

　アーニャの厚意を素直に受け取る。

「俺も手伝うよ」

「何をしましょうか」

なぜかデルイとルドルフまでもがそう言ってくる。厚意にソラノは泣きそうになった。皆、優しい。報いるためには、エアノーラとロベールを唸《うな》らせる計画を立てないといけない。

「皆さん、ありがとうございます。ひとまず作戦会議を……店に戻りましょう。バッシさんと連絡取らないといけませんし」

そろそろバッシも仕事が終わる時間のはずだ。ソラノはもはや状況に流されるままになっているカウマン夫妻と、ソラノを心配するアーニャ、ルドルフ、デルイと共に店へと戻った。

早速、店に備え付けてある通信石を起動する。通信石というのは連絡を取りたい相手の魔素を石に流し込むことで通信が可能となる道具らしく、この世界の電話がわりというわけだ。通信範囲は石の値段によって変わるが、王都全域をカバーするものであれば大抵の王都民は持っている。ソラノはまだ持っていないので、そのうち欲しいなと思っていた。

すぐに通信は繋《つな》がり、くぐもったバッシの声が聞こえてきた。

「上手《うま》く行ったかい、ソラノちゃん」

「はい、バッチリです。一〇日後に改装計画を部門長と空港経営者のロベール殿下に聞かせることになりました」

「部門長と……殿下⁉」

想定外だったのか、バッシのやや上ずった声が通信石越しに聞こえてきたが、すぐにその声は堪《こら》えるような笑い声に、やがては喉《のど》を震わせる大笑いへと変わった。

「はっはっはっ！　それはいい。随分啖呵を切ったもんだな？　期待に応《こた》えるような計画を聞かせてやらんとなぁ！」

ひとしきり笑ったバッシはよし、と次の指示をソラノに与えてくる。

「俺はまだ女王のレストランでの仕事があるから、そんなにしょっちゅうそちらには行けない。三日後に休みがあるから、それまでに空港にある富裕層向けの店をいくつかピックアップしておいてくれ。モーニング、ランチ、ディナーそれぞれの分野で有名な店があるだろう？　敵情視察に行こう。ソラノちゃんの服もちゃんと用意しておくんだぞ」

「敵情視察……」

ソラノは知らず緊張していた。空港に出店している店はどれも一流の店ばかりで、以前のこの世界に来たばかりのソラノなら足を踏み入れることすらできなかっただろう。だが今は違う。ソラノはバッシとの特訓を経て、そこそこのテーブルマナーとコース料理の知識を身につけている。

「ソラノちゃん、特訓の成果を見せる時が来たようだ。目にものを見せ、一泡吹かせてやろうぜ」

「っはい！」

「じゃあ、三日後を楽しみにしている」

それを最後に通信石からの連絡が途絶えた。

「あああ、どんどん話が大きくなっているよぉ」

「俺達も富裕層向けの店に行くのか？　マナーなんぞ、知らんぞ……何せ倅《せがれ》とソラノちゃんが特訓していた時、ずっと仕込みしてたからな」

「あたしら店で待ってるから、ソラノちゃんとバッシの二人で行っておいでよ」

「それでいいんですか、カウマンさん達は……？」

「半ば隠居の身だ。若い二人に店の方向性は任せよう」

カウマンとサンドラは完全に萎縮《いしゅく》しきっていた。

それにしても敵情視察。バゲットサンドを売る時に冒険者エリアに足を運んだが、富裕層エリアの、しかも店の中に入るとなると話は全く別になる。

さてどんな店を選ぼうかと思案するソラノの視界に、ルドルフとデルイに憧《あこが》れの眼差しを送り続けるアーニャが飛び込んだ。

「アーニャッ」

「え？　な、何？」

唐突に呼ばれたアーニャは我に返ってびくりと肩を震わせ、ルドルフ達から目線を剥《は》がした。

「アーニャ、出番が来たよ」

「！　え……私の？　もう？　一体何をすればいいの？」

その顔には、どんな無茶振りをされるのだろう、という不安が混じっている。

バッシの話を聞いていたのか怪しいものだが、この分だと聞いていなかったに違いない。おそらくこの店に来てからずっと、ルドルフ達を見てぼんやりしていたはずだ。一体何をしについてきたのか全くもってわからないが、とにかくこの場にいてくれて助かったとソラノは思う。

「富裕層向けエリアの店舗の特徴を教えて。朝昼晩、それぞれ強みを握っているお店を教えて欲しいの。あとは……服選びを手伝って！」

「‼　お洋服を……？　ソラノが、お洋服を選んでと言うなんて！」

「どこに感動してるの」

「だって、前に買い物に行った時、あなた『服は動きやすいに限る』なんて言ってたじゃない。そのソラノがまさか『着飾って』だなんて……！」

「誰《だれ》もそこまでのことを言ってないけど」

斜め上に話をぶっ飛ばしたアーニャはソラノの突っ込みを無視した。

「いいわ。私がソラノを、完璧《かんぺき》なレディに仕上げてあげる！」

「じゃあ俺はテーブルマナーを見てあげる。ルドは来なくてもいいよ」

「いいや、行く。お前が良からぬことをしないか見張っている義務がある」

言い切るルドルフにデルイは白けた眼差しを送った。

「お前はソラノちゃんの保護者か何かか」

「……過去の自分の所業を思い返してみろ！」

食いしばった歯の隙間《すきま》から、怨念《おんねん》の篭《こも》った言葉が飛び出した。

＊＊＊

この日から怒涛《どとう》の三日間が始まった。ひとまずアーニャは空港の富裕層向け飲食店のリストと特徴を記した資料を作らされる羽目になった。結構な数の店舗数があるので、全《すべ》てを回るわけにはいかない。バッシの言う通り、店ごとに強みが異なるので何時に、どこに行くのかを考える必要がある。

「うーんうーん……」

アーニャはリストを作るにあたり、自席で唸り声をあげていた。アーニャは商業部門の職員とはいえ冒険者エリアの担当なので、富裕層エリアの店など知ったことではなかった。一応職員が閲覧できる店舗別の売り上げリストを見ながらそれらしいものを作ろうとするのだが、馴染《なじ》みのない単語が羅列されておりさっぱりわけがわからない。

定時を回り、自分の仕事が一通り終わったところでのリスト作成は、完全なるサービス残業だ。仕事に全く関係がないため残業代をつけてもらうわけにいかない。

この空港はホワイトな職場だ。事務職員がいるフロアを照らすライトは定時を回って一時間すると消えてしまう。アーニャは薄暗いフロアで自分で灯《とも》した魔法の明かりの下、一人机に向かっていた。

と、そこに現れた人影がひとつ。

「アーニャ君、まだやってたの？」

「主任」

先ごろカウマン料理店に退店勧告を突きつけたガゼットだ。忘れ物でもしたのだろうか。

「仕事はもう終わっただろう。何してるんだい？」

「富裕層エリアのお店をリストアップしています。朝昼晩それぞれ強みのあるお店のリスト化です」

「何でそんなこと？」

ガゼットは疑問を呈しながらアーニャの隣の空いている席へと腰掛ける。

「カウマン料理店の手伝いです」

「えっ、何で手伝ってるんだい？」

「……従業員のソラノが友達なんです」

「ああ……あの、部門長に喧嘩《けんか》売ってた子か」

「見ていたんですか」

「あんな目立つ場所でやってたらねえ。ほとんどの職員が見ていただろう」

そう言われてみれば確かにそうだろう。あの時の一騎打ちは本日の商業部門の職員中の話のネタになっていた。面白い子がいるもんだと言う者や、命知らずにもほどがあると言う者、部門長は意外にああいう子を嫌いじゃないと言う者まで、様々な意見が交換されていた。

「で、リストアップできそうかい？」

「うーん、どうやればいいのかさっぱりです」

各店舗が手書きで渡してくる売上報告をまとめて資料化するのも商業部門の仕事で、その売上報告書は月単位でファイリングされている。アーニャはそれを引っ張り出してきて、数字とにらめっこをしていた。

「こういう時はだね、売上が高い店舗を上位三つくらい書き出してやればいいんだよ」

「あ、なるほど」

確かにそれならわかりやすく人気の店がリスト化される。

「ていうか主任、いいんですか？　退店勧告しておいて、お店を助ける手伝いをしても」

「ま、店舗を助けるのも商業部門の大切な仕事の一つだしな」

万年やる気のなさそうな顔をしているくせに、意外なことを言う。アーニャが驚き顔で見ていると、ガゼットは気まずそうに咳払《せきばら》いをしてごまかした。

「別に部門長の邪魔をしているわけでもないしな」

「そうですね」

「ところでアーニャ君。そろそろ資料の作り方も覚えていこう。もう三年も働いているわけだしね」

予想外の言葉に、アーニャは目を見開いた。

ソラノの手伝いをしていたら、任される仕事の幅が増えた。嬉《うれ》しくなったアーニャは、満面の笑みで元気よく返事をした。

「……はい！」

そんなわけでアーニャが残業して作り上げた資料を、ソラノが午後の空いた時間に眺める。

富裕層向けの店は全て予約をしなければ食事に行くことすらできないので、リストの上から順にソラノが使用人のふりをして取りに行った。この世界にある通信石は、通信したい相手の魔素を予《あらかじ》め流し込まないと相互に使えないため、このような店の予約などには使えない。一般的には主人に命じられた使用人が予約を取りに行くのだが、ソラノ達にそんな存在は当然いないため自分で行った。

幸いにして全て空きがあったので、リストの一番上の店の予約を取る。一番上ということは一番売上が高い店ということで、守秘義務があるので一体月次売上が幾らなのかまではソラノにはわからないが、きっと相当な金額なのだろう。

そしてそれはつまり、単価も高いということになる。予約を取るよう言われた時点でソラノは恐れ慄《おのの》いたが、バッシに相談したところ「大丈夫だ、金は心配するな」と力強く言われて背中を押された。バッシの頼もしさは並ではなく、これ以上ない程の味方だ。

そして服選びだ。ドレスコードの存在する店に行く以上、それなりの格好をしなければ示しがつかないし、変な服でいけば最悪門前払いを食らってしまう。これに関してはアーニャがノリノリだった。普段であれば気軽に入れない高級ファッションブランド店に行き、憧れの裾《すそ》長の高価なドレスを購入できるのに、テンションの上がらない女子などいまい。さすがのソラノも年頃の娘として心が躍った。

「ここが今、ご令嬢や豪商の娘に人気のお店なんですって！」

「確かに高そうな店構え」

見上げる店は周囲と同じくベージュ色の煉瓦《れんが》造りに紺碧《こんぺき》の屋根を持つ建物だが、アーチに組まれた出入り口や、ガラスのショーウインドウに飾られたドレスの品の良さから、店の格式が伝わってくる。

店前まで馬車を乗り付けて入って行く客は、ドレスを身に纏《まと》ったお嬢様で、そもそも乗合馬車と徒歩で店までやって来たソラノ達とは雲泥の差がある。

しかし二人は店に入り、ドレスを買わなければならなかった。そうでなければ、予約した高級店になど行けないからだ。

「よし、入りましょう！」

エアノーラ相手にびびっていた時のアーニャは何処《どこ》へやら、勢いよく入店するアーニャについて行くソラノ。店内には色とりどりのドレスを着たマネキンが立っており、恐ろしいことに値段が表示されていない。そしてどれ一つとして同じものが存在していなかった。全部一点ものだ。キョロキョロする二人に、一人の店員が話しかけてくる。

「お客様、本日はどういった服をお探しで？」

「エア・グランドゥールにある店で食事をすることになったので、見合う服を探しに来ました」

「まあ、エア・グランドゥールの店でお食事ですか！　でしたらこちらのドレスなどいかがでしょうか」

ソラノが告げた言葉に店員が持って来たドレスは紺色のシルク生地のもので、胸のところで切り替えが入っている。縫い付けられた宝石が、まるで夜空に鏤《ちりば》められた星の様だった。その上品かつフォーマルな雰囲気漂うドレスは、着るだけでお嬢様になれそうだ。

「帽子と靴も揃《そろ》いの生地で仕立てたものがございます。バッグはこちらのクラッチタイプのものでいかがでしょうか」

「いいわね、ソラノ、着てみてよ」

全てのセットをひとまとめに手渡され、アーニャによって試着室へと押し込まれる。明らかに高価な生地に、ソラノのドレスを持つ手が震えた。ソラノが日本で着ていた服は大量生産された定価数千円ほどのものばかりだったし、こちらに来てからも同じような低価格帯の服ばかりを着ていた。こんな高い服、身につけたことなど無い。

けれども買わないという手はないので、ともかく着てみる。素早く今着ている服を脱いでドレスに袖《そで》を通し、後ろでチャックをあげる。結構ぴったりと体のラインが出るドレスだった。襟ぐりは下品にならない程度に開いており、長袖が今の季節にちょうどいい。帽子をかぶってヒールの高いパンプスを履けば、即席お嬢様の出来上がりだ。

「どうかな」

試着室を出てアーニャに聞けば、

「あら、いいじゃない。あとは化粧と髪型さえなんとかすれば、それっぽく見えると思うわ」

と及第点をもらえた。

「お似合いですね。差し支えなければどういった方とお食事をされるのか、教えていただけますか？　お相手に合った服装を選ぶことも重要ですので」

そう言う店員にバッシの特徴を告げようとすると、なぜかアーニャの方が熱心に語り出した。

「その人はですね、伯爵家の出身にして色気と整った顔立ちを持つ、女性にとても人気の高い人なんです。剣と魔法の腕も見事で、そのスマートな戦いぶりにみんな見惚《みと》れてしまいますし、誰《だれ》もが一度は声をかけられたいと思っているんですよ」

一体それは誰のことなんだ。

まかり間違ってもバッシではないことは確かだ。バッシはカウマン夫妻の息子なので確実に庶民の出身だし、料理の腕は見事だが戦うところなど見たことがない。ソラノはアーニャの語る人物に全く心当たりがなく戸惑った。

そんな完璧な人間がこの世にいるのか？　彼女の妄想が生み出した人物だろうか。

たまらずソラノは小声でアーニャに問いかけた。

「ちょっとアーニャ、そんな非現実的すぎる人、私の知り合いにいないいんだけど」

「何言ってんのよ、デルイ様に決まってるでしょ」

「はぁ？」

デルイは伯爵家の人だったのか。戸惑うソラノにアーニャは耳打ちする。

「どうせなら、いい男を思い浮かべて買い物したいじゃないの！　ルドルフ様でもよかったんだけど、どっちかっていうとソラノにお似合いなのはデルイ様だと思うのよね。だから隣に並んだ時、ふさわしい装いはどんなかしらって……！」

　ソラノは呆《あき》れた。

　この間のエアノーラと一騎討ちで論戦を繰り広げる前に、さっとルドルフ達が割って入ってロベールを説き伏せたのを目の当たりにした時から、アーニャの中で途方もない誤解が生まれている気がした。

　勝手に食事相手にされたらデルイとてたまったものではないだろう。どう考えても、迷惑以外の何物でもない。さっさと誤解を解こうとしたが、しかし店員はそんなソラノの心中など知らず、アーニャの話に相槌《あいづち》を打っている。

「まあ！　そんな素晴らしい方とのお食事なら、さぞかし素敵でしょう。そうですわ、そのような高貴な方とご一緒するのでしたら、こちらのドレスなどいかがでしょうか？　お客様の清楚《せいそ》な雰囲気にぴったりだと思います」

　トークの上手《うま》い店員はさらに追加でドレスを出してきた。それはオフショルダーの空色のドレスで、パフスリーブの下で飾り布がゆったりと垂れていた。布地自体の光沢と淡い金の刺繍《ししゅう》が繊細で、下半身はたっぷりと生地を使っており、後ろの方が長めのデザインだ。

　デルイ云々《うんぬん》は置いておいて、そのデザインはソラノの好むところだった。

「あ、そっちの方が好きかも」

「でしたら是非！　こちらの小物を合わせてください」

セットで手渡されたのは花の髪飾り、白のレースの手袋、それから宝石が嵌《は》まった空色のチョーカーとレース編みのハイヒールで、ソラノは受け取り試着室へと戻る。

そーっとレースを破らないように袖を通す。

一度着てしまえば、値段が分からない恐怖など頭から吹き飛んでしまうほどに、素敵なドレスだった。動きに合わせて揺れるスカートの模様をついつい目で追ってしまうし、揃いの透け感があるハイヒールもいい味を出している。レース編みのハイヒールなど初めてお目にかかったが、凄《すご》い……なんと言うか、気分はシンデレラみたいだ。

「どう?」

恐る恐る扉をあけて尋ねてみると、アーニャが親指を立てて力強く言った。

「そっちに決まりね!」

「まるで天使が舞い降りたような可憐《かれん》さですわ」

ニッコリ微笑《ほほえ》む店員に珍しく乗せられ、ソラノは一式お買い上げした。ギリギリ手持ちの金貨で足りる値段だったので、胸をなで下ろす。

「あとは髪型と化粧ね。任せてよ、私、ヘアセットには自信があるの」

「でもアーニャ、ボブヘアだけど、そういうの得意なの?」

「前までは長かったのよ。化粧も勿論《もちろん》してあげる」

「化粧くらい自分でできるよ」

「ダメよ! ソラノってばいっつもナチュラルメイクじゃない。アイメイクもリップももっとちゃんとしないと」

いつになく気合が入っているアーニャ。

「見てなさいよ、私、あなたを見違えるように綺麗《きれい》にしてみせるから！」

「いや、お店で浮かないような見た目にしてくれればいいんだけど」

「ダメよっ、そんな心意気じゃあ、玉《たま》の輿《こし》に乗れないわよ！」

ソラノはカウマン料理店を立て直したいだけで、玉の輿に乗りたい願望など欠片《かけら》も持ち合わせていない。

そう言ったところでアーニャが聞き入れてくれるわけもなく、「目指せ、伯爵夫人！」と鼻息も荒くよくわからない目標を立てていた。


アーニャと買い物に行った日の夜にルドルフとデルイがカウマン料理店にやって来て、テーブルマナーを教えてくれる。

ソラノとデルイが四人掛けのテーブルに向き合って席につき、間にもうひと席設けてそこにルドルフが座り、ソラノの食事作法について指摘してもらう、というのが一連の流れだ。

カウマンはコース料理を作るようなタイプの料理人ではないが、通常の半量の料理を用意してもらい、前菜から順にサーブしてもらう。

前菜はあえて食べにくい、崩れやすい形のものをリクエストした。例えばバゲットサンドの具材に使っているサーモンとクリームチーズを重ね、上にスライスオニオンと輪切りレモンをちょこんと乗せたもの。その色鮮やかな盛り付けは目を見張るものがあるが、縦に細長く、食べるという点においては難易度がとても高い。

それからサラダも何気に難しい。日本ではレタスだろうがトマトだろうが箸《はし》で掴《つか》んで口に放り込めばおしまいだが、そうもいかない。

サーモンとクリームチーズの前菜は崩れないように気をつけて。サラダはこぼさないように。力を入れすぎず肩肘《かたひじ》張《は》らず、適量を切り分けて口へと運ぶ。

飲み物を飲む時に一旦《いったん》ナイフとフォークを置く場合にも、型というものが存在している。そうした一つ一つの動作をごく自然に行いつつ、会話を楽しむ必要があるのだ。

ぶっちゃけ、もの凄く難しいし、全《すべ》てを同時にこなすのはかなり困難だった。

しかしソラノは、バッシに教わった日から真面目《まじめ》に自主練習をこなしていたおかげで、ある程度形になっていた。

「……うん、かなり綺麗な動作が身に付いているね」

目の前で優雅に食事を楽しんでいるデルイからもお褒めの言葉をいただいた。デルイはソラノが苦戦している動きを易々《やすやす》とこなし、更には気の利いた話題を提供してソラノを楽しませようとしてくれている。

一体どれほどの修業を積めば、この領域に達するんだろう、とソラノは内心で考えていた。ソラノがテーブルマナーを会得するまでに使える時間は限られている。集中して、頑張らなければ。

「けど、ちょっとマナーに気を取られすぎて表情が強張《こわば》ってる。もっと、食事を楽しんで笑ってみて。ほら」

言ってデルイはワイングラスや山のように並んだカトラリーに一切触れることなく、テーブル越しにソラノへと手を伸ばし、その頬《ほお》を捉えた。繊細な見た目とは裏腹に、日々剣を握っているせいか、思ったより無骨な指だった。少しひんやりとした指がソラノの顔の輪郭をなぞり、顎《あご》を掴む。そして料理を凝視していたソラノの顔を上向かせ、強制的にデルイを見るよう誘導した。

蜂蜜《はちみつ》色の瞳《ひとみ》が揺れ、そこに自分が映っているのをソラノは見た。

「こんなにいい男が目の前にいるんだから、俺の方を見てよ」

顎を掴んだままデルイがカタリと腰を浮かせ、そのまま近づいて来た。食事中に立ち上がるのはマナー違反じゃなかったっけと混乱するソラノ。デルイはソラノの胸中に気づいているのかいないのか、そのまま顔を近づけ――

「テーブル越しに食事相手に近づくな！」

ルドルフの裏拳がデルイの顔面に直撃した。

「〜〜〜っ痛ってぇ！」

まともに攻撃を喰《く》らったデルイはソラノの顎を掴んでいた手をパッと放し、鼻先を押さえつつ席にどかっと身を投げ出す。

「お前がソラノさんを無闇に誘惑しようとするから悪い」

「俺は緊張を解《ほぐ》してあげようとしただけだ」

ルドルフがデルイを見る表情は非常に冷ややかだ。痛む顔を押さえるデルイに構わず、ソラノに向き直ると丁寧なアドバイスをくれる。

「ソラノさん、こいつの振る舞いは言語道断ですが、確かにもう少し食事相手の顔を見た方がいいですよ。今のソラノさんの場合、ずっと俯《うつむ》いて料理ばかり見ています」

「すみません……」

自分では全く気がついていなかった事実に、ソラノは反省した。確かに、デルイと会話をしつつも、食事動作ばかり気にして半分くらい話の内容は耳に入っていなかった。

「ソラノさんが思っている以上に、きちんと食事ができています。次はスープにいってみましょう」

すっかり司会進行役のようになっているルドルフが手を上げると、サンドラがスープを持って来てくれた。

スープは奥から手前にすくい、左手はテーブルの上に出しておく。スープの残りが少なくなったら、左手でスープ皿を持ち上げて奥にスープを集める……頭の中でブツブツとそう繰り返しながらスープを食べた。「スープは飲むものではなく、正式には食べるというんだよ」と、ソラノの脳内でバッシが言う。

スープを食べる。スープを食べる。

スプーン八分目くらいにすくい、音を立てず、下唇にあて、そっと口の中へと流し込む。

そんなことをひたすらに反芻《はんすう》していると、大人しく自席へと戻ったデルイに話しかけられた。

「ソラノちゃん、前に教えた風の魔法はどう？　使えるようになった？」

「音を立てないで……あ、はい、おかげさまで使えるようになりました」

使う機会はあまりなくなってしまったけれども、一つ魔法を覚えたというのはソラノの中で嬉《うれ》しい出来事であった。何せ、魔法だ。日本にいたら絶対に会得できないものである。

「他にも覚えたい魔法があったら言って。何でも教えてあげるよ」

「じゃあ、火魔法がいいです。この間バッシさんが人差し指から炎を出してコンロに火をつけているのを見て、憧《あこが》れがあるので」

言われてソラノは答えた。

何気なく繰り出されたその光景は、まさに映画や漫画などで見た魔法そのものだった。派手なものではないけれど、魔法が日常に溶け込んでいる瞬間、とでもいうのだろうか。覚えられるなら覚えたいとソラノは密《ひそ》かに思っていた。

「オッケー。時間が空いたら練習しようか。ソラノちゃんが熾《おこ》した火で料理するのも楽しそうだね。王都の外でバーベキューとか」

「それ、楽しそうですね」

デルイの提案にソラノは顔を輝かせる。

「もう少ししたら春が来て日中は暖かくなるから、バーベキューにはうってつけだよ。暴走牛《ぼうそうぎゅう》でも狩って、その場で捌《さば》いて食べるのもアリかな」

「暴走牛をその場で捌く……？」

想像だにしていなかった言葉にソラノは困惑した。狩った獲物をその場で捌くとは、ソラノの知っているバーベキューと違い随分ワイルドだ。

「デルイさん、捌けるんですか？」

「うん。俺は家の方針で実践訓練が多くて野営ばっかりしてたから、大体の動物や魔物なら捌けるよ」

この細身で身綺麗《みぎれい》で、世にも整った顔をしている、おまけに伯爵家の出身だというデルイが魔物を捌く？

ソラノはその光景を想像してみようとして、どうしても上手《うま》くいかず頭を左右に振った。

ダメだ。ソラノの想像力では無理があった。

デルイは難しい顔をするソラノを面白そうに眺めた後、クスリと笑った。

「まあ、というのは冗談として。ソラノちゃん綺麗にスープ食べ終えてるね」

「え？　あ、本当だ……」

言われて気がついたが、ソラノの目の前にあったスープ皿はほとんど空になっていた。今現在は無意識のうちに左手で軽くお皿を持ち上げ、皿の奥へとスープを集めてスプーンですくっているところだった。

「あまり考えすぎなくても、ソラノちゃんはもうほとんどマナーが完璧《かんぺき》に近いから。あとはもう少し余裕を持って食事を楽しもう」

本物の上流階級の人にそう言われると、少し自信がつく。ルドルフを見ると彼も微笑《ほほえ》んで頷《うなず》き、肯定してくれた。

「次は魚料理だね。リラックスして、俺の方を見て食事してみようか」

はい、と頷く。

頼もしい味方がいてよかった。一人で皿に向かっているより、誰かがいた方がより本番に近い形での練習ができる。

古びた店でソラノに懇切丁寧な食事指導をしてくれている、侯爵家と伯爵家出身の二人。騎士として日々空港の治安を守る彼らは絶大な人気を誇っており、女子からしたら夢のようなシチュエーションであるが、ソラノにはそんなことは全く関係がなかった。

ソラノの心にあるのはただ一つ。バッシとの視察に備えて恥をかかないようなマナーを身につけておかなければならないという、使命感のみだ。

懸命にテーブルマナーを覚えようとするソラノを見ながらカウマン夫妻が言った。

「ソラノちゃん、頼もしい味方がいてよかったなぁ」

「本当に。気さくなお方だねえ」

食事をすすめるデルイはカウマン夫妻の方を見て、にこやかな表情を浮かべる。

「カウマンさんの料理、美味《おい》しいね。中央エリアにあるような店と違って落ち着く味がする」

「おぉ、騎士様にそう言われるとは、光栄です」

「デルイでいいよ、気軽に呼んで」

ワイングラス片手に言われるも、カウマンは恐縮したように両手をブンブン振った。

「いやいや、恐れ多い」

「そう？　でも俺は、あんまりかしこまった感じ好きじゃないからさ」

「はぁ……いや、しかしですね……」

己の心の内で葛藤《かっとう》するカウマンをデルイはあくまでも笑顔で見つめる。やがて意を決したカウマンは、「よし」と拳を握り締めた。

「では、下町風に『デルイの兄さん』でどうでしょうか」

いきなり距離を詰めてきた呼び方に、デルイは一瞬キョトンとした顔をしたが、すぐに相好を崩した。

「いいね！　行きつけの店っぽくて、今までにない感じが気に入った」

「早速ですが、デルイの兄さんにソラノちゃん。魚料理をどうぞ」

二人の前にカウマンが用意した魚料理が置かれた。

サンドラが白ワインを注《つ》いでくれるのを横目にナイフとフォークを手に取って、ソラノは料理を切り分ける。

「ところでルドルフさんはお食事されないんですか?」

二人の様子を見張っているだけのルドルフが気にかかりソラノがそう問いかけると、ルドルフは至極真面目《まじめ》な表情で言った。

「僕は今日は指導兼見張りなので、気になさらないでください」

もはや完全にデルイのお目付役と化したルドルフは、結局食事が終わるまでデルイがよからぬことをしでかさないか目を光らせ続けていた。

＊＊＊

やることがあると時間が経《た》つのが早い。光のように時間が経ち、バッシが約束した三日後がやって来た。現在店の中にはカウマンにサンドラ、一張羅を着込んだバッシにこれまた着飾ったソラノ、そしてアーニャがいた。本日はアーニャが選定し、ソラノが予約したお店に、バッシと二人で行く日だった。

「あっという間の三日間だった」

「私はソラノに付き合わされて死にそうだったわ。何であなた、そんなに元気なのよ?」

「アドレナリンが出ているから」

ソラノは腕を組み、座り慣れたカウンターのグラグラする椅子に座って時計《とけい》をにらみつけていた。

時刻は夕方。そろそろディナータイムとなる時刻だ。

バッシがソラノの緊張をほぐそうと、自身の蝶《ちょう》ネクタイをいじりながらソラノの服装の感想を述べる。

「ソラノちゃん、なかなか素敵な格好を選んだな」

反応したのはソラノではなく、アーニャだった。

「でしょう？　今をときめく人気のお店で買ったんです。ソラノにぴったりですよね」

「ああ、清楚《せいそ》な雰囲気がソラノちゃんにぴったりだ」

この二人の会話にソラノは大真面目な顔で礼を言う。

「ありがとうございます。これで敵に正体がばれずに済みます」

「ソラノちゃんが言うことはいちいち勇ましい」

「そんな格好してるんだから、もっとしおらしくしてみたらいいのに」

「それは難しいかな……これから敵地へと潜入するというのに」

アーニャの提案にソラノは顔を顰《しか》めた。そんなソラノを見て、アーニャは「この子もうダメだわ」と思う。

ソラノは今、アーニャとともに購入した空色のドレスを着用していた。それだけではない。結い上げた髪にはドレスと同色の空色の花飾りをつけ、化粧も気合いを入れて施され、黒い大きな瞳はいつもより更にパッチリとして、唇は美味しそうな色に色づいていた。

それだというのに、ソラノが自分の姿を一目見た感想は「完璧な擬態！」だった。せっかく気に入った高価なドレスを着て、それに見合う髪型と化粧をしているのだからもっとこう、「これが私……？　素敵、まるで別人みたい！」とか言って欲しかったのだが、ソラノからそういった言葉は一切出てこなかった。気合を入れてセットしたアーニャとしては、少し悲しい。

今現在も、自分の服装にそわそわせず、カウンターの上に並んだ皿やグラスを前にバッシとディナーにおけるマナーを総復習しており、その目は真剣そのものだ。マナーについてこの三日間、ルドルフとデルイによってみっちり仕込まれていたソラノだったが、実際に店に行くのは初めてなので少し心配だ。

見かねたサンドラが声をかけてくる。

「そんなに心配しなくても、あたしらから見たらソラノちゃんのマナーは完璧だよ」

「そうだ。これまでの努力をみせてやろう」

バッシも一張羅に包まれたそのたくましい腕でガッツポーズを作り、鼓舞してくる。

「はい……見ていてください。私、必ずや敵の弱点を発見してみせます」

そう言うソラノはさながら敵地の潜入捜査へと向かう隠密《おんみつ》のようだった。ソラノ・隠密モードだ。

そんなやりとりをしている最中、何ともタイミングよくデルイとルドルフがやってくる。仕事が終わるなり直行して来てくれる彼らはもはや、完全にこの店の再建を応援する味方となっている。

「ソラノちゃん、やっほ……⁉」

閉店の札がかかった扉をためらいなく開けたデルイは、そこに座るソラノを見て固まる。いつもの装いとはまるで違い、踝《くるぶし》までのドレスに身を包んだ彼女は楚々《そそ》とした雰囲気だった。上半身のラインの出るドレスはほっそりとしたソラノをさらに華奢《きゃしゃ》にみせていたし、その繊細なレース編みのデザインが彼女をガラス細工のように儚《はかな》いものにみせている。

髪型から化粧、つま先に至るまで統一された装いを施されたソラノを前に、デルイの動きが止まった。

「ルドルフさん、デルイさん、こんばんは」

ソラノは二人にお辞儀をして挨拶《あいさつ》をする。

「こんばんはソラノさん。素敵な衣装ですね、よくお似合いです」

「ありがとうございます」

エア・グランドゥールで働き、豪奢《ごうしゃ》な衣装や美しい令嬢などを日常的に目にして、目が肥えているであろうルドルフにお墨付きをもらえると自信がつく。デルイから見た自分はどうだろうか、どこかおかしなところは無いだろうかと彼の方を見ると、硬直する体を動かし、ゆっくりとこちらへ近づいてきた。

すっとソラノの前へと立ったデルイはカウンターと椅子の背もたれに手をついてぐっと顔を近づけてくる。その瞳《ひとみ》は真剣で、どこか猛禽類《もうきんるい》を思わせる鋭さを感じさせた。

「ソラノちゃん、今日は綺麗《きれい》だね。いつも可愛《かわい》いけど、今日のその装いだとまるでお姫様みたいだ」

その雰囲気はいつも軽口でふざけている様子とあまりに違う。

デルイは半分露《あら》わになっているソラノの細い両肩を優しく抱いて、耳元に唇を近づけ、甘く低く、掠《かす》れる声音でそっと囁《ささや》く。

「ね……ディナー、俺と一緒に行こうよ？　俺なら完璧にエスコートしてあげられるよ」

「デルイさん……」

誰《だれ》もが憧れる美麗な男に迫られて口説かれても、ソラノの心情は冷静だ。

確かにデルイならつつがなくエスコートしてくれるだろう。食事中のデルイのマナーは完璧だったし、伯爵家出身で見目が整っているデルイと連れ立って歩けば、さぞかし優越感に浸れそうだ。

しかしそれではダメだった。

別にソラノは着飾っていい男と一緒に高価な店へ行き、羨望《せんぼう》の眼差《まなざ》しを集めたいわけではない。

これはあくまで仕事の一環だ。この空港に出店している富裕層向けの店がどんな内装でどんな料理を出しているのか見に行くためにやっていることだ。それには豊富な知識と確固たる経験を持ち、これからの店の方向性を話し合うバッシとともに行くことが必須《ひっす》だった。

よってデルイの出る幕など微塵《みじん》もない。

そのような結論に至ったソラノの口から出たのは、次の容赦のない一言だった。

「ごめんなさい、バッシさんじゃないとダメなんです」

「！」

「時間だ、行こう」

「はい！」

清々《すがすが》しい程一刀両断にデルイの誘いを断ったソラノは、バッシの腕を取り歩き出す。こちらをチラリとも振り返らずにソラノが出て行き、扉が閉まると中にはカウマン夫妻とアーニャ、そしてデルイとルドルフが取り残された。微妙な空気が漂っている。

「フラれた……俺、今、フラれた……!?」

呆然《ぼうぜん》と立ち尽くすデルイは先程のソラノの一言が信じられず、衝撃を受けていた。

本気の誘いを断られたのは生まれて初めてである。しかもソラノは動揺した素振りすら見せず、あくまで冷静な態度を貫いていた。初めて会った時から自分の魅力が通じないとは思っていたが、一体どうしてこうなったんだ。

そんなデルイを見て、ルドルフは肩を震わせ笑いを堪《こら》えていた。

「クク ッ……お前が女性に断られるところなんて、俺は初めて見たぞ……！」

「笑うな」

バツが悪くなったデルイはムッとしながら言い、乱暴にカウンターの椅子を引いて座る。

「あぁ、クソ……！　カウマンさん、俺に赤ワインちょうだい」

「はいよ」

「ルドも付き合えよ」

「お前の初の失恋記念に付き合ってやろう」

「いや、失恋じゃないから。一回断られただけだから」

「じゃあそういうことにしておいてやる」

デルイはワインの注がれたグラスを揺らしながら、物憂げな瞳をカウンターに向けていた。断られたショックが凄《すさ》まじく、いつもの覇気がない。ほかの男と比較された挙句に断られるなんて、今までひたすらにモテていたデルイにとって屈辱以外の何物でもない。しかもソラノはおめかししている姿で、全く悪びれずに見向きもせず出て行ってしまった。

ふとデルイの視界の端、カウンターの隅っこで人影が揺れた。兎耳族《とじぞく》の空港職員が落ち着かなそうに座っている。デルイはそんな彼女を見て、いつもの外向けの笑顔を浮かべた。

「そういえば、君はソラノちゃんの友達？　よく一緒にいるよね」

「は、はい。商業部門で働いているアーニャと申します」

おずおずと上目遣いで返事をするアーニャ。

「今日のドレスはアーニャちゃんが見立ててくれたんだってよぉ。センスいいわよね」

「へえ」

「どうだいアーニャちゃん。せっかくだから何か食べていかないかい？」

サンドラが勧めると、アーニャは「ぜひ！」とルドルフとデルイを窺《うかが》いながら即答した。

デルイはアーニャを横目に、ソラノちゃんもこのくらい簡単だったらいいのにと思いつつ、一筋縄でいかないから面白いのか、と考え直す。

「よし、じゃあ今日はせっかくだから飲んで食べていってくれ」

「今日はいい肉が手に入ったんだよ、ウチの人がどんどん調理するからねぇ」

牛の顔ににっこり愛想のいい笑みを浮かべるカウマン夫妻は、先程の一件にまるで触れてこなかった。その優しさがありがたい。ニヤニヤしているルドルフとは大違いだ。

「俺、この店が改装されたら毎日通う」

「お、そりゃありがたい」

「あの子達の頑張りにかかっているねえ」

閉店の札がかかる店の中、カウマンが出してくれる料理とワインを肴《さかな》に話に華を咲かせる。うらぶれた店の中には、楽しそうな空間が出来上がっていた。

第一ターミナルを出て中央エリアにやって来たソラノとバッシは、一軒の店の前で足を止めた。

「ついに来ましたね」

「覚悟はいいかい、ソラノちゃん」

「はい、勿論《もちろん》です」

勇ましい言葉に、勇ましい態度。

まるでこれから戦場に向かう兵士のようだが、二人はただ食事をしに来ただけだった。今から行く店は、この中央エリアでも最も格式が高いと評判の店で、贅沢《ぜいたく》な空間に高価なお皿やカトラリー、テーブルクロスやナフキンに至るまで最高級のものが使用されており、一流の給仕係が上質なサービスを提供してくれるとの話だった。

日本にいたら絶対に縁がないような空間に、ソラノは今この時、バッシとともに足を踏み入れる。

店前に立つ案内係に名前を告げる。

予約時に一度店に来ていたソラノだが、ここまで飾り立ててしまえば一度会っただけのソラノのことなど見破れるはずもなく、二人はすんなりと席へ通される。

赤いカーペットが敷き詰められ、頭上にはシャンデリアが輝くその空間はまさに浮世離れしており、他の客も旅装とは思えないお洒落《しゃれ》をして来ている。かつてこの世界に来たばかりの時、ソラノは日本で着ていた普段着のままでこの富裕層エリアをうろうろして冷たい目で見られたことがあったが、今ならわかる。確かにかなり場違いだっただろう。

給仕係が引いてくれる椅子にゆっくりと腰掛け、背筋を伸ばす。テーブルの上にはフォークとスプーンが何本も置かれており、中央には真っ白なお皿が据えられている。その上には綺麗な形に整えられたナフキンが載っていた。

バッシが食前酒をつつがなく注文し、給仕係が去って行く。バッシがナフキンをとったタイミングでソラノも同じ行動をする。グラスに注がれた食前酒が運ばれ、バッシと目線の高さに合わせて乾杯をした。続いて出て来たオードブル、ナイフとフォークを手に取り左側から少しずつ切って口に運ぶ。

コース料理を食すのはとかく時間がかかるものだ。何も準備がない状態でこんなことを数時間近くもやる羽目になったら、背中に汗はダラダラかくし、何を話していいやらわからず変なことを口走りそうだし、そもそも値段が気になって食事どころではなくなる気がする。ワイン一つ頼むにしても価格ばかりを見ていただろう。

しかし特訓を重ねたソラノは、そんな愚は犯さない。二人はごく自然な所作で食事をし、一旦《いったん》ナイフとフォークを置く時も正しい形でカトラリーを皿の上に置き、ワイングラスを持つ手の形も完《かん》璧《ぺき》だった。背筋が曲がることもなく、料理を上手《うま》く切れないなんてこともなく、フォークの背に乗せる料理の大きさもちょうどいい。

そしてこれが最も重要だが――緊張せずに食事を楽しめるということは、周りを観察する余裕があるということだ。

「本日のスープ、キングロブスターのスープです」

サーブされたスープを奥から手前にすくい、口の中へと流し込む。魚介類の濃厚な味わいが広がり、思わず息をついた。店構えが上品ならば味付けも上品だ。

「キングロブスターってどんな生き物でしょうか」とソラノはバッシに問いかけてみる。

「海に生息する海老《えび》の一種だ。体長は一メートルほどもあり、身がぎっしりと詰まっていて、今味わった通りの濃厚な味わいがする。捕獲が困難なので市場にはあまり出回らない、貴重な食材だな。もし俺が調理するならグリエにする」

「そんな貴重な食材がスープの段階で出てくるなんて……」

思わずスープをすくう手が震えそうになる。これから出てくるメインには一体どのような食材が使われているのか。

「高級食材を使うのは店の格を表す大切な要素だ。ソラノちゃんが選んだこの店は中心街にも店があるんだが、そこは王都でもトップクラスの格式高い店だよ。ほら、見えないだろうがソラノちゃんの後ろのテーブルにいるのは、公爵家のご子息とその友人だな」

「公爵……」

「その隣は貿易により一代で富を築いた商会のご一家だ」

「私達、今、そんな人ばかりが集う場所に身を置いてるんですね」

「だが心配いらない。ソラノちゃんの作法はパーフェクトだ」

「特訓した甲斐《かい》がありました」

合間にちょっとした会話をしながら、提供される高級な料理の数々。ワインはバッシが店の人と相談して決めてくれるので、ソラノは任せるだけだった。何が出て来ても美味《おい》しいのでなんだって構わない。

「タラのヴァプール　白ワインソースです」

ヴァプール、それは蒸気で蒸す調理法をさす。少し前のソラノならば「ヴァプールって何ですか」と問いかけていたところだが、山のような知識をバッシとルドルフ達により仕込まれた今のソラノの中では、そんなことは聞かなくても知っている常識となっていた。

「以前バッシさんが作ってくれたタラのムニエルとはまた違う味わいですね。こっちはふっくらとしています」

どちらの方が美味しいか、と聞かれたらソラノとしては断然バッシの料理なのだが。白ワインを一口味わいながら含み、バッシが言う。

「同じ食材でも調理法によって全く異なる味わいになる。さらに使用する調味料やハーブの組み合わせで料理は無限の広がりを見せていくんだよ」

「奥が深いです」

この二人の会話はいまいち色気にかけているが、当事者達はいたって真面目《まじめ》に料理について語り合っている。

ちなみにメインの肉料理は、牛人族《ぎゅうじんぞく》のバッシに配慮して牛肉を使わないメニューにしてもらうよう、予約の時に伝えてあった。今回コースは基本的に店のお任せだったが、要望を伝えればその通りにしてもらえる。家畜用の牛以外、暴走牛《ぼうそうぎゅう》のように牛科の魔物の肉ならば彼らは調理もするし食べることだってするのだが、ほかの食肉とて美味しいものが出てくるに違いないので牛系の肉は全《すべ》て除いてもらう。

というわけで二人は口直しのグラニテをいただいた後に、供された肉料理――コカトリスのコンフィをいただく。

低温の油でじっくりゆっくり加熱された肉は非常に柔らかく、切ると肉汁が溢《あふ》れ出てくる。仕上げに表面をフライパンで焼いたようで、カリッと仕上がっているのもまた良い。

口に含むとほろほろと崩れ、旨味《うまみ》が存分に味わえた。今後もう二度と味わう機会が無いであろう高級料理店の味を堪能し尽くそうと、ソラノは舌先に全神経を集中させる。

「ソラノちゃん、顔が怖いぞ」

「はっ、すみません」

実に余裕のある口ぶりでバッシにやんわりたしなめられ、ソラノは強張《こわば》った顔をなんとかしようとナイフとフォークを皿へ置き、ワイングラスを手に取った。

料理に集中しすぎて顔が険しくなるなど、淑女の風上にも置けない行為だ。気を取り直しバッシへと話しかける。

「コカトリスって魔物ですよね。魔物、身分の高い人達は食べないかと思っていました」

「コカトリスは希少で極めて美味だから、やんごとなき身の方々も口にする。大切なのは魔物かどうかという点じゃなく、美味《うま》いか不味《まず》いか、珍しいかどうかという部分だ」

「なるほどー……」

「ちなみに最高級とされる肉は竜の肉だ。竜といってもランクがあるからピンキリだが、低ランクでも庶民が口にする機会はほぼ無い程の高級食材だよ」

料理もお酒も着々と進んで行く。前菜から肉料理に至るまで高級食材のオンパレードで、さすがいいものを使っているなという感想が浮かんでくる。続くのは、最後の料理であるデザート。

薄いパイ生地の間に生クリームと苺《いちご》が挟まったいわゆるミルフィーユで、これまでの高級食材とは異なるありふれた一品にソラノは首を傾《かし》げた。

しかしバッシは目を見張り、「ほう」と短く感嘆の息を漏らした。

「苺を使うとは、さすがだ」

「何でですか？」

「何でって、苺は春に採れるものだろう。この時季は厳密に温度が管理された魔法温室で栽培されたものしか収穫できないから、貴重なんだ。口にできるのは専用の温室がある城での夜会で供される時か、こうした伝統と格式のある店だけだ」

言われて納得した。

ここは日本と違うので、一年中苺のケーキが食べられる訳では無いのだ。

あえて季節外れの果物を提供し、店の格の高さを見せつける。そんな手法もあるのだなぁとソラノは唸《うな》った。

ちなみにミルフィーユは最高難易度を誇る食べにくさのデザートだった。ナイフを入れればグシャッと崩れるし、パイがポロポロこぼれてお皿の上が散らかってしまう。

ソラノは迷うことなくナイフをミルフィーユの真上から突き刺し、ためらわずに下の生地まで振り下ろして切った。

パキッと歯切れの良い手応《てごた》えを感じ、ミルフィーユが切り分けられる。さっとフォークですくいとると口へ運んだ。

パリパリの生地に、もったりした生クリーム。そして爽《さわ》やかな苺の酸味と甘みが後から来る。

「うん、美味しいです」

しかし、美味しいのだけれども。

大きめの皿の真ん中にちょこんと載ったミルフィーユはシンプルそのもので、ソラノは少しの物足りなさを感じた。

コーヒーを飲み、ナフキンをテーブルに戻して席を立つ。ナフキンは綺麗《きれい》に畳まないのがマナーだと聞いたときは意味がわからなかったが、それが美味しかったという合図となるそうなのでそのようにする。

「ご馳走《ちそう》さまでした」

ソラノは最後に礼を言うと、バッシとともに店を出た。

「ソラノちゃん、よくやった。完璧だったぞ」

「ありがとうございます。やりきりました。意外に緊張しませんでした」

「それはマナーがごく自然に身についた証拠だ。最初に一番レベルが高い店に来たからな。後は楽勝だと思えばいい」

「はい。ちなみにお会計、おいくらでした？」

第一ターミナルへと戻る道すがら、興味本位で尋ねてみる。

「ざっと金貨一五枚」

「じゅっ……」

「大丈夫だ、この程度なんてことはない。視察なんだから、ケチるべきじゃない」

絶句するソラノにバッシは何気なく言う。

「ちなみにこれでも安いほうだ。おそらく店で一番高いコースを頼んでいたらもっと金額はかさんでいたぞ」

「お金持ちって怖い……」

一生理解できなそうな世界にソラノは震えた。

「ところで店に入って料理を食べてみての感想はどうだ？」

バッシに問われ、ソラノは考える。

「内装からテーブルセッティングまで、全てが豪華で驚きました。出てくる料理もなんだか貴重な食材ばかりで……でも」

「でも？」

「見た目の華やかさに欠けていた気がします」

少し前までのソラノなら、マナーに気を取られこんな傲慢《ごうまん》とも言えることを感じる余裕などなかっただろう。だがソラノは今現在、料理をじっくり観察する余裕がある。結果、出てきた感想がこれだった。料理は素晴らしかった。けれどどれもこれも、ややシンプルな感じがしたのだ。

「なるほどな。だが貴族街からほど近い高級店も大体があんな感じだ」

「そうなんですか？　私がいた世界では、もっと見た目にこだわったお店が多かったですよ」

「方向性の違いだな。ま、明日はモーニングとランチだ。またそこでも観察してみようか」

バッシの言う通り、最初に最も格式高い店へと行ったおかげで後は随分と楽だった。ディナーを初日に終え、翌日にモーニングとランチをはしごする。ついでその日の夜に再び、別の店のディナーを急遽《きゅうきょ》予約し、訪れた。

連日の高級食材のオンパレードにもうソラノのお腹《なか》も心もいっぱいだったが、遊んでいるわけではないのでやめるわけにいかない。

「大丈夫かソラノちゃん」

「大丈夫です、頑張ります」

ソラノは細身のドレスの下ではち切れそうな胃袋を抱えながら、なおも料理を平らげる。頑張って高級料理を食べるとはどういう状況なのか。深く考えたら負けである。

しかし、お金持ちって一体何なのだろうとソラノはつくづく思った。こうして深く知れば知るほど、その生態を理解するどころかどんどんと価値観の違いを思い知るばかりだ。こんなに毎食豪華なものを食べていたら、あっという間に太ってしまう。それともそんなにもカロリーを使う仕事をしているというのだろうか。

「まあここは世界に名だたるエア・グランドゥールだから、気合いの入った店ばかりが軒を連ねているというのもある」

「なるほど、エリアが分かれているわけです」

エアノーラ部門長のやり方は理にかなっている。もしこれが冒険者向けの店と交ざっていたら、渾然一体《こんぜんいったい》としすぎていただろう。

しかし、目の前の料理を前に、思わず考えてしまう。

「どれもお洒落《しゃれ》ですけど、いまいち……写真映えに欠けますね」

「シャシンバエ？」

「私のいた世界の流行《はや》りで、見栄えがするもののことです。女王のレストランのスフレ・オムレッツも、昨日《きのう》のミルフィーユにしてもそうなんですけど、もっと飾りようがあるんじゃないかなって」

「ソラノちゃんの審美眼は厳しいな」

確かに、日本では様々な見た目の工夫が凝らされた料理が気軽に楽しめていたから、目が肥えてしまっているのかもしれない。

「ずっと思っていたんです、昨日も、女王のレストランに行った時も、最初にこの世界に来て、市場でバゲットサンドを買った時からずっと。今回は食材が高級なのはわかったんですけど、それだけっていうか。勿論《もちろん》見た目が悪いわけじゃなくて、綺麗に盛り付けられているなとは思うんですけど」

「ふむ」

バッシは少し考えるように言った。

「味や素材だけでなく、見た目にもっとこだわりを持つというのは確かに大切かもしれないな。あまり着目されていない観点だ」

「王都といえども、そのあたりまだまだ発展途上なんですね」

「だとすればだ」

バッシは少し身を乗り出し、面白いものを見つけたというような表情を浮かべた。

「そこに、俺達の勝機があるんじゃないか？」

目指す方向性に目処《めど》をつけた二人は、残る料理をさっさと平らげてカウマン料理店へと戻る。

「おう、おかえり」

店ではカウマンが凄《すご》い勢いでじゃがいもの皮を剝《む》いているところだった。皮がくるくると回って流しの下にある生ゴミ入れに入っていく。ただ芋の皮を剥いているだけなのにエンターテインメントと化していた。

「昨日から贅沢三昧《ぜいたくざんまい》だが、なんかわかったか？」

「バッチリだ」

「そりゃ頼もしい」

「他人事《ひとごと》っぽく言ってるけど、親父《おやじ》にだって関係あるぞ」

「若いもんに任せる。俺はなるようになればいい」

自分の店だというのに、カウマン夫妻はどうも当事者意識に欠けていた。息巻いているのがソラノとバッシの二人ではよろしくない。一丸となって挑まなければ、此度《こたび》の敵に勝つことは難しいだろう。

「親父、俺は親父の料理が旨《うま》いと思っている」

「それはどうも」

「原価の安い食材を美味《おい》しく仕上げるのは並大抵じゃない。エア・グランドゥールにある店のほとんどは、素材からして高級食材ばかりだが、この店は違う。料理の腕で勝負している。じゃなきゃ空港職員の皆さんがリピートしてくれるはずもない」

「嬉《うれ》しいこと言ってくれるじゃねえか」

「じゃ、そんな料理が旨い店に客をもっと呼び込むにはどうすればいいか。俺達は掴《つか》んできた」

「ほう、何だ？」

「見た目だ」

カウマンは芋を剥く手をピタリと止めて、バッシの方を見た。

「何だって?」

「見た目だよ。料理にテーマを持たせ、見た目でまず客を引き寄せるんだ」

戸惑うカウマンとサンドラに、ソラノもバッシの意見を肯定するように頷《うなず》いた。それはSNS文化が過剰に発達した日本ではごくありふれたやり方だった。もっと美しく、もっと美味しそうに。綺麗な写真を撮りたい人達を集めるために店側が工夫を凝らし、それに賛同する客がやって来る。けれどこの世界では見た目にそこまでのこだわりを見せる店はほとんどない。美しくないわけではないが、盛り付けはいたってシンプルだ。

「テーマったって、どうすればいいさね」

サンドラが疑問の声を上げる。これに関してソラノは既に答えを出していた。

「ここは空港なので、王都を思い起こすようなお店にしましょうよ。遠い異国から帰ってきた人に中心街まで行かなくても王都に帰ってきたと感じさせるような、これから異国へと旅立つ人に故郷を思い起こすひと時を過ごさせるような。王都へ旅行に来た人にとっても思い出に残る味にして……この花と緑の都を、料理で再現するんです」

【九品目】花と緑の都の味

グランドゥール王国の王都は、花と緑の都と呼ばれている。なぜならば一年を通して街中に花が咲き乱れ、緑が溢《あふ》れているからだ。

事実、冬である現在でも建物の外壁には蔦《つた》が茂り、窓からは雪の冷たさに負けない品種の花が顔を覗《のぞ》かせている。王都中心の王城を筆頭に、郊外までもその姿勢は一貫されており、王都に居を構える家では植物の育成が義務付けられていた。それは王国が平和な印であって、王都はその象徴とも呼ぶべき存在だからだ。

そんな王都を、料理で再現する。

前人未到の挑戦に、ソラノが率先してアイデアを出していく。

「例えば私のいた国では、サラダの彩りを良くするためにグリーンリーフだけじゃなくてビーツとかパプリカも使われていました。それからスープに食用花を浮かべたり……市場で最初にガランティーヌという肉にお野菜を巻いた惣菜《そうざい》を見かけたんですけど、そういうのも野菜の色が抜けないように茹《ゆ》でるときに気をつけてみたり。とにかく、まず見た目で人を惹《ひ》きつけるような料理を出すお店が多かったんです」

「なるほど、ソラノちゃんがバゲットサンドを売る時にこだわっていた部分の話だな」

ソラノの説明にカウマンが納得し、サンドラも「確かにソラノちゃんの意見通りにすると、美味しそうな見た目になったもんねえ」としみじみ言った。

「だからそれを、今度はお店で出す料理にも取り入れましょう」

「料理自体は今のままでいいのか？　お貴族様が気にいる様なコース料理は作れないぞ」

カウマンの疑問に答えたのはバッシだった。

「俺達が目指すのは高級料理店じゃない。それだと客層が限られるし、この狭い店内で何時間も居座られると回転率が下がる。目指すべきは……今と何も変わらない。そう、ビストロ店だ」

ビストロ。それは家庭的な雰囲気の店で、気軽に料理を楽しむために入る店だ。ドレスコードは無い。格式ばった店では子供の入店が断られることが多いが、ビストロに年齢制限は存在しない。お酒に合わせた料理が用意されたビストロ店はどこかホッとする雰囲気で、このカウマン料理店が目指す方向性にぴったりだ。

長く飛行船内に閉じ込められていた乗客を迎え入れる、温かなお店を作り上げる。そして大切なのは、貴族も商人も冒険者も関係なく等しく来店できるような店構えにすることだ。

「天井をもっと高くして、照明器具を吊《つ》るしましょうよ。料理のテーマは王都の中心街なので、緑をベースに落ち着いた雰囲気にしたらどうです？　店の壁はガラス張りで、店の前のスペースまで拡張しちゃえば座席数がもっと確保できます」

「それはいいな。どうせ店の前のスペースは無駄に空いてるんだ。使えるものは使わないと」

「メニュー表も絵付きで書きたいですね」

「視覚に訴えるのは大切だ。ナイスアイデアだぜ」

方向性が定まると、どんどん話が進んでいく。

「ワインはボトルじゃなくグラスで提供だな。種類揃《そろ》えとかねえと」

　バッシが腕を組んで言った。

「グラスもカトラリーも食器類もワンランクは上のものにしねえとな」

「改装案、業者を交えて具体的に詰めたいねえ」

「でもエアノーラさんに言われた期日までにそこまでする時間がありません」

「とにかく料理を作り上げよう。春夏秋冬、最低でも四皿だ」

　バッシの言葉に全員が頷いた。

「もう残り時間があまりない。今日から徹夜で、料理開発するぞ！」

「おぉ、俺も久々に無理してみるか」

「アンタ、倒れない様に気をつけてね」

　カウマン夫妻もやる気を出した。

　あとはここからどういう料理を作り、出すのかを決めていくだけだ。


　四人で話し合いを重ね、時にはデルイやアーニャなど職員の話を参考にしつつ大方の筋は出来上がった。王都の中心街を彷彿《ほうふつ》とさせる店構えにメニュー構成、価格、一貫したテーマを設けて店に付加価値を与え、それにより客を呼び込む。

　当然ながら、最も大切なのは料理だ。

「料理は全部アラカルトだ。親父の料理と俺の料理、どちらも得意分野を担当して、さらに盛り付けで魅せる」

ビストロの店にコース料理のような決まり切ったメニューなど存在しない。シェフの得意とする料理を振る舞い、店独自の色がメニューに現れる。

お客は好きに頼めるので、コースの様にしたければそのようにすればいいし、メインだけ、逆にワインと前菜だけのような注文もできる。

柔軟性が高いという点がビストロのいいところだ。

この店の場合、カウマンが肉料理を得意としているので、そこを活《い》かしつつバッシが前菜やスープ、魚料理などのメニュー決めを担当していく。カウマンだって料理人だ。レシピが決まれば調理は難しくない。

ただし盛り付けに関しては個性が出るので、そこはソラノがチェックをしていく。

「お前に料理を教えてもらう日が来るとはなあ。成長したな」

バッシが皿に盛り付けた芸術的な料理を見て、カウマンが感慨深げに言った。

基本的にカウマンは柔軟性のある人間だ。六〇にもなって息子に料理を教えてもらうなどプライドが許さないというような人物もいるだろうが、彼はそうではない。

変化に対してついていけず諦《あきら》めてしまうような一面もあったが、こうして周りが手助けをすればついていこうと食らいつく気概のある人物だ。そうでなければやりたい放題のソラノを受け入れてくれるはずがない。つまりカウマンは、器の大きい人物だった。

エアノーラが指定した期日までに、朝から晩までメニュー開発に勤《いそ》しむ。

店は臨時休業中だ。

四人で王都中心街の市場へ行き、使えそうな食材を吟味し、どんな料理がどんな季節に合うかを考え、実際に作ってみる。

時折すれ違う空港職員は、励ましの言葉をかけてくれた。

料理開発を始めてから五日が過ぎた頃《ころ》、四人の努力が実を結び四皿の料理が店のカウンターへと並んでいた。

どれもこれも丹精込めて作った一品で、お皿の上でキラキラと輝いている。

「うーん、全部美味しそうですね」

渾身《こんしん》の料理を目の前にソラノが心の底から言った。額の汗を手の甲で拭《ぬぐ》いながら、バッシが爽《さわ》やかな笑顔を浮かべて親指をぐっと立てる。

「不眠不休で頑張った甲斐《かい》があったな。誰《だれ》も見たことがない、真新しい料理の誕生だ。女王のレストランの総料理長も驚く様な出来栄えに仕上がった」

一方で、年嵩《としかさ》のいったカウマン夫妻はカウンターの上に突っ伏して青白い顔をしていた。

今すぐにでもベッドに倒れたいというオーラを全身から発しており、なんとか気合いで意識を保っている様な状況だった。

「やっぱり、歳《とし》には敵《かな》わねえ……俺は目の前がグラグラするぜ」

「あたしもだよぉ。全く、無茶はできない年齢だねぇ」

「お二人とも、ありがとうございます。これできっと上手《うま》くいきます」

「殿下とエアノーラ部門長は、いつ頃やって来るんだい？」

「明日の夕方に来店予定です」

「じゃあそれまでに店を綺麗《きれい》にしておかないとねぇ」

よっこいしょ、と言ってサンドラは腰を押さえつつ立ち上がった。

いくら古い店とはいえ、殿下と部門長が来るのだから、それなりに綺麗にしておきたいのだろう。

気持ちはわかるが満身創痍《まんしんそうい》のサンドラを見て、たまらずソラノは声をかけた。

「サンドラさん、その前に腹ごしらえをしましょうよ。せっかくここにこんなに美味しそうな料理が並んでいるわけですし」

「そうさねえ」

サンドラは言われてすぐ、再び椅子に腰を下ろす。

「サンドラさんはどのお料理が好きですか？　私はやっぱり『冬』が好きです」

「そうさねぇ。『冬』は確かに看板メニューだからいいけども、あたしは『春』がいいねえ」

この言葉にバッシとカウマンも同時に「そうだな」と呟《つぶや》いた。

「俺も『春』が好きだ。なんと言っても王都の華やかな様子が表現できている」

「注文してこの料理が出てきたら、喜ばない客はいないだろう。ソラノちゃん、手柄だぜ」

「えへへ」

実際に調理したのはカウマンでありバッシであるが、絶賛されている『春』は特にソラノが考え抜いて提案したメニューである。こうも手放しで褒められると、とても嬉しい。

「じゃ、味わって食べて、それから掃除といこうかね」

「はい！」

ソラノの心は高揚していた。

殿下でも部門長でもドンと来いだ。ソラノ達は、四人でまとめた考えを発表するだけ。

目の前の完成された四つの皿を眺めていると、自信に満《み》ち溢れてくる。これでノーと言われるはずがない。

そして運命の日が、やって来る。

＊＊＊

エアノーラは自身のポケットから懐中時計を取り出し、時刻を見た。

既に夕方に差し掛かっており、ちょうどいい頃合いだ。

本日はカウマン料理店へと行き、改装計画を聞く日。

席を立ったエアノーラは真《ま》っ直《す》ぐ商業部門のフロアを抜ける。カツカツとヒールの音を響かせながら歩いて行くと、巨大な事務フロアの出入り口に見慣れたロベールが立っているのを見つけた。

グレーの品のいい上着を羽織っており、同色の帽子を手の中で弄《もてあそ》んでいる。

「殿下、お待たせいたしました」

「いいや、私も今来た所だよ。……行こうか」

物好きな殿下は、今からこの空港で最も存在感の薄い店へわざわざ足を運び、改装計画をエアノーラと共に聞くという。王族だというのに好奇心の範囲が広い殿下は、なぜか楽しそうな顔でエアノーラの隣を歩いていた。

「あの異世界から来たという娘、随分啖呵《たんか》を切っていたが、わずか一〇日で何を作り上げたのか。見ものだな」

「聞く価値がない内容でしたら、途中で切り上げて即刻退店を促します」

エアノーラは藍色《あいいろ》の髪をかきあげ、キュッと瞳《ひとみ》を吊り上げて言う。

多忙な身であるエアノーラは無駄を嫌う。ダラダラとしょうもない計画を聞かされるのであれば、容赦無く打ち切る予定だった。

二人は階段をのぼり、職員用通路を抜けて第一ターミナルへとやって来た。それからターミナルの端の端、誰にも気づかれずにひっそりと存在している店へと足を進めた。

店の前には先日エアノーラに啖呵を切った張本人が立っていた。

ソラノという名前らしい娘は、前回と異なるモスグリーンのワンピースを身にまとい、腰に白いエプロンをつけている。髪型は一つに束ねた三つ編みに結われており、その落ち着いた装いは今のうらぶれた店には不釣り合いな程に上品な代物で、エアノーラは少しだけ感心する。なるほど、新しい店のコンセプトを体現しているのね。

ソラノは近づいてきた二人に丁寧なお辞儀をし、そして出迎えた。

「いらっしゃいませ、お待ちしておりました」

入店した店は狭く、古びている。清潔にしているものの拭い去れない年季を感じさせ、勧められたカウンター席にロベールと横並びになって腰掛けてみると、椅子の脚のすり減り具合が異なるせいでガタガタした。

眉《まゆ》を顰《ひそ》めて若干の不快感を表すと、ソラノは再び頭を下げて謝罪をしてくる。

「何分店が古いものでして、ご容赦ください。ですが料理は最高のものを提供できます」

「……今日は改装計画を聞きに来たのであって、料理を食べに来たわけではないのだけれど」

エアノーラが反論するとソラノは肯定しつつもこう言った。

「重々承知しています。私達が目指す店づくり……それを理解していただく為《ため》には、料理を見て、味わってもらうことが一番です」

「なるほどな」

それまで黙って推移を見守っていたロベールが顎《あご》の下で手を組み、口を挟んでくる。

「面白そうではないか。百聞は一見にしかず。その料理とやらを出してみたまえ」

「かしこまりました」

ソラノは言い、カウンター奥の厨房《ちゅうぼう》へと身を翻した。厨房では牛人族《ぎゅうじんぞく》のシェフが二人、ギュウギュウになって調理をしている。ソラノは二人から皿を受け取ると、エアノーラ達の前へと出す。

「……！」

目の前に提供された皿を見て、二人は言葉を失った。そして、ここぞとばかりに放たれた言葉。

「王都の春、『花畑のツィギーラのオムレツ』です」

それはもはや、芸術品だった。

皿の真ん中には楕円《だえん》形のオレンジがかったオムレツが載っており、オムレツの周りにはグリーンリーフがぐるりと敷き詰められ、その上に花形に切った温野菜がバランスよく載せられた。ニンジン、カブ、ジャガイモ、ビーツ。

仕上げにオムレツにはトマトソース、温野菜サラダの下にはオレンジドレッシングが添えられていて、それが店の光を反射して艶《つや》やかに輝いている。

驚き言葉を失う二人にソラノは説明を加えていく。

「この花と緑の都の『春』を表現した一品です。これ一つで満足がいくよう、サラダとメインを一皿に載せ、サラダを花畑に見立てて盛り付けをしています。どうぞご賞味ください」

差し出されたカトラリーを手に、戸惑いながらもまずはサラダにフォークを刺した。

芯《しん》を残す程度に茹《ゆ》でられた温野菜は歯ごたえが良く、胡椒《こしょう》やハーブが効いたドレッシングとの相性も抜群だった。花に色を添える植物のように敷き詰められたグリーンリーフもまだ瑞々《みずみず》しくシャキシャキとしている。

フォークからスプーンに持ち替えて、オムレツに取り掛かった。

ふっくらとしたオムレツは中がとろりとしており、崩すと中から湯気が立ち上る。

少し冷ましてから口に運ぶと、ふわっとした食感とツィギーラ特有の濃厚な味が口内を支配した。バターを使いすぎるとしつこくなるツィギーラだが、これは絶妙なバランスを保っていた。シンプル故に作り手の技量が出るオムレツ料理だが、これは文句なしの合格点だ。シェフが女王のレストランでサブチーフをやっていたというのは、どうやら嘘《うそ》ではないらしい。

「お次は、王都の『夏』をご賞味ください」

言われて出てきたのは、世にも鮮やかな断面をしたゼリー寄せ《アスピック》だった。

「上からラディッシュ、セロリ、茹でたエビが入っております」

ナイフで一口大に切り分ける。ゼリー部分はブイヨンの味がして、見た目だけでなくしっかりと美味しく出来上がっている。

隣で同じように味わっているロベールが、アスピックを食べ切ってから感想を口にする。

「オムレツの皿に載っていたサラダもそうだが、このアスピックにも旬の野菜が使われているな」

「はい。旬のものを美味しく、さらに美しい見た目で目にも楽しく、がコンセプトですので。同じメニューでも季節によって使う食材を変えていくつもりです」

「なかなか考えられている」

春、夏と来たら秋だろうとエアノーラが目星をつけていると、予想通りに秋のメニューがサーブされた。

「白身魚のポワレです。きのこのソースを添えてあります」

春、夏に比べて落ち着いた色合いの一品がやってくる。カリッと焼かれた白身魚、皿に描かれるソースの模様。そして散らされていたのはなんと、ハーブと花であった。

「食用花を使っているの？　こんな使い方は見たことがないわ」

花の溢《あふ》れる都なので食用花自体は古くから存在している。しかし体調が思わしくない時や疲れが溜《た》まっている時に飲み物に浮かべて飲むなどの使用方法が主で、こんな風に料理に使われるケースに出会ったのは初めてだった。

「こちらの食用花は、王都の秋によく咲く花だと伺っております。乾燥させ、日持ちするように加工された花が料理を彩る一品として出てきたら素敵かと思い、使用いたしました」

よく考えられている、と言うより他ない。

肝心の料理も、身がふっくらとした白身魚と丁寧に裏漉《うらご》しして作られた滑らかな舌触りのきのこのソースがよくマッチしていて美味だ。

さてここまでは素晴らしい出来栄えだった。最後は一体何が出てくるのだろうと、エアノーラは知らないうちに料理に期待している自分に驚く。

職業柄、王都中に存在する数々の名店を訪れては美食を堪能している自分をこのような気持ちにさせるなど、並大抵のことではない。

隣のロベールをちらりと見ると、彼もまた次なる一皿に期待しているのが丸わかりだった。奥で料理の準備をしている牛人族の背中に、その紫色の瞳が固定されている。

「そして最後に『冬』――特製ビーフシチューをお召し上がり下さい」

深皿に盛り付けられたビーフシチューはごろっとした肉の塊がメインで、じゃがいもや人参《にんじん》が控えめに添えられている。アクセントとなるブロッコリーは別茹でで載せられ、緑が美しい。一筋垂らされた生クリームは冬枯れの季節に健気《けなげ》にも咲き誇るペルス・ネージュのようであった。

「じっくり煮込まれた肉はとても柔らかいので、ぜひスプーンでどうぞ」

勧められるがままにスプーンを手に取り肉の塊に差し込むと、ほろりと崩れた。小さくなった肉は、咀嚼《そしゃく》する必要がないほどに柔らかい。舌で潰《つぶ》すと蕩《とろ》けて肉の味わいが存分に堪能できる。

「このビーフシチューは美味《うま》いな。城で出る料理に匹敵する味だ。この肉は何を使っている？　竜の肉かと思ったが、ビーフと言っている以上は牛肉なのだろう。王都の西、畜産で栄えている街から取り寄せたものか？」

この問いかけに、全《すべ》ての料理を出し切ってカウンター内で固唾《かたず》を飲んで見守っている牛人族三人がニヤリと笑った。「してやったり」とでも言いたげな顔にエアノーラもロベールも面食らう。狭いカウンター内でひしめき合う牛人族三人の、揃《そろ》いも揃って浮かべた笑みは、まるで示し合わせたかの様だった。そしてロベールの問いかけには、目の前でずっと給仕をしていたソラノが答えた。

「殿下、竜の肉でも取り寄せたものでもありません。こちらのビーフシチューには、王都近郊に出没する魔物……暴走牛《ぼうそうぎゅう》を使っております」

「何……？」

「何ですって……？」

エアノーラとロベールは、本日数度目の驚愕《きょうがく》に目を見開いた。

「エアノーラ。暴走牛とはかくも美味な食材なのか？」

「いいえ、お世辞にも美味《おい》しいと言えるような代物ではありません」

「しかしこのビーフシチューは至高の味だぞ。どこの店でも、城の総料理長にも出せない美味さを有している」

「下処理の問題かしら。臭みもパサつきも完全に消えているわ」

「ちなみに殿下が以前お買い上げくださった、ローストビーフサンドも暴走牛を使用しています」

「なんと」

エアノーラとロベールは半ば畏怖《いふ》の念で店の面々を見つめた。

これまで、食事といえば素材を重視したものがほとんどであった。それは誘致しようと考えていた女王のレストランにしてもそうだ。最高級の食材を、こだわりの調理法で、かつ味付けはごくシンプルに、素材の味を堪能できるように。

しかし今回出された四皿は、いずれもその概念を覆す威力を備えていた。

ソラノはビーフシチューを見つめて呆然《ぼうぜん》とする二人に向かって堂々と言う。

「ここは世界に名だたるエア・グランドゥール。遠い異国から帰ってきた人に中心街まで行かなくても王都に帰ってきたと感じさせるような、これから異国へと旅立つ人に故郷を思い起こすひと時を過ごさせるような。王都へ旅行に来た人にとっても思い出に残る味にして、旅立ちに華を添える。私達はそんな店づくりを目指します」

静かだけれど熱意のこもった声に、エアノーラは耳を傾ける。

「富裕層の方達はお店の予約を取っているか、船内での食事を楽しみにしている方が多いでしょうから、アラカルトとグラスワインをメニューの主軸に置いています。

今お出しした料理は、メニューのほんの一部にすぎません。スープ、肉料理、魚料理、デザートに至るまで私達は一貫して美しい見た目、そして見た目に劣らない美味しい味のものを提供します。

一品頼めばほかの品も見てみたくなる。そして店を誰かに自慢し、聞いた人も来てみたくなる――私達はこの場所に、そんな店を作り上げます」

ソラノのセリフが静かな店内に響き渡った。

エアノーラは目を閉じ、ソラノの言葉と出てきた料理とを思い返す。

ロベールは何も言わない。判断を商業部門長たる自分に任せているのだ。

やがて三〇秒が過ぎ、一分が過ぎた。

店にいる五人の注目を一身に浴びているエアノーラは、ややあってから目を開く。

「良いじゃないの。とてもよく出来ているわ」

何より食事の途中から、この自分に本気で「次の料理を見てみたい」と思わせた。もうその時点で負けは決まっていたのだと、エアノーラは思った。

「本当ですか……！」

「二言はないと言ったでしょう。いいわ、改装して店を続けなさい。退店勧告は取り消しよ」

エアノーラの言葉にカウンター内は歓喜に沸いた。「やった！」と拳《こぶし》を振り上げ、大柄な牛人族三人と小柄なソラノは肩を組んでぐるぐると回り出す。あまりに子供じみた喜び方に笑いそうになってしまう。彼らの全力の取り組みに、エアノーラは手放しの賞賛を送っていた。

「店の存続が無事に決まって何よりだ。私にとってもここは行きつけの店になるだろうな」

「え、で、殿下のですか……？」

「何を驚いている。そうだ、そなた名は何と申すのだ」

「私はカウマンと申します。隣にいるのは妻のサンドラ、そして倅《せがれ》のバッシ」

「そうか。ではカウマン。私は美味いものに目がない。常日頃から美食を堪能している私の舌を唸《うな》らせた腕前は賞賛に値するぞ。その私が命じよう」

何を言い出すのか、全員が今度はロベールの次の言葉を待った。

ロベールは極めて真面目《まじめ》な顔で、空いたビーフシチューの皿を持ち上げ、カウンター内へと差し出した。

「このビーフシチュー、おかわりを所望する」

都合四皿もの料理をぺろりと平らげたはずのロベールは、なおもビーフシチューを食べようと二杯目を要求した。

「エアノーラ、そなたもどうだ」

「遠慮いたします」

「そうか。いつも思うのだが、そなたは食が細いな」

殿下がよくお食べになるのですとは言えず、エアノーラはワインだけをカウマンに注文した。

＊＊＊

「ソラノちゃん、お疲れ様。今日はもう帰っていいよ」

「はい」

エアノーラとロベールが店を出た後、サンドラに言われてソラノはお先に失礼することにした。

勝利をもぎ取った本日、ソラノの心は落ち着きとは程遠い場所にいた。

油断しているとニヤニヤ笑いが抑えきれない。不審人物だと思われないように両手で口元を押さえ、身をかがめて飛行船の座席へ深く腰掛ける。

とにかく、落ち着こう。自分はやりきったのだ。

そうは考えつつも、思い出すたびに喜びが込み上げてくる。

テンションの上がりきっているソラノはとてもではないが平常心とはかけ離れた状態にあり、こんな精神状態で家に帰っても、家の中を一人ぐるぐると歩き回ってしまう自信があった。誰《だれ》も見ていないから構わないが、明らかに変な奴《やつ》だ。

店で散々皆と喜びを分かち合ってきたが、できるならもう少し余韻に浸りたい。

そんな風に船の隅で一人、笑ったり唇を尖《とが》らせて悩んだりと百面相をしている不審者一歩手前のソラノに、声をかけてくる人物が一人。

「隣、空いてる？」

慌てて表情を取り繕い、「あ、はい」と言って見上げたら、とてもよく見知った人物だった。

「デルイさん」

「お疲れ様。店に様子を見に行ったら、帰ったって言われて。見つけたから追いかけてみた」

そう言うと、彼はソラノの隣に座って来た。先日ディナーに誘い、見事に断られたことなどまるでなかったかのような振る舞いだ。あの時のことを詫《わ》びた方がいいのだろうか、蒸し返すのも良くないのか、そんな風に迷っているとデルイの方から会話を仕掛けてくる。

「気分はどう？」

「そうですね……」

本日エアノーラとロベールがやって来たこと、そして結果も知っていての質問だろう。素直な気持ちを口にしてみた。

「めちゃ嬉《うれ》しいです」

「そっか。よかったね。そわそわしているみたいだけど、まだ落ち着かないのかな」

「バレていましたか」

「見てれば、まあ。ソラノちゃんわかりやすいから」

ということは、他の乗船客にも変に思われていたかもしれない。感情を隠せない性格を少し恥じたソラノは、ごまかすように三つ編みの先の白いリボンをいじって、意味もなく結び直してみる。

デルイはそんなソラノの横顔をじっと見つめ、言った。

「落ち着くまで、俺でよければ一緒にいようか？」

「いいんですか？」

「勿論《もちろん》」

快諾するデルイにソラノは感謝した。今はまだ誰かと一緒にいたい気分だったし、それが知り合いのデルイであるなら尚更《なおさら》嬉しい。

「さて、どこに行こうか」

「じゃあ、静かで、開放感があって、落ち着ける場所がいいです」

気持ちの昂《たかぶ》りを鎮めるためには、賑《にぎ》やかな場所は避けたい。とにかく一度落ち着いた方がいいとソラノの本能が告げていた。そうでないと、今夜はきっと眠れない。

人差し指を立てたデルイは「うってつけの場所があるよ」と言った。

＊＊＊

「外ですね」

二度目の王都郊外だ。こんなに気軽に来ていい場所じゃない筈《はず》なのに、なぜかデルイは近所の公園にでも行くノリで、ソラノをこの低ランクの魔物が跋扈《ばっこ》する場所へと誘ってくる。

「ここなら人も少ないし、落ち着くには絶好の場所だろう」

とデルイは言った。確かに街中よりも断然、人気《ひとけ》は少ないし開放感もあるが、ソラノは首を傾《かし》げる。

「デルイさん、この場所よく来るんですか？」

「一人になりたい時に時々。……俺は割と目立つから、都の中だとたまに落ち着かなくなるんだ」

なるほど、デルイは目立つ。中央エリアでもキャアキャア言われていたし、息抜きするには外まで出ないといけないのかもしれない、とソラノは思った。容姿が良すぎるのも考えものだ。

ソラノは立ったまま胸いっぱいに空気を吸い込んだ。

吹く風に冬の厳しさは薄れつつあり、草原の雪は減っていた。所々に蕾《つぼみ》があり、もうすぐ花が咲きそうだ。ずっと空港内にいると季節感がわかりにくいが、外に出てみると春の訪れが感じられる。

デルイは何をしているのだろうと目を向けると、草むらにしゃがみ込んで野草を一つ、摘み取っていた。

「見てソラノちゃん。ローズマリー」

デルイが掲げているのは、細長い葉っぱがびっしりと生えているハーブの一種だ。

「こっちにあるのはフェンネル、ローリエも生えてる」

「詳しいんですね」

「まあね。野営する上で、食用になる植物を知っておくのは大切なことだから」

そう言えば以前、実践訓練で野営が多かったと話していた。あの時は冗談まじりに暴走牛を捌《さば》けると言っていたが、どうやら完全な冗談でもなかったようだ。

「まあ今日は、そんな野草の見分け方を教えに来たわけじゃないんだけど。エアノーラさんと殿下から勝利をもぎ取ったソラノちゃんに、おめでとうを言いに来たわけだ」

「ありがとうございます」

祝いの言葉を受け取ってソラノは素直に礼を言った。

「デルイさんのおかげでもあります。殿下の前で助けてくれて、テーブルマナーも教えてくれて。ルドルフさんもアーニャもバッシさんもカウマンさん達も。私一人だと何もできませんでした。皆で掴《つか》んだ勝利です」

　ソラノの思いに賛同して皆が協力してくれたからこそ、エアノーラとロベールの気持ちを動かすことができたのだとソラノは考えている。あの場に立って相手をしたのはソラノだが、それにはカウマンとバッシが作る料理が必要不可欠だった。決してソラノ一人で手に入れた勝利ではない。

　うん、と一つデルイが頷《うなず》いて、それから会話が途切れた。なんとなくその場に二人で腰を下ろす。沈黙が支配していてもそれが気まずいわけではない。ソラノの心が落ち着くのを待ってくれているのがわかった。二人並んで草原に座っていると、段々と気持ちが凪《な》いでいくのを感じた。

　遠くに見える冒険者をなんとなく見つめていると、デルイが会話を切り出した。

「ところで、ソラノちゃんにずっと聞きたいことがあったんだ」

「聞きたいこと？」

「そうそう。ソラノちゃんはさ、どうしてそんなに必死になってカウマンさんの店を助けようとするの？」

「そ、れは……」

　思ってもいなかった問いかけに、思わず口籠《くちごも》った。

「言いたくないなら言わなくてもいいんだけど、気になってたんだ。……ほかにこの世界で生きる手段はごまんとあるはずなのに、どうしてあの店にこだわり続けたんだろうって」

　ソラノはしばし迷い、膝《ひざ》を引き寄せ抱えた。

　思い出すのは、懐かしい場所だ。誰かに話したことはなかったし、これから先も話す予定はなかった。カウマン達に聞かせるつもりも無い。

けど、こうして色々と手伝ってくれたデルイが聞きたいというのなら、話しても良いかもしれない。

ソラノは口を開いてゆっくりと語り出す。

「私には兄がいて、兄は、近所の喫茶店で働いていたんです」

空乃《そらの》の両親は共働きで、いつも家におらず、空乃にあまり構ってくれなかった。

そんな両親に代わって空乃を育ててくれていたのは一〇歳年上の兄、大地《だいち》である。

面倒見のいい兄は空乃を可愛《かわい》がってくれ、世話を焼き、空乃は誰よりも兄のことが好きだった。

空乃が七歳の時に大地は近所の喫茶店でバイトを始めた。そこは空乃の足でも歩いて一〇分くらいの場所にあり、駅前から少し外れた場所にあったけれども常連が足繁《あししげ》く通う、地元に愛される店だった。

空乃は学校が終わった後、家に帰らず、兄のいる喫茶店に向かうのが日課となっていた。

とある休みの日に空乃はおやつを食べに行こうと思い立ち、お年玉の残りをかき集めて鞄《かばん》に入れ、家を出た。そうして喫茶店へと走って行く。

カランカラン、と乾いた音が鳴って扉が開く。

古びた木の扉を開けるとコーヒーの香りが鼻腔《びこう》いっぱいに広がる。カウンター奥には喫茶店の店主であるおじさんが立っていて、店内で皿を下げている兄と目が合った。

「おや、空乃ちゃん、いらっしゃい」

「空乃」

「今日はお小遣い持って来たよ」

兄に何か言われる前に鞄の中から財布を取り出すと、兄は頭をポンと撫《な》でてくれた。

「俺が出すから、空乃はそんなこと気にしなくていいんだよ」

「でも……」

「いいから。何が食べたい？」

「……パフェ」

「わかった。作って来るから、待ってな」

うん、と頷いて空乃はいつもの席に座った。目の前ではおじさんが、丸いガラスが二つ縦に重なったような不思議な機械を使ってコーヒーを淹《い》れていた。空乃は首を傾げて問いかける。

「おじさん、それ何？」

「これは、サイフォンという名前のコーヒーを淹れる道具だよ」

「ふぅん、面白い形してるね」

「インテリアとして置いておくだけでも、様になるだろう？　起源については諸説あるが、この形を作ったのはフランスのヴァシュー夫人という人らしい」

「フランス」

言って空乃は、壁にかかっている一枚の写真を見た。モノクロのその写真は、統一感のある美しい建造物が建ち並んだ街並みの一角を映し出していた。空乃の視線の先を辿《たど》ったおじさんは、ああ、と声を出す。

「この写真の街はフランスの首都パリだよ。おじさんが若い時旅行して撮った写真なんだ」

「お待たせ、パフェだよ」

ちょうどタイミングよく兄が差し出してきたパフェを見て、おじさんは更に言葉を続ける。

「パフェが最初に作られたのもフランスだ。美しい都で、食べ物もこだわった見た目のものが多くて、見ているだけで心が弾むんだ」

「へえ」

空乃の興味はもう半分以上、兄の持ってきたパフェに移っている。細長いスプーンで生クリームをすくって食べると、幸せな味がした。

「空乃ちゃんもいつか行ってみるといい。日本とは全く違うから、きっと驚くよ」

サイフォンで淹れたコーヒーをカップに注《つ》ぎながらおじさんは言う。

スプーンを夢中で進めながら、空乃はいいことを思いついた。

「じゃあ、このお店で働いて、それで貯《た》まったお金でフランスに行くね」

「空乃ちゃんが大きくなるまでかぁ。あと一〇年は先の話だな。それまでおじさんも頑張らないとな」

「うん」

「フランスだけじゃない。世界は広いんだ。空乃ちゃんが見たことも聞いたこともないようなものがたくさん待っている。色々な場所で色々なものを見るといいよ。それで、帰ってきたらおじさんに聞かせてくれ」

「うん！」

一〇年後も二〇年後も、変わらず店が存在し続けてくれると空乃は信じ切っていた。

けれども、現実は甘くなかった。

店を支えてくれていた常連さん達は高齢で、体を悪くして入院したり引っ越したり、あるいは施設に入ったりと徐々にその数を減らしていった。そして駅前が再開発され、人の流れが変わる。いつも来てくれていた人は来なくなり、新しい人も来てくれず。

空乃が一一歳になる時だ。急速に変わっていく時代の波に乗れなかった喫茶店は、ひっそりと幕を閉じた。

閉められたシャッターの前で、兄と二人で立ち尽くしていた。シャッターに貼ってあるのは「閉店します」という文字で、「長らくご愛顧いただきありがとうございました」と短い感謝の言葉が綴《つづ》られている。

「……閉店……」

「仕方ないよ、空乃」

兄の言葉には諦《あきら》めが滲《にじ》んでいて、空乃の胸を抉《えぐ》る。

仕方ないってなんだろう。一体何が悪かったのだろう。

まだ小学生の空乃は、ただただ世の中の理不尽に憤ることしかできない。

空乃が中学生になる時には兄は就職していて、両親同様帰りが遅くなった。それから程なく結婚してしまい、もう完全に空乃の側《そば》から離れてしまった。兄が幸せになるのは嬉しいけど、残された身としては寂しいのも事実だ。

がらんとした家で一人ぼっちで食事をしていると、時折ふと思い出す。

あの喫茶店で過ごす優しかった時間。

店主の優しいおじさんはどこで何をしているのだろうか。

出されたパフェの味は多分、一生忘れられない。


「カウマンさん達は、最初にこの世界に迷い込んだ私にビーフシチューをご馳走《ちそう》してくれて……それで喫茶店のおじさんを思い出したんです」

どこの世界にも優しい人は存在して、そういう人が報われて欲しいとソラノは切実に願っていた。私の理想とする店で、私の理想とする人達と。

一緒に働きたいと願う心は今も変わらず胸の中に残っていて、だからソラノはカウマン達を放っておけなかった。カウマン達が最初にソラノを放っておかなかったのと同様だ。

デルイはソラノの話を黙って聞いてくれた。


「頑張ったね」

「はい」

「店が新しくなったら、俺、通うよ」

「ありがとうございます」

「それから、あのドレス」

すっと目を細めたデルイは、先ほどまでの気安い雰囲気を引っ込める。

「よく似合ってたよ。次は俺と、あれを着て食事に行こうよ」

「う……」

仕事じゃないならいいだろう?　と言外に伝えられている気がしてならない。

あれを着るとなると、それなりの店へ行くことになる。肩肘張《かたひじは》るし、結構緊張するんだよなぁ、と逡巡《しゅんじゅん》したソラノは目を泳がせ、「はい」とも「いいえ」ともつかない言葉を紡ぐ。

するとデルイは「ふっ」と笑い、いつもの態度へと戻った。

「いいよ。ソラノちゃんの気が向いたらで」

この言葉にソラノはゆっくり頷いた。

「ん、今はその返事をもらえただけで満足としよう」

デルイは言うと、立ち上がる。ソラノもつられて立ち上がった。

郊外の草原は緑が濃くなっていた。

もうじき、春が訪れる。

＊＊＊

勝利の余韻が抜けきらない翌日、店内でソラノとカウマン夫妻、バッシの四人で話し合いが行われた。

いよいよ改装となる訳なのだが、どの業者に頼めばいいやら四人には見当がつかなかった。王都には名うての職人がたくさんいるけれど、そうした人々は人気があるために忙しかったり、連絡手段が限られていたりする。

カウマンが苦心しながら案をひねり出した。

「あれはどうだ、ウチの近所の爺《じい》さん。大工仕事が得意だぞ」

「アンタ、家の修繕じゃないんだからダメでしょうよ」

「ダメか。前に我が家の扉が壊れた時に直してくれたんだが」

するとサンドラはその時のことを思い出したのか、苦い顔をした。

「もう二〇年くらい前の話さね。おまけにあの時直したはいいけど、蝶番《ちょうつがい》が歪《ゆが》んでいて何度か開け閉めしたらあっという間にまた扉が外れたの、忘れたのかい？」

カウマンは頭を抱えて呻《うめ》いた。

「ダメか……！　おいバッシ、お前何かアテはないのか」

「女王のレストランの料理長に聞けば、何人か教えてもらえるかもしれないが、あの人自身が忙しいからな」

「辞めてすぐにそんな相談するのも、相手の心証が良くないかもしれないしねぇ」

サンドラの言葉に全員が同意する。しかし現状、ほかに打つ手がなかった。

話し合いがどん詰まりに陥った時、エアノーラが店へとやって来た。一体何事か、昨日《きのう》の出来事は夢幻で、やっぱり出ていけと言われるのかと全員が身構えたのだが、そうではなかった。

「失礼するわよ」

「改装工事をするなら、ここに記載されている職人がおすすめよ」

言ってエアノーラはカウマン料理店のカウンターに数枚の書類を置く。そこには施工や建物のデザインなどを得意とする職人達が記されていた。

呆気《あっけ》に取られたソラノが書類から目を上げてエアノーラに問いかける。

「これって……」

「どうせやるなら、一流の技術者に頼みなさい。何せこのエア・グランドゥールに店を構えているんだから」

片眉《まゆ》を吊《つ》り上《あ》げて言うエアノーラの表情からは、険が取れている。認めてもらえたのだという実感が再びヒシヒシと湧《わ》き上がった。

「もし依頼するなら話は通してあげるわ。言っておくけど彼ら、年中多忙で普通に問い合わせたって断られるのが関の山よ」

つい今しがたどこに頼めばいいのかわからずに途方に暮れていた四人は、エアノーラの提案にすぐさま飛びついた。

エアノーラの言っていた職人達はすぐにやって来た。

大工はドワーフ、デザイナーはエルフ。一流だとエアノーラは言っていたが、確かにそうなのだろう。洗練された佇《たたず》まいの彼らとボロボロの店内に集まって具体的な店の構想を相談する。

王都を再現するのはあくまで料理。だから店構えは落ち着いたダークブラウンを基調に、梁《はり》や柱にアクセントとなるよう緑を使う。店の前面はガラス張りにして空間に開放感を持たせる。店の前の空いたスペースまで店を拡張して、客席を今より増やす。

デザインの大まかな要望を伝えると、エルフのデザイナーはその場でスケッチブックに素早くデザインを描いて行く。

「こんな感じでいかがでしょうか」

「いいな」

「いいねえ」

カウマンとサンドラがそのラフデザインを見て喜びの声をあげた。イメージ通りのデザインが描き上がっている。

「この店の大きさだと、カウンターが一四席に四人掛けのテーブルが八つくらいが限界ですね。せっかくなので店のデザインに合わせて一からこちらで仕立てますよ」

「色はダークブラウンで統一かな」

「カウンターのハイチェアはどんなものにしようか」

「私はグラグラしなければいいです」

「それから天井、照明はランタン風の吊り下げ照明で間接的に照らしましょう。暗すぎず明るすぎず。ポイントで使う色合いはモスグリーンで」

デザイナーの手により次々に形になるイメージを、同行しているドワーフの大工が構造的な話をしてできる、できないを判断して行く。実にスムーズな話し合いだった。

「カウンター上の壁面は全面黒板にしてメニューを書き出そう」

「店名は？　どこに出そうか」

「外観にデザイン重視のオーニングをつけて、そこに店名を入れるのはいかがですか？」

外観のデザインにエルフデザイナーが描き加える。それはガラス張りに木の格子が入った外観の上部分、カフェなどでよく見かけるおしゃれな庇《ひさし》だった。グリーンの庇の垂れている左側部分に、金色の文字で「サンプル」と書かれていた。

「そういえば店名どうするよ」

カウマンが腕を組み、三人に尋ねる。

「この外観でカウマン料理店じゃちょっとなあ。バッシがいずれ継ぐことを考えても、あんま見合った名前じゃねえ」

「王都の玄関口って意味の言葉はどうでしょう。えっと、確か……ヴェスティビュール」

ソラノが提案した。ここは空港、しかも第一ターミナルは王都と世界とをつなぐ玄関口だ。店のコンセプトとも合っている。

「おしゃれな感じがしていいねえ」

サンドラも賛同して、口の中でその発音を転がしてみる。

「ビストロ　ヴェスティビュール。うんうん、いいじゃないか」

「ソラノちゃんナイスだな」

「じゃ、そんな感じで決まりだな」

あっさりと同意を得て決まった新しい店名は「ビストロ　ヴェスティビュール」。

何度か打ち合わせをし、イメージが固まったところで着工し、二〇日ほどの改装期間を経て出来上がり、そしてビストロ　ヴェスティビュールは開店した。

【十品目】懐かしのステックアッシェ

「というわけでして」

長い話を語って聞かせたソラノだったが、猫人族《びょうじんぞく》のお客様は腕を組んでうむと感心したように唸《うな》っていた。

「ニャるほど。店に歴史あり。面白い話を聞けたニャ」

「話を聞いていたら、ビーフシチューをもう一杯食べたくなってきた。おかわりをくれないか。赤ワインも一緒に」

「かしこまりました」

ロベールのために赤ワインとビーフシチューの注文を通すと、店の扉から人が入ってくるのが見えた。見慣れたピンク色の髪を持つ男と、後ろからは薄い緑髪の男。

「いらっしゃいませ、デルイさん、ルドルフさん。お仕事お疲れ様です」

この二人は今となってはロベールに負けずとも劣らない店の常連客だ。二人は真っ直《ます》ぐ店を横切って、ガラス張りになっている前面から見えにくい、一番隅の席に落ち着いた。この二席は指定席のようなものだった。デルイもルドルフも容姿が目立つから、なるべく姿が外から見えないような席に座りたがる。そうでないと落ち着いて食事が出来なかった。

バゲットサンドを店の前で売っていた時は二人が来ると女性客が釣れるので、出来るだけ人目のある位置にいて欲しかったが、店が軌道に乗った今となってはゆっくり食事を楽しんで欲しいとソラノも思っている。

「ソラノちゃんの顔を見ると、今日の仕事の疲れも吹っ飛ぶよ」

カウンター席からこちらに笑いかけてくるデルイは、本日も好調に軽口を飛ばす。一方のルドルフはロベールを見て少し顔を曇らせた。

「殿下はまたこちらにいらっしゃったのですね。護衛の騎士が姿を探しておりましたよ」

「いい加減《かげん》あやつらも、私がここに居ると学習すれば良いものを」

「殿下がわざと色々な場所へ顔を出して、足跡《たど》を辿りにくくしているせいでしょう」

言われたロベールは「そうかもしれないな」と肩をすくめてとぼけた。

「お二人とも、今日は何をご注文しますか？」

「肉料理で、あとはお任せするよ」

「僕は魚料理で」

「かしこまりました」

言ってソラノは何にしようかな、と本日のメニューを思い起こす。

デルイはロベールと違い、定番のメニューが存在しない。「お任せ」と言われ、承ったソラノが何を出すのか考える。今のところ何を出しても「美味《おい》しい」と言われるので、好き嫌いは無いようだった。ただ注文は肉料理に偏っている。

反対にルドルフは魚料理ばかりを注文しており、ハードな仕事の割に食が細い。ロベールに「もっと食べろ」と勝手に追加で注文をされて、山のような皿を前に困っている場面に出くわした時もあった。

「店員さん、コチラにも赤ワインのおかわりだニャ」

猫人族のお客にワインを注《つ》ぎ、流しで空いた皿を洗っていたその時。店の前で荒々しい声がした。

「見つけたぜ、そこのピンク髪の男‼」

＊＊＊

「よし、よし。旅立ちだな」

ダミアンは肩に皮袋を引っ掛け、上機嫌に鼻歌を歌う。

Aランク冒険者であるダミアンは、一人で行動することを好む。群れた所で互いの足を引っ張り合うだけだし、強力な魔物と相対し死と隣り合わせの状況で仲間を気にしている余裕はない。

ダミアンは剣士だが、回復魔法も使える。回復魔法は本人の資質によるところが大きい。回復師《ヒーラー》をパーティに入れるか入れないかで生存率が大きく変わってくるので、徒党を組むタイプの冒険者間では人気の高い職種だった。

そんな回復魔法を使えるダミアンであるが、本職は剣士である。世界中を飛び回り前人未到の地を踏破するダミアンの功績は冒険者ギルドの中でも重視されており、大体数年おきに王都に帰ってきてはギルドに異国の地に関する報告をするのが常となっていた。

今回も同様だ。報告したのちに王都で少しのんびりしたので、また別の地へと旅に出る。

エア・グランドゥールから旅に出るのも慣れたもので、一番安い三等船客室での旅も森林や岩山で野営するのに比べれば天国のように快適だ。

次に行くのは孤島の予定だった。飛行船を降り、最寄りの港から今度は海を渡る。魔物が跋扈《ばっこ》する地は無法地帯で、いかなダミアンであっても一筋縄ではいかない。

「さて、船に乗る前に腹ごしらえするか」

どこにするかは考えるまでもない。「青天《せいてん》の霹靂亭《へきれきてい》」で決まりだ。この店は本店が冒険者ギルド本部の目の前にあり、若手からベテランまで冒険者であれば誰《だれ》もが一度は訪れたい有名店だった。

ギルドと密接に関わっているこの店には、冒険者が方々で狩ってきた良い食材が卸されている。豪快に炙《あぶ》った希少な肉の塊や高価なエールを出す青天の霹靂亭はダミアンのお気に入りだ。普通の酒場よりも良いものが食べられる。

前回エア・グランドゥールに来た時、酔っ払ったダミアンは店の物品を破壊し、他の客に絡んだ挙句に空港護衛の騎士に捕縛されるという醜態を晒《さら》しているが、酔って喧嘩《けんか》をするのは冒険者にとって日常のようなものである。店主も懐の深い人物なので、いちいち過去の所業に目くじらを立てたりしない。

そこまで考えたダミアンの脳裏に、最後に青天の霹靂亭に行った時の記憶までもが蘇《よみがえ》ってしまった。

すました顔の空港護衛騎士の挑発に乗り、一発でノックアウトされたダミアン。

騎士はそのお綺麗《きれい》な顔と細っこい体に反し、想像以上の敏捷《びんしょう》性と力を有していた。振りかぶったダミアンの燃え盛る剣に全く怯《ひる》むことなく突っ込んできた騎士は、一瞬で体勢を低くしてダミアンの視界から消えた。そして次の瞬間にはダミアンの懐深くに入り込み、腹部にあてがった左手から魔法を繰り出した。

全身を駆け抜ける衝撃は、雷の魔法。

深傷を負わせることなく気絶するだけにとどめた魔法の威力調整は精密で、意識を取り戻した後、ダミアンは騎士が恐ろしく戦い慣れていることを痛感した。

「なんだってあんな若ぇ手練《てだ》れがこの空港にいんだよ、クソッ」

エア・グランドゥールにいる空港護衛騎士は、新人で配属される騎士かベテランの中年騎士が主で、腕の立つ若者は魔物討伐部隊に配属される場合が多い。

だからダミアンは歳《とし》若いデルイを見て油断し、そして見事に返り討ちにあった。

腹の虫が治まらないダミアンはその後、礼をしようとわざわざエア・グランドゥールに来たものの、目覚めた時に応対していた緑髪の騎士に追い返されてしまっていた。

腹の立つことこの上ない。

やられっぱなしで旅に出るのは奥歯に物が挟まっているようなキレの悪さがあるので、一発あのすまし顔を殴ってやりたいと考えつつ、第一ターミナルを歩く。

と、ダミアンの視界に一軒の店が入った。

「……ん？　こんな店あったかぁ？」

ダークブラウンと、深い緑。落ち着いた色合いの店の前で足を止めると、ダミアンは目を見開いた。

ガラス張りの店内の隅に、あのいけ好かない男がいた。

隠れるように座っているので見えづらいが、特徴的な髪の色とジャラジャラついているピアスは間違いない。

ダミアンは考えるより先に足を動かし、店にずかずかと入る。そして大声を出した。

「見つけたぜ、そこのピンク髪の男‼」

店の中がしんと静まり返った。ダミアンは構うことなくソーセージのように太い指を男に突きつけると、唾を飛ばしながら叫ぶ。

「テメェを探してたんだ。よくも恥かかせてくれたな」

「君は……Aランク冒険者のダミアン・ロペス」

男は首を少しこちらに巡らせると、カウンターに肘《ひじ》をついてダミアンを冷静に見つめた。長い足を組み、動いた拍子に襟足まで伸びた髪が揺れている。仕草の一つ一つがいちいち様になり、それがさらにダミアンをイラつかせた。何を格好つけてやがる、と歯《は》噛《が》みをする。

「おう、あん時の礼をしたくてなぁ。旅立つ前に会えてよかったぜ」

両拳を握り合わせてバキバキと関節を鳴らしても、男は一切の動揺を見せなかった。ただただ憎たらしい程余裕の笑みを浮かべ、左手の人差し指を振って扉を指し示す。

「店に迷惑をかけるのはダメだって、この間言っただろう。俺とやりたきゃ外で相手してあげるよ」

「デルイ」

隣の緑髪の男がたしなめるような声を出すも、ピンク髪の男はどこ吹く風のようだ。

「すぐ終わらせるから、何も問題ない」

「上等じゃねえか、ナメやがって」

ビシリと青筋を立てつつ、歯の隙間《すきま》からドスの利いた声を漏らす。表へ出ろや！　と言おうとしたが、その前に突如第三者の声が割って入ってきた。

「お待たせいたしました――ステックアッシェです！」

声の主は、小柄な娘だった。モスグリーンのワンピースの上に白いエプロンをつけ、両手に料理を掲げている。店の給仕係だろう。何の力も持っていなそうな娘は果敢にもダミアンとピンク髪の男の間に立ち、邪気の無い笑顔を浮かべてこう言った。

「どうでしょうか、この見事な焼き加減。暴走牛《ぼうそうぎゅう》を粗挽《あらび》きにして、よく練り上げてからカリッと焼いた当店自慢の一品ですよ。赤ワインのソースとマスタードを添えてありますので、お好みでご利用ください」

娘はピンク髪の男の前に料理を差し出すと、ダミアンを真っ直ぐ見上げる。大きな黒い瞳《ひとみ》には若干の怯《おび》えが見えるものの、丁寧に、意志の強さを感じる口調で問いかけてきた。

「お客さまは、お一人様でしょうか。カウンターのお席が空いておりますが、いかがですか？」

「え……いや俺は」

客じゃねえ、と言いかけて言葉を奥に引っ込めた。

緊迫していた空気は、娘の声とステックアッシェの匂《にお》いによって和らげられつつあった。

チラリと先ほどのステックアッシエを盗み見る。平たく丸いステックアッシェからは湯気がもうもうと立ち込めており、ダミアンの鼻腔《びこう》を肉の焼ける香りがくすぐった。

ステックアッシェ。

懐かしい料理の登場にダミアンの意識が一瞬男から逸《そ》れた。

その隙を逃さず、娘は「ではお席にどうぞ」と言ってダミアンを華麗に誘導した。気がついたらダミアンは席についていた。

「ご注文はいかがいたしますか?」

「……ステックアッシェ」

「焼き加減のご希望はございますか?」

「ビアンロゼ」

「かしこまりました」

自分は一体何をやっているんだ。

オレンジ色の柔らかい光が投げかけられる店内は洒落《しゃれ》ていて、粗暴な自分にはどう考えても不釣り合いな空間だ。落ち着かない気持ちで料理を待っていると、やがてダミアンの前に皿が置かれる。

「お待たせいたしました、ステックアッシェです」

丸く形成されたステックアッシェは、表面の所々に焦げがついていて、いい塩梅《あんばい》に焼かれている。

店が自分に不釣り合いであるとか、あの男を殴ってやるために入って来たのだとか、そうした雑念が全《すべ》て吹っ飛んでいた。

洒落たステックアッシェを豪快にナイフでざっくり切り分けると、自慢の大きな口へ放り込んだ。

肉一〇〇パーセントで出来上がっているステックアッシェの味は非常に肉々しい。粗挽きにされたミンチ肉なのでステーキとは異なる柔らかな噛《か》みごたえがある。

ビアンロゼは、切った時に中がまだピンク色の状態で焼き上げる方法だ。

表面はカリッと、中はふんわりと。

繊細な焼き加減のステックアッシェを食べていると、ダミアンの心に懐かしい光景が広がった。

――まだ冒険者になる前、故郷で家族と共にした食事。

グランドゥール王国でも辺境に位置する村に住んでいたダミアンの家は、お世辞にも裕福とは言えなかった。貧しいダミアンの家では肉が食卓に上ることは滅多になく、ステックアッシェは年に一度のご馳走《ちそう》だった。あっという間に平らげてしまい、空の皿を見つめるダミアン。

顔を上げるとダミアンは、家族に宣言した。

「俺、冒険者になって、毎日肉が食える生活をする」

村で細々農民をやるなんて性に合わない。ダミアンは村を飛び出して王都に行き、冒険者になった。才能に恵まれていたダミアンはトントン拍子にランクを上げ、気がつけば王都でも上から数えた方が早いAランク冒険者となっていた。

肉でも酒でも食い放題の飲み放題だ。

故郷のことなど忘れ去っていたダミアンの胸に去来する懐かしの記憶。

昔食べていたステックアッシェはもっと素朴で、こんな小洒落《こじゃれ》たソースなどかかっていなかったが。

酒場では骨つき肉や塊肉などもっとボリュームのあるメニューしか無いから、久しく食べていなかった。存在すらも忘れていた。

ぺろりと平らげたステックアッシェの皿をじっと見つめ物思いに耽《ふけ》っていると、先ほどの給仕係の娘がそっと話しかけてくる。

「あの……おかわりお持ちしましょうか。それとも、お酒でも……？」

「いや、いい。大丈夫だ、ご馳走さん」

話しかけられ我に返ったダミアンは、短く断りの文句を入れた。

せっかく思い出を振り返っていたのに、ここで酒を入れたら台無しである。ダミアンは一杯飲むと止まらなくなる性質だった。

店の奥ではピンク髪の男がダミアン同様ステックアッシェを味わっている。

あんなに腹を立てていたのが嘘《うそ》のように、ダミアンの気持ちは凪《な》いでいた。

もういい、やめよう。

このまま いい気分で店を後にしよう。

「ご馳走さん」

代金をテーブルに置いて立ち上がると、娘は「ありがとうございます」の言葉と共にこんなことを口にした。

「もしこれから旅立ちでしたら、バゲットサンドをお土産にいかがでしょうか。船内での一食にピッタリですよ」

そういえば冒険者の間でバゲットサンドを出す店があると噂《うわさ》になっていたなと思い出す。

ステックアッシェ一皿だと物足りなさを感じていたダミアンは頷《うなず》いた。胸は一杯でも腹は空《す》くものである。

「もらうぜ」

「ありがとうございます」

バゲットサンドを受け取って、追加の代金を支払う。娘は深くお辞儀をしてから言った。

「それでは、行ってらっしゃいませ」

はなむけの言葉で見送られ、ダミアンは気をよくした。

なかなかどうして気がきく店じゃねえか。帰ってきたらまた寄ろうと思いながら、ダミアンは目指す船が停泊しているターミナルへと向かった。

【十一品目】ワガママなスペシャルプレート

「間も無く当飛行船は王立グランドゥール国際空港の第六ターミナルに着港します。ご乗船いただきありがとうございました」

「着いたわねぇ」

「南国はバカンスにちょうどよかったけれど、少し日に当たりすぎたかしら。焼けたみたいだわ」

第六ターミナルへ降りたベルベットのドレスを着たノアイユ侯爵令嬢は、自身の腕を軽く持ち上げて観察しつつそんな感想を漏らす。

「あら、気にするほどでも無くてよ。それにほんのり肌が小麦色になっている方が、夜会で『旅行をしてきた』というアピールになっていいじゃありませんの」

パフスリーブの令嬢、アルトワ侯爵令嬢が力説する。

「エア・グランドゥールから飛行船に乗って遠い国へ旅に出る」というのは今や、社交界で一種のステータスになっている。まだ夏になっていないこの季節、程よく焼けた二人の肌を見て、「あら、どちらかへご旅行でしたの?」と聞かれればしめたものだ。

「ちょっと南にあるメリーディエースまで」と答えれば、きっと注目を集められることだろう。遥《はる》か南にあるメリーディエースは遠く、往復にも滞在にも莫大《ばくだい》な金貨が必要になるので並大抵の貴族では行けないのだ。

「まあ、言われてみればそうですわね」

「次の夜会の中心人物はわたくし達で決まりですわ」

二人は顔を見合わせてふふっと笑みを漏らした。


そうして第一ターミナルへと入ると、ノアイユ侯爵令嬢が足を止める。

「あら、素敵なお店」

「本当ね。いつの間にできたのかしら……あら」

アルトワ侯爵令嬢は店の中を凝視し、次の瞬間興奮したように頬《ほお》を染め、ノアイユ侯爵令嬢の肩を叩《たた》いた。

「ねえ、ご覧になって。中にいらっしゃるの、デルロイ・リゴレット様とルドルフ・モンテルニ様ではなくて？」

「なんですって？」

アルトワ侯爵令嬢は俄《にわか》には信じられず、思わず店の中を食い入るように見つめた。そして確かに、その姿を見つける。店の隅で隠れるようにしていても、群を抜いた整った容姿は人目を惹《ひ》きつける。特に二人を知っている者からしたら、一目瞭然《いちもくりょうぜん》だった。

「確かに、いらっしゃるわ」

「ねえ、入ってみましょうよ」

二人の意思疎通は抜群で、すぐさま護衛達に「貴方《あなた》達はここで待っていなさい」と告げると入店する。

「いらっしゃいませ」

出迎えたのは、愛想のいい給仕係だった。しかしこの給仕係、どこかで見たような気がする。

「お二人様ですね？　こちらのお席へどうぞ」

椅子を引き、着席を促されたので裾《すそ》の長いドレスをつまんで上品に腰掛ける。続いて運ばれた水にはほのかな柑橘類《かんきつるい》の味が染み込んでおり、ホッと一息つけた。

「こんな小さな店なのに、ちゃんと果実水なのね」

「出発した時、こんな店はなかったわよね？」

「そう思うわ……でも、あの給仕係の顔には見覚えがあるのよねぇ」

取り立てて特筆すべき点など無い、凡庸な給仕係の姿を見つめながらノアイユ侯爵令嬢は首を傾《かし》げる。するとアルトワ侯爵令嬢は思い出した、と言わんばかりに両手をパチンと叩いた。

「わたくし、わかりましたわ。ターミナルで冒険者相手にバゲットサンドを大声で売っていた、あの売り子ですわよ、きっと」

「言われてみれば……あの時の」

ノアイユ侯爵令嬢も思い出す。

出立前にエア・グランドゥールを訪れた二人は、降りたばかりの第一ターミナルで走りながらバゲットサンドを冒険者相手に売りつける売り子を目撃した。

天下に名だたるこの国際空港で非常識な行動をしているその売り子に我慢がならず、中央エリアをうろついていた職員を呼び止めて苦言を呈したのだ。

まさかその売り子が、給仕係として再び自分達の前に現れるとは。

思い出すとなんだか腹が立ってきた。

「ま、ご覧になって。あの給仕係、デルロイ様とルドルフ様にあんなに親しそうに話しかけられていますわよ」

アルトワ侯爵令嬢の言う通り、給仕係は二人にワインのおかわりを注《つ》ぎながら何やら談笑している。その雰囲気は非常に和やかで親しげで、とてもただの給仕係と客という関係性には見えなかった。

アルトワ侯爵令嬢がぎりりと歯噛《はが》みをする。

「わたくしだって、お二人と親しくなりたいのに……」

王立騎士団の空港護衛部隊に所属しているこの二人を知らない令嬢は、社交界に存在しない。王家と共に空港発展に尽力しているモンテルニ侯爵家の次男ルドルフ様と、騎士の名家リゴレット伯爵家の三男デルロイ様。

身分は勿論《もちろん》、なんといっても華やかな雰囲気を持つ美貌《びぼう》の青年貴族二人と結婚したい令嬢は星の数ほどいるし、かくいうアルトワ侯爵令嬢もその一人だった。

だが悲しいかな、ルドルフ様はともかくデルロイ様は五年ほど前から社交界に一切顔を出さなくなっていた。交友を深めようにも、機会が無い。

それなのにこんな小さな店の給仕係が、あのお方と仲良くなっているなんて。

ノアイユ侯爵令嬢の怒りのボルテージが上がっているのを感じ取ったのか、アルトワ侯爵令嬢がメニュー越しに小声で声をかけてくる。

「落ち着きあそばせ。あのような給仕係、天地がひっくり返ったってお二人と結ばれるはずがないんですから。むしろこの場所でお二人に会えた偶然、好都合ではなくて？」

「……確かに、そうですわね」

「偶然を装って声をかけて……」

「あの……ご注文はお決まりでしょうか」

令嬢二人がどうやって騎士の二人に声をかけようか算段していると、給仕係が控えめな声をかけてくる。

「あら、ごめんあそばせ」

二人はここにきてやっとメニュー表に視線を落とした。お喋《しゃべ》りに夢中でメニューなどまだ見ていない。

見れば、随分と詩的なメニューが並んでいるではないか。王都の春夏秋冬を料理で表現しているらしく、これはこれで迷ってしまう。ノアイユ侯爵令嬢は給仕係をちらりと見る。腰に巻いたエプロンの前で両手を揃《そろ》えてそっと握り、すっと背筋を伸ばして立っていた。歳《とし》の頃《ころ》はおそらく自分達と同じだろう。

最初に出会った時と異なる淑《しと》やかそうな雰囲気、騎士の二人との親しそうな間柄。

ノアイユ侯爵令嬢達の注文を待つこのお気楽そうな給仕係に、少しばかり意地悪をしてみたいと思ってしまっても、仕方がないだろう。

ノアイユ侯爵令嬢はメニュー表から顔を上げて、給仕係に言った。

「ねーえ、わたくしはこちらに書いてある、花畑のツィギーラのオムレツも、ゼリー寄《アスピック》せも、白身魚のポアレも、ビーフシチューも、勿論デザートのベルマンテのタルトも全部気になっているのだけど、こんなにたくさんはいただけないの。どうにかしてくださらない？」

「全《すべ》てですか？」

「そう、全てよ。けれどそんなにお腹《なか》に入らないでしょう？」

「そちらのお客様もでしょうか」

「ええ、勿論」

アルトワ侯爵令嬢もこちらが言わんとしていることがわかったらしく、唇の端を持ち上げて話を合わせた。

給仕係はふと考えてから、「少々お待ちいただけますか」と言ってカウンターにとって返したかと思うと、なにやら身振り手振りを交えつつシェフと話をしてから再び戻ってきた。

「シェフに相談したところ、全ての料理を半分の量にしたスペシャルプレートを作れると。いかがでしょうか？」

「え……？」

てっきり断られると思っていた令嬢達は驚き、少し拍子抜けした。

「本来ならばメニューにはありませんが、お二人で分けて召し上がるならちょうどいいかと。勿論分けると言ってもそれぞれのプレートに綺麗《きれい》に盛り付けをいたします。いかがでしょうか」

「……ならそれをお願いするわ」

「かしこまりました。デザートは食後にお持ちいたします。先にそのほかのお料理を全てプレートに盛り付け、ご提供する形でよろしいでしょうか」

「そうね」

「それで構いませんわ」

本来ならば一皿一皿運ばれるのが基本であり、プレート料理など見たことも聞いたこともない。

一体何が出てくるのかまるで想像もつかなかった。

「お飲み物は？」

「わたくしは白ワイン」

「わたくしはシャンパンを」

「かしこまりました」

一礼して去って行く給仕係を見る。

「……見事な切り返しね」

「嫌な顔一つしませんでしたわね」

思わず褒めてしまった。

貴族社会ではオブラートに包んだ話術による嫌がらせなど日常茶飯事だが、まさかこんな店で働く給仕係があぁも見事に切り返してくるとは思わなかった。てっきり「召しあがれる量をご注文ください」とでも言ってくると思っていただけに驚きもひとしおだ。

ややあってから先にワインとシャンパンが運ばれ、それぞれの前にサーブされる。グラスを持ち上げ旅の話に花を咲かせつつ、騎士二人がこちらに気がついてくれないかしらと視線をチラチラ送っていると給仕係がやって来た。

「大変お待たせいたしました。スペシャルプレートでございます」

「あら！」

「まあ、素敵！」

そこに盛り付けられていたのは、芸術品かと見紛《みまが》うほどの美しい料理の数々。

小さなオムレツの周りは野菜がまるで花畑のように飾られており、隣のアスピックは瑞々《みずみず》しい野菜がゼリーの中にぎゅっと寄せられている。白身魚のポアレはきのこのソースで彩り豊かに、ビーフシチューは小さな器に盛り付けられ、プレートの上にちょこんと載せられている。

給仕係は笑顔を絶やさずこう告げた。

「当店のシェフは女王のレストランでサブチーフをしていた者でして、そのシェフを筆頭に王都の四季を一皿で表現いたしました。お客様のためだけの、特別な品となっております。どうぞご賞味くださいませ」

そう言われてしまっては期待しないわけにはいかない。女王のレストランの名を知らない若い娘などいないだろう。まして自分達のためだけに用意されたとなっては、こちらの自尊心をくすぐる一方ではないか。

まずは前菜となるアスピックから一口。

「美味《おい》しい……！」

そこからはもう、手が止まらなくなった。二人とも料理の品評をし、お酒を楽しむ。給仕係は絶妙なタイミングで飲み物のおかわりを尋ねにきた。すっかりプレートが空になる頃に、甘く煮詰めたベルマンテの艶《つや》やかな光沢が美しいタルトを持ってきて、空の皿と引き換えにテーブルへと提供される。

「こんなにいただくはずじゃなかったのに。夕食は遅めにするよう爺《じい》やに言わないと」

「わたくしもよ。もう何も入りそうにないわ」

けれど二人は大満足だった。

一体何に腹を立てていたのか思い出せないほど満足しきっていた二人は、あれほど話しかける機会を窺《うかが》っていた騎士二人のことすらもすっかりと忘れて席を立つ。

使用人が店の外から飛ぶようにやってきてお会計を済ませる際、ノアイユ侯爵令嬢は給仕係にこんなことを尋ねてみる。

「あなた、わたくしの家の使用人になる気はないかしら」

この小一時間、なんのストレスもなく食事ができた。最初の機転といい、細やかな気配りといい、誰《だれ》にでもできることではない。給仕係は少し困ったような表情をした後、こう言った。

「私は料理店のいち給仕係です。もしここをクビになりましたら、その時は訪ねさせてください」

ありがとうございました、とお辞儀をする給仕係に見送られ店を後にする。

「最初から最後までスマートな子だったわね」

ノアイユ侯爵令嬢が言えば、アルトワ侯爵令嬢も素直にええ、と同意した。

「……あ、ルドルフ様とデルロイ様に声をお掛けするのを、忘れていたわ」

「そういえば……」

二人は足を止め顔を見合わせる。それからぷっと吹き出した。

「やめましょう。殿方を追いかけるのははしたないわ」

「そうね。彼方《あちら》から話しかけてくるような、魅力的な淑女にならないと」

二人は弾むような足取りで第一ターミナルを抜け、飛行船へ乗り込み王都へと帰還した。

【終章】ビストロ　ヴェスティビュールについて王女様へご報告

「ありがとうございました」

貴族令嬢二人を見送ったソラノは顔を上げふぅと一息ついた。

なかなか忙しい時間帯だった。

冒険者のお客様は入店するなりデルイに喧嘩《けんか》を売ろうとするのでひやっとしたが、間一髪、ステックアッシェで機嫌を直してもらえたのでソラノは内心で胸を撫《な》で下《お》ろしていた。

このステックアッシェ、ハンバーグみたいなものかと思っていたのだがとんでもない。つなぎを一切使用していない肉と塩《しお》胡椒《こしょう》のみの料理であり、よって焼き方も好みに合わせて変えられる。ソラノも食べてみたのだが、カウマンとバッシに「慣れないうちはよく焼いた方がいい。腹を壊すぞ」と言われたので中心までしっかりと火を通してもらった。

いつかビアンロゼで食べたいな、とソラノは密《ひそ》かに考えている。

その後の貴族令嬢お二人もなんとかご納得いただけた。最初に「全部の料理を食べたい」と言われた時はどうしたものかと思ったが、日本でよくあるワンプレートをバッシに提案したところ快諾してもらえたので良かった。

「あのワンプレートはいいアイデアだったなぁ」

いち段落ついたところでバッシが厨房《ちゅうぼう》の奥から声をかけてくる。

「手間かかるが、ランチの定番メニューにしてもいいかもしれないな」

「そりゃいい考えだ」

カウマンも同意する。

店が広くなりキッチンも新しくなったので、牛人族《ぎゅうじんぞく》二人が厨房で並んでも余裕があった。

カウンター席でくつろぐデルイ、ルドルフ、ロベールの三人がワイン片手に会話を交わす。

「ダミアンもご令嬢二人も接客一つで満足してお帰りいただくとは、さすがソラノちゃん」

「あれはお料理の力だと思いますよ」

デルイの賞賛にソラノは控え目な否定を入れる。メインは料理で、接客担当のソラノはあくまでその手助けをしているだけだ。そしてルドルフは彼なりのアドバイスをくれる。

「ダミアンに関してはタイミングが絶妙でした。けれど何かあると危険なので、誰か騎士がそばにいる時以外はお勧めできない方法です」

「それにしてもデルロイ、お前は少々目立ちすぎるのではないか？　店の前面から見える場所に座る私より人目につきやすいとは、問題だぞ。私のように変装をお薦めする」

今なお追加の料理を食べているロベールに言われ、デルルイは真剣な顔を作った。

「俺も帽子でも被《かぶ》ればいいでしょうか」

「それも一つの手だな」

「そんな派手な髪、いっそ全部剃《そ》ってしまえばいいんだ」

「……っ」

ルドルフの乱暴すぎる提案を想像したのか、ロベールが吹き出しそうになって笑いを噛《か》み殺《ころ》した。

楽しそうな三人を見つつも、ソラノはカタリと立ち上がった猫人族《びょうじんぞく》のお客に気がつき、移動した。

「ご馳走様《ちそうさま》。美味しく楽しいひと時だったニャあ」

置かれた硬貨を手に取り、ソラノはお辞儀をする。

「ご満足いただきまして何よりです。またのご来店をお待ちしております」

「あぁ、また来るニャ」

「ありがとうございました」

星の数ほどある店の中で、当店をお選びいただきまして。

旅の合間の、ひと時のくつろぎの時間をお過ごしいただきまして。

ソラノは「ありがとうございました」の一言に様々な思いを乗せ、深く頭を下げる。

このエア・グランドゥールという巨大な国際空港を行き交う人々を、美味しい食事と居心地《いごこち》の良い空間でもてなすのがソラノの仕事である。

私の理想とする店で、私の理想とする人達と。

ソラノが思い描いていた夢は叶《かな》い、あとは日々の営業を精一杯頑張るだけだ。

容赦のないエアノーラの事だから、きっと採算が取れなければすぐさま退店させられてしまうだろう。

そうならないようこれからも努力し、最高の料理と最高のおもてなしをお客様へお届けする。

次はどんなお客様が来るだろうか。

ビストロ　ヴェスティビュールと看板娘ソラノの挑戦はまだ、始まったばかりだ。

＊＊＊

店を出た猫人族の客は王都行きの飛行船へと乗り込むと、郊外から中心街へ向かう。

乗合馬車の窓から眺める王都の景色《けしき》は色とりどりの花が咲き乱れ、植物の蔓《つる》がそこかしこに伸びていた。

季節は春になっており、この花と緑の都が一年で最も美しく輝く季節だ。

冬とは比較にならないほど様々な種類の花に彩られた都で一際目立つ場所、国の象徴たる王城。

白亜の城は巨大な威容を誇り、何本もの尖塔《せんとう》と庭園を抱えている。城そのものも植物に覆われ、春ともなれば城全体を花が埋め尽くす。

誰もが思わずため息を漏らしながら賞賛する城に、猫人族の客は乗合馬車を降りると真《ま》っ直《す》ぐ歩いて向かって行った。

門前にいる衛兵に身分証を見せ、中へと入って行く。

城内には入らず、庭園に向かった。いくつもの庭園を抱える王城だが、目指すのは魔法温室のある一角。ガラス張りの丸い温室内は常春で、内部には泉が設けられていた。こんこんと湧き出る泉の側《そば》では、そろそろ外の農園でも旬を迎える苺《いちご》が一足先に真《ま》っ赤《か》に実っていた。

泉の側のベンチに腰掛け、摘み取った苺を眺めている人物に目を留めると最敬礼の姿勢を取る。

「只今《ただいま》戻りました、姫様」

「お帰りなさい、パトリス」

ベンチに腰掛けた人物は、苺から目を離すとパトリスと呼んだ猫人族に目を向ける。

明るい紫色の瞳《ひとみ》、腰まで伸びたふわふわとした見事な銀髪。ラベンダー色のドレスは彼女の持つ可憐《かれん》な雰囲気にぴったりで、まるで童話の世界から飛び出してきたかのようだ。

特徴的な瞳と髪を持つ彼女は、フロランディーテ・ド・グランドゥール。

今年で一三歳になる、グランドゥール王国の末姫である。

「それで、どうだったかしら?」

「はい」

パトリスは王城に何百人といる庭師の一人に過ぎない。しがない庭師にとって王族など雲の上の存在だが、魔法温室によく訪れるフロランディーテと長らく温室の植物管理を任されているパトリスはよく話す間柄だった。苺好きな王女様は、小さい時から温室にやって来てはこっそりと熟れた苺をつまみ食いしている。人差し指を唇に当てて「ばあやには内緒にしてね」と言って美味《おい》しそうに苺を頬張《ほおば》る彼女の姿は愛らしく、そんな姿を横目にパトリスは庭師としての仕事に励むのが常だった。

最近元気がない姫を元気付けようと何か自分にできることはないか問いかけたところ、「エア・グランドゥールにあるビストロ店に行ってきて欲しい」と頼まれたというわけだ。かくしてパトリスは、旅行鞄《りよこうかばん》を手に持って旅行客になりすまし、店へと赴いた。

「噂《うわさ》に違《たが》わず居心地の良い店でございました。そういえば、ロベール殿下もいらっしゃっていましたよ」

「まあ、お兄様。本当にお気に入りの店なのね」

フロランディーテは言っていた。「ロベールお兄様ったら、最近ずっと同じお店のことばかり話すのよ」と。フロランディーテは髪と同じ銀色のまつ毛を伏せ、ポツリと呟《つぶや》く。

「そんなに良いお店なら、きっとピッタリだわ……」

パトリスは姫を見ながら、お痩《や》せになったな、と思う。少し元気がないのは勘違いではない。彼女は来るべき花祭りの場で大々的に婚約が発表されるのだが、どうにも乗り気でなさそうだった。

「ありがとう、パトリス。おかげで決心がついたわ」

「あのう、姫様……僭越《せんえつ》ながら、あまり無茶をなされない方がよろしいかと……」

パトリスの差し出がましい申し出にフロランディーテは気を悪くした風でもなく、くすりと優雅に微笑《ほほえ》んだ。そしてほっそりとした指で苺を摘み上げると、一言。

「今回の苺もよく出来ていたわね。いつもありがとう」

「恐れ多いことにございますニャあ」

パトリスは頭を下げ、髭《ひげ》をピクピクとさせた。フロランディーテは立ち上がり、そっと温室の出口に向かって歩き出す。細いヒールがサクサクと温室の柔らかい土を踏みしめた。

それから誰《だれ》に向かっている訳でもなく、独り言を呟く。

「……そのビストロ　ヴェスティビュールという店なら、きっと私を受け入れてくれるはず」

正式な婚約発表の前に、彼《か》の方に一目お会いしておかなければ。その呟きは風に乗って、誰にも聞かれることなく春の空へと吸い込まれていった。

あとがき

本作をお手にとって頂き、ありがとうございます。

この作品は、第七回カクヨムWeb小説コンテストのキャラクター文芸部門に応募したところ、特別賞を頂きカドカワBOOKS様より出版の運びとなりました。作品に目を留め、お声をかけて下さった担当様ならびに編集部の皆様には感謝してもしきれません。

私はこれがデビュー作となるのですが、初めての書籍化作業はひたすら楽しかったです。Web版に関しては、ほぼ勢いのみで書いていたので粗が多く、ずっと「書き直したい……」と思っておりました。書籍化ということで機会を頂き、的確な指示のもとで改稿ができてとても満足していま す。この一冊に、今の私の持てる全《すべ》ての力を注《つ》ぎ込んでおります。

本巻ではWeb版の第一部と第三部を大幅に改稿して収録しております。と言うのも、第二部を入れると一冊の本の中で店のリニューアルオープンに至らず、非常に中途半端な出来になってしまうからです。

そんなわけで担当さんにご提案頂き、相談の結果、間の第二部に関しては思い切ってカットしました。

その関係もあってWeb版とは時系列が異なっており、「ソラノが異世界に転移し、店を立て直す」という話の主軸は同じであるものの、流れや内容、登場人物等が変わっています。

今回カットした第二部も筆者のお気に入りのエピソードなので、次巻以降で収録できたらいいなと考えています。そのためにはまず、続刊ですね。続刊してどんどん話を広げて行きたいなぁ！面白いと思ってくださった読者様は、是非この本の存在を口コミやＳＮＳ等で世間一般に広めて下さい。切実にお願いします。

イラストレーターのすざく様。とても素晴らしいイラストで作品を彩って下さり、ありがとうございます。イラストが担当さんより送られてくる度に、テンションがめちゃくちゃ上がり、画面に向かってずっと「すごい！」と連呼していました。

料理は美味《おい》しそうだし、キャラたちは抜群に魅力的でイキイキしているし……。イラストを見ていると、執筆意欲が上がって話が無限に書けます。特にエア・グランドゥール外観の挿絵を頂いた時、その出来栄えに度肝を抜かれました。まさか雲の上の空港を絵で見られる日が来るとは……この場所に行きたいと思わせるような素敵な絵を描いて下さり、感謝しております。

出版にあたりご尽力頂きました関係者の皆様、ありがとうございます。本を一冊出すのに、こんなにも色々な人の力が必要なのかと驚くと同時に感謝の気持ちでいっぱいになりました。

最後に、この作品をご購読くださった読者の皆様に感謝の気持ちをお伝えします。

店は再建しましたが、ソラノ達の挑戦はまだまだ始まったばかりです。

これから店には色々なお客様が来店し、様々な出来事が起こるでしょう。それらの物語にまたお付き合い頂けますと幸いです。

願わくば次巻にてお会い出来ますことを。

カドカワBOOKS

天空《てんくう》の異世界《いせかい》ビストロ店《てん》
〜看板《かんばん》娘《むすめ》ソラノが美味《おい》しい幸《しあわ》せ届《とど》けます〜

2023年2月10日　初版発行

著者／佐倉《さくら》　涼《りょう》
発行者／山下直久
発行／株式会社KADOKAWA
〒102-8177
東京都千代田区富士見2-13-3
電話／0570-002-301（ナビダイヤル）

編集／カドカワBOOKS編集部
印刷所／暁印刷
製本所／本間製本

Printed in Japan
ISBN 978-4-04-074747-7 C0093

新文芸宣言

かつて「知」と「美」は特権階級の所有物でした。

15世紀、グーテンベルクが発明した活版印刷技術は、特権階級から「知」と「美」を解放し、ルネサンスや宗教改革を導きました。市民革命や産業革命も、大衆に「知」と「美」が広まらなければ起こりえませんでした。人間は、本を読むことにより、自由と平等を獲得していったのです。

21世紀、インターネット技術により、第二の「知」と「美」の解放が起こりました。一部の選ばれた才能を持つ者だけが文章や絵、映像を発表できる時代は終わり、誰もがネット上で自己表現を出来る時代がやってきました。

UGC（ユーザージェネレイテッドコンテンツ）の波は、今世界を席巻しています。UGCから生まれた小説は、一般大衆からの批評を取り込みながら内容を充実させて行きます。受け手と送り手の情報の交換によって、UGCは量的な評価を獲得し、爆発的にその数を増やしているのです。

こうしたUGCから生まれた小説群を、私たちは「新文芸」と名付けました。

新文芸は、インターネットによる新しい「知」と「美」の形です。

2015年10月10日
井上伸一郎